漠北胜利人

朱红涛 ◎主编

中国经济出版社
CHINA ECONOMIC PUBLISHING HOUSE

中国石化出版社
HTTP://WWW.SINOPEC-PRESS.COM

图书在版编目（CIP）数据

漠北胜利人 / 朱红涛主编. -- 北京：中国经济出版社：中国石化出版社，2022.10（2023.4 重印）

ISBN 978 - 7 - 5136 - 7098 - 2

Ⅰ. ①漠… Ⅱ. ①朱… Ⅲ. ①中国文学 - 当代文学 - 作品综合集 Ⅳ. ① I217.1

中国版本图书馆 CIP 数据核字（2022）第 176208 号

策划编辑　崔姜薇
责任编辑　贾轶杰
责任印制　马小宾
封面设计　久品轩
封面摄影　刘　铁

出版发行　中国经济出版社
印 刷 者　北京富泰印刷有限责任公司
经 销 者　各地新华书店
开　　本　710 毫米 ×1000 毫米　1/16
印　　张　18.75
字　　数　300 千字
版　　次　2022 年 10 月第 1 版
印　　次　2023 年 4 月第 2 次
定　　价　78.00 元
广告经营许可证　京西工商广字第 8179 号

中国经济出版社　**网址** www.economyph.com　**社址** 北京市东城区安定门外大街 58 号　**邮编** 100011
本版图书如存在印装质量问题，请与本社销售中心联系调换（联系电话：010-57512564）

《漠北胜利人》

编委会

写在《漠北胜利人》前面的话

蒙古国，这是一个神奇而又苍凉的国度。蒙古国不仅是一个国家，更是一首古歌、一片白云、一群飞奔的骏马。这么多年了，蒙古国那边的事情，一直牵动着我的心绪。而我一直默默关注着的，还有一个东胜石油（蒙古）有限公司（以下简称“东胜蒙古公司”）。我一直认为，能够向北再向北，直至走出国门，到蒙古国的戈壁大漠中去寻找、开采石油是一件特别骄傲、特别有意义的事。

2021 年 12 月 22 日，在油田文联的一次讨论会上，当大家谈及东胜蒙古公司员工用了 700 多天才从蒙古国回到国内的事，我仿佛突然被什么击打了一下，“我们胜利油田作协的作家团队，应该为东胜蒙古公司的石油人写一本书”。

我把这个创作计划汇报给油田工会领导，领导说了四个字：全力支持。再汇报给油田文联领导，领导又是四个字：大力支持。

3 天后，东胜蒙古公司员工归国的事，已引起多家媒体关注。中央电视台的《中国新闻》节目，以《疫情下坚守海外两年，中国采油人终于回家》为题作了报道。

就这样，2021 年 12 月 28 日上午，在东胜大厦九楼会议室，十几名油田作家与东胜蒙古公司的员工面对面坐在了一起。

张虎贲，东胜蒙古公司总经理，一个说话时脸上带着微笑的小伙子，首先向我们介绍了公司、油田以及防疫、归国的事。他说，2020 年新冠肺炎疫情暴发后，中蒙边境客运通道关闭，他原本的回国计划就搁浅了。不止他一个人，公司其他员工的归国安排，也一律搁浅。“回不了国不要紧，但油田生产不能停，感染也绝不能有。”张虎贲是这样想的，也是这样努力的。为了确保疫情零感染，公司当即决定，134 名蒙方员工居家隔离 7 天。公司人手特别紧张，张虎贲就号召所有中方员工一人顶多岗，而他自己更是既当经理，又当一线操作工。

在严密的防控下，全公司一直保持着“零感染”的纪录。只不过，持续的封闭式管理，加之疫情的影响，致使生活物资出现了短缺。两年多来，员工们每天吃的，除了土豆、胡萝卜，就是土豆、胡萝卜，至多加一块羊肉。蔬菜都成问题了，就别提什么水果了。担心员工营养跟不上，公司就买来水果罐头做补给。

再说穿，员工的袜子，一直是补了穿，穿了补，到后来，连带补丁的袜子也没了。张虎贲就安排后勤人员专程到乌兰巴托采购了一批袜子、秋衣秋裤。

2021 年 12 月 28 日下午，油田作协的采访团队开始分组采访。我见到的是黎勇，公司的原油运输车队长，他是 2019 年 11 月到蒙古国的，本想干上半年就回国，哪想到，一去就是两个年头。

公司有人告诉黎勇，能够回国了。听到这消息，黎勇都不敢相信是真的。他说，一年前大家还盼着中蒙边境客运通道能够打开，可盼来盼去，也没看到希望，就不再想了。这次回国，走的也不是中蒙边境客运通道。黎勇告诉我，他们的回国历程是这样的：按照相关的防疫规定，他和首批准备回国的另 22 名员工，在蒙古国隔离观察 21 天后，从乌兰巴托乘机到了伊朗德黑兰，然后从德黑兰到广州。在广州隔离 14 天后，乘机到了济南。在胜利油田基地东营又隔离了 14 天，终于，于 2021 年 12 月 20 日下午回到家中，见到了久别的家人。他笑着说：“从蒙古国的宗巴音油田到胜利油田基地东营，陆上距离只有 1300 多千米，可我们居然不得不绕行 13000 多千米，走了整整 50 天。”

我问他，在蒙古国待了这么长时间，思想情绪上有没有受影响，是不是再也不想回蒙古国了。黎勇平静地说："也没啥，回不来就回不来呗，我倒是挺适应的，就是苦了我爱人了，家中大大小小的事儿，都要靠她一个人操持了。"停顿了一小会儿，黎勇接着说："我的工作不算复杂，主要是带着几名弟兄拉油。那边没有输油管线，油井产的油都需要用油罐车去拉，我们平均每天要拉 30 多车……人啊，也真是奇怪，我这才回国没几天，居然有些想蒙古国，想那边没有回来的那些员工兄弟了。特别是天黑下来的时候，我会想那边的夜空，那夜空中的星星真多啊，还亮得耀眼。"

接下来，我又采访了归国石油人中的另外几位。这些归国石油人，也一直感动着油田的作家们。

如今，就在 2022 年即将开始的时候，他们终于回到了自己的祖国，回到了家中。而他们短暂休息后，还将再赴蒙古国。

马行

目录

瀚海长歌

东胜公司蒙古项目 20 年纪实

黄丽

宗巴音镇，坐落在蒙古国东南部东戈壁省，蒙古语意思是“东方美丽富饶的地方”，其地理环境却和名字大相径庭：气候干旱，黄沙漫漫，尘暴肆虐，满目荒凉；比起古人诗里写的“饮马长城窟，水寒伤马骨”，这里的恶劣条件，有过之无不及。

20 世纪 60 年代，经苏联开采，后因产量急剧下降，宗巴音油田陷入近半个世纪的休眠。那些被历史深埋的油井散落在一望无际的戈壁，就像辽阔大地上的一枚枚图钉。

2001 年，走出国门的胜利人即将逐梦瀚海，在这里描绘一幅理想的蓝图，胜利铁军为油而战的号角就要在这里吹响！自此，胜利人与宗巴音结缘，以荒寂漠北为舞台，书写下一部不屈不挠的海外创业史，齐心协力筑造了一个壮伟的石油梦！

在漠北，人们推开岁月的门驻足倾听——成吉思汗的万马嘶鸣远去，回音在大地激荡，天风浩渺，牧歌悠长。

历史的烽烟散尽，漠北响起石油歌，铁马冰河入梦来……

序章：铁马冰河入梦来

石油是工业的“血液”，随着经济高速发展，国家对石油的需求越来越大。

1991 年，胜利油田原油产量达到 3355 万吨，创下历史最高水平纪录。尽管胜利油田各方面发展比较成功，但依然有“难动用储量”（近年因技术进步、观念转变，已称为“未动用储量”）。难动用储量是指在现有经济技术条件下，已探明但因储层条件差而难以投入开发或不具工业开采价值的储量。对于开采条件苛刻、品位相对较低、渗透率低、产量低的油藏，如何进行效益开发？

胜利油田为探索难动用储量开发和新的生产经营运作模式等，1993 年发起成立东胜精攻石油开发集团股份有限公司（以下简称“东胜公司”），并于同年 6 月 29 日正式将部分难动用储量交给了东胜公司开发。此举正是深化改革的大胆尝试，是油地结合筹集社会资金开发难动用储量的有益探索。其“精攻”两字意义深远：由“胜利精神”滋养蘖生出的“精攻”之树，自此在东胜石油人心中落地生根。其后 20 多年来，东胜石油人正是秉承“精益求精、攻坚必胜”的理念，在“难动用”板块上留下了一串串闪光的足迹。

东胜公司是胜利油田油公司改革的第一块“试验田”，也是油地结合开发难动用储量的第一块“处女地”。作为中国陆上石油开发行业第一家股份制油公司，东胜公司从它诞生的那天起就带着使命而来，并以独特的存在形式吸引了众多好奇与质疑的目光，也承载了太多的期望与重托。

1995 年 3 月 6 日，《中国石油报》以头版头条刊登了题为《主业出了个东胜模式》

的文章，将东胜公司股份制专业化油公司之路定义为“东胜模式”。“东胜模式”以股份制的组织形式，油公司的体制，自负盈亏，自我发展，坚持科技进步和精细管理，高效开发难动用储量。“东胜机制”“东胜效率”“东胜思维”成为当年胜利油田的热门字眼。东胜模式的成功，逐步催生了更多油公司。人们开始意识到股份制对石油企业改革的魅力，同时也意识到那些曾被人们看不上眼的难动用储量，换一种方式、换一种眼光、换一种思维，居然成了“聚宝盆”。

自创立以来，东胜公司担负起为国找油的责任，逐步确定了集团化、股份化、国际化、专业化的发展战略，坚定实施“做大做强”和“走出去”发展战略，向西部进军、向国外拓展，蒙古国宗巴音石油勘探项目（以下简称“蒙古项目”）正是东胜公司打出的一张响亮名片、胜利铭牌。

1997年亚洲金融危机爆发，布伦特原油价格自高点每桶24.80美元跌至9.75美元。

1998年，国家进行石油石化大重组，胜利油田由中国石油天然气集团公司划归中国石油化工集团公司领导和管理。

2000年，中国石化集团公司积极响应国家能源安全战略号召，加快了“走出去”的步伐。胜利油田部署了一系列开拓海外市场的发展宏图，“走出国门找油”成为胜利人的美好愿望。为了生存和发展，肩负着“精攻”使命的东胜公司开始探索走国际化道路。

东胜公司几经调研考察，最终把目光瞄准了蒙古的项目——因它规模小、风险小、适合小公司运作，作为走出国门勇闯海外市场的第一个“练兵”项目十分理想。

同年10月，东胜公司成立蒙古项目。

2001年6月16日，中国石化集团公司胜利油田东胜公司、ROC公司与蒙古国石油管理局就97PSC区块所有权转让达成三方共识，东胜公司和ROC公司正式签订协议，东胜公司获得97PSC区块产量分成合同49%的权益，这标志着蒙古项目进入了实质性运转阶段。

2003年3月，源自蒙古项目的东胜石油（蒙古）有限公司（以下简称“东胜蒙古公司”）在蒙古国首都乌兰巴托注册成立。6月29日，东胜蒙古公司运回第一批1000

吨海外分成原油。

迄今，项目运行 20 年，东胜蒙古公司已为国家运回 87 万吨分成原油。

2018 年，习近平主席和李克强总理分别同访华的蒙古国总统、总理举行双边会晤，达成一系列重要共识，双方同意加快“一带一路”倡议和“发展之路”战略的对接进程。两国政治互信进一步深化，经贸合作务实有序开展，人文交流更加密切，中蒙关系前景光明，对中资企业的发展是一个重要机遇。

在世界局势风云变幻的今天，石油事业发展牵动着国家领导人的心。

2021 年 10 月 21 日，习近平总书记来到胜利油田，代表党中央看望慰问石油工人，了解胜利油田创新发展情况。

胜利油田发现的这 60 年来，胜利人坚定扛起“我为祖国献石油”的使命担当，为推动我国油气工业发展、保障国家能源安全、促进国民经济发展做出了突出贡献。奋进甲子间，老油田焕发新活力。在蓬勃发展的新时期，胜利油田有了新使命，“为祖国献石油”的初心不变，在不同时代为保证国家能源安全、助力绿色低碳发展做出贡献。

习近平总书记指出，石油能源建设对我们国家意义重大，中国作为制造业大国，要发展实体经济，能源的饭碗必须端在自己手里！

中国是世界第一制造业大国，正在逐步走向制造业强国。制造业乃至整个实体经济，对能源的需求巨大。目前，我国石油等大宗商品对外依存度达到 70% 以上，蕴含着巨大的经济风险。面对百年未有之大变局，我们要在积极推动经济社会高质量发展的同时，时刻关注经济安全底线，必须将能源的饭碗端在自己手里，切实维护我国经济稳定、持续发展，为建设社会主义现代化国家提供坚实基础。

2021 年，全球能源问题日益凸显。一方面，我国工业生产实现了超额恢复，大幅超越新冠肺炎疫情前，导致能源需求上升。另一方面，受制于能源投资的周期性，加之疫情后需求复苏，新能源供给还不稳定，导致目前正在重返高油价区间。以石油为代表的能源格局发生变化的情形，更加凸显了我们要将能源的饭碗端在自己手中的必要性。

在全面建设社会主义现代化国家新征程上，中国正努力争取 2060 年前实现碳中和，非化石能源占比将逐步上升。但是，石油作为基础性能源和化工原材料，其地位难以替代，端好石油等能源饭碗是构建新发展格局的基础性举措，需要利用好国内、国际两个市场、两种资源，提高在全球配置资源能力，更好争取开放发展中的战略主动。未来，从需求端，我们要大力发展绿色低碳产业，大幅提高石油等能源利用效率，降低化石能源依赖；从供给端，要进一步加大国内勘探力度，以科技创新加快推进资源规模化开发，高质量端好能源的饭碗。

习近平总书记勉励广大石油工人：再创佳绩、再立新功！

近年来，习近平总书记围绕能源的发展、能源的变革、能源的安全提出了一系列新的重要要求：伟大的事业要在更高水平上迈向新的境界，光荣的队伍要在新的征程上创造新的荣光！

人人都要有为国找油、保障国家能源安全的责任心和荣誉感！在中国石化集团公司党委和胜利油田党委的带领下，东胜人必将牢记习近平总书记殷切嘱托，不忘初心使命，新征程再立新功！

新时期，如何坚守特殊阵地、蹚出一条独具特色的“东胜之路”？如何把“精攻”精神发扬光大？

现任东胜公司董事长、党委书记杨晓敏给出一个坚定的回答：再难啃的骨头，我们东胜人也要嚼出二两油来！创立之初，东胜公司就为攻坚而生！东胜人骨子里生来就有一种攻坚啃硬、自我挑战的精神，有一种困难面前不怕困难的精神！

面对新形势、新任务，东胜人信念坚定：在融入胜利油田高质量发展中建设国内一流油公司，为打造“百年胜利”扛起“东胜担当”！东胜公司是国有控股企业，理应跟党的要求保持一致，按照习近平总书记要求贯彻落实推进各项工作，充分发挥股份制企业的优点和管理机制活力，实现价值创造的最大化，使价值创造更加精准，在前进的路上经受住市场的残酷考验，实现更快更好的发展。

习近平总书记在党的十九大报告中指出：“中国特色社会主义进入新时代，我国社会主要矛盾已经转化为人民日益增长的美好生活需要和不平衡不充分的发展之间的矛盾。”——这掷地有声的话语，彰显着大党大国领袖的深谋远虑和历史担当！

东胜公司党委提出了新的奋斗目标：“要打造上进的东胜、攻坚的东胜、幸福的东胜，寻求东胜的新突破、新发展。”东胜公司党委倡导“我为东胜做贡献，我为东胜添荣耀，东胜因我而自豪”的新理念，激励员工立足不同岗位为油田做贡献。

特殊时期，信念的支撑很关键。疫情对每个人都是一场大考，深陷疫情无法回家，驻蒙员工们情绪波动大，中国石化集团公司党委、胜利油田党委和东胜公司党委与驻蒙员工视频连线时表态：“你们是在为油田坚守，大家一定要抱团取暖！只要有一线可能，我们就会想尽一切办法、尽一切努力第一时间接你们回家团聚！一定要携手渡过这个难关！”

党务工作是最贴人心的工作，党组织的巨大关怀犹如“定心丸”，稳定了军心，鼓舞了士气，传递了正能量。驻蒙员工们心里有了底气，这种底气更来源于祖国的日益强大。

2021 年 11 月 19 日，中共中央总书记、国家主席、中央军委主席习近平在北京出席第三次“一带一路”建设座谈会并发表重要讲话，强调要统筹推进疫情防控和共建“一带一路”，全力保障境外人员生命安全和身心健康，突出防控措施的精准性，着力保障用工需求、人员倒班回国、物资供应、资金支持等。

读到习近平总书记的这段讲话时，大家很受鼓舞：有了国家层面的支持，外闯员工的回国之路必定顺畅无阻！只要有第一批员工回来，大家就能看到希望！只要打破坚冰走出第一步，后面的路就好走！

在突如其来的疫情面前，个人的力量是有限的，必须依靠组织、靠大家一起想办法。

中国石化集团公司党委时刻关注，胜利油田党委大力支持，东胜公司总部积极跟进，东胜蒙古公司与中国驻蒙大使馆积极联络，同心协力运作回国事宜，实现驻蒙员工的正常轮换。同时，东胜公司党群工作部精准了解驻蒙员工家庭状况，成立了志愿者服务队，走进驻蒙员工的家庭开展暖心帮扶工作。

2021 年 11 月 22 日，经各级党委多方运作，辗转 50 天，途径 3 个国家 6 个城市，行程 13535 千米，经历了 3 次隔离，18 次核酸检测，23 名驻蒙员工终于回到了阔别已久的祖国。

2021 年 12 月，东胜公司党委举行了立功授奖仪式，并邀请家属们来到现场，共同欢迎员工们的归来。因为执着坚守和出色表现，东胜蒙古公司荣立胜利油田集体二等功，12 名员工荣立个人二等功。

经历疫情大考，一群外闯国际市场、扎根戈壁的胜利人引发人们广泛关注，他们攻坚克难、执着奉献的精神让太多人感动！

为什么会有这样一群人？

这群人到底经历了什么？

这群人会给我们留下什么？

豪迈歌声里，胜利人给出一个振奋人心的回答：

我当个石油工人多荣耀，

头戴铝盔走天涯，

天不怕地不怕，

放眼世界雄心大，

哪里有石油，

哪里就是我的家。

…………

“为祖国献石油”正是胜利人的共同使命和担当！历时20年，中国石化胜利油田东胜公司的驻蒙员工们怀着一颗赤诚之心，用豪情和意志书写下一部宏阔的海外创业史！经数代人萃凝和传承的胜利精神在东胜石油人身上得以集中体现，东胜公司驻蒙员工的精神正是对胜利精神的弘扬、对“精攻”精神的完美诠释！

从筑梦到逐梦，在时代洪流中奋勇搏击20年的东胜石油人，筑造了一个具有前瞻性的石油梦，乘着祖国发展的东风，东胜蒙古公司响应国家“一带一路”倡议，坚定地走上一条前景更为广阔的发展之路。

如今，老一代石油人解甲归田，历史的“接力棒”在新一代石油人手中传递下去，驻蒙勇士们金戈铁马、驰骋千里，为一个共同的石油梦前赴后继！

在2022年到来之际，让我们抚今追昔，走近一个为油而战的群体，一起回忆那些必将被历史铭记的日子。

走出国门

"困难面前不低头，越是困难越向前。"

——东胜创业者

1991 年，蒙古国急需改善国民经济，但由于自身缺乏石油勘探开采技术，把油气盆地划分为 24 个合同区块，开始面向国际石油公司招标。

1997 年 1 月 24 日，蒙古国石油管理局与美国 Nedcor Energy 公司就合同区块签署了 97PSC 产量分成合同，勘探期首期为 3 年，在 2001 年 6 月 15 日结束。

1999 年 1 月 20 日至 2000 年 1 月 20 日，97PSC 合同取得为期 1 年的第 1 次暂停。美国 Nedcor Energy 公司将 97PSC 合同全部权益转让给澳大利亚洛克石油私人有限公司（以下简称"ROC 公司"）。

2001 年 1 月 31 日至 2002 年 1 月 30 日，97PSC 合同取得为期 1 年的第 2 次暂停。

这意味着，美国、澳大利亚石油公司在 97PSC 合同的勘探都没有成功。

千禧年到来之际，东胜公司交给其地质开发部、企业发展部一项重要任务：广泛搜集信息，寻找可行的国际项目。

那年，东胜公司寻找发展良机，ROC公司因战略调整委托该公司驻中国首席代表方青博士在中国寻找合作伙伴。

东胜公司领导与方青博士在胜利宾馆会面，就97PSC合同项目进行了初步交流。

2000年9月，东胜公司联合中国石化荆州勘探研究院抽调精干力量组成九人海外项目考察团，东胜公司有关领导及其企业发展部经理孙怀福、国外项目地质主管王春田、地质师任景民、翻译王健林加入了考察团。

2000年国庆节期间，东胜公司的九人考察团到蒙古国调研了该国石油区块情况。

十月初的乌兰巴托大雪纷飞，考察团一行用5天时间收集了大量地质资料，重点筛选了包括97PSC合同区在内的几个区块。

ROC公司有意出让97PSC产量分成合同部分权益，考察团着手研究其可行性，定下合作意向。

2000年10月，东胜公司成立蒙古项目。

2000年12月，东胜公司与中国石化荆州勘探研究院签订合同，重点对宗巴音凹陷提出勘探目标和研究评价。

2001年3月，东胜公司领导层举行首次蒙古项目评价会议，听取宗巴音凹陷石油地质特征及勘探潜力汇报，认为宗巴音勘探开发项目具有较大资源潜力，工程技术条件良好，投资环境较好，属于中等风险、中等收益的石油勘探开发项目，决定参与合作。

2001年4月，东胜公司召开项目技术咨询会，会议邀请了刘兴材、赵良才、潘元林等12名油田新老勘探开发专家对该项目进行技术咨询，原胜利油田副局长刘兴材等认为宗巴音凹陷具有较大资源潜力，构造样式多样，构造目标较多，该项目具有较大参与价值，并在勘探开发技术方面提出了宝贵建议。

2000年9月至2001年4月，东胜公司组织完成了蒙古项目的石油地质评价和经济评价。

2001年春天，蒙古项目经理王春田与ROC公司负责人通过电子邮件深入沟通交流，就宗巴音凹陷的勘探合作进行了广泛接触。王春田在对宗巴音进行充分地质研究的同时，还精确翻译分析97PSC产量分成合同的重要内容。

2001年5月至6月，东胜公司与ROC公司在北京进行了商务谈判。

2001年6月16日，ROC公司与东胜公司在悉尼进行了所有权转让相关洽谈，签订进入协议及联合作业协议。

在悉尼的签字仪式完成第二天，东胜公司总经理指示蒙古项目经理王春田尽快回国核实勘探井位。

勘探技术人员通过分析宗巴音地质条件，形成一份蒙古宗巴音凹陷地质综合研究评价报告。蒙古项目根据该评价报告提出了勘探井位，逐级向东胜公司、胜利油田汇报，经蒙古国石油管理局、ROC公司一致同意，确定了第一口探井——摩哥1井。

王春田满怀信心地告诉ROC公司负责人："你们对大型油藏断块海相沉积有勘探经验，我们胜利人在小断块油藏勘探方面有丰富经验，你们擅长找完整的'盘子'，我们擅长找摔破后又被踢飞的'盘子碎片'，宗巴音凹陷属于后者。"

2001年8月，蒙古项目总经理王春田开始忙碌蒙古项目的运行工作，考察钻井公司、录井公司、测井公司、井下作业公司并分别签订了施工合同。

从胜利油田地质科学研究院（今"勘探开发研究院"）调入担任蒙古项目技术经理的韩鹏云负责整理地质研究报告，联络蒙古国石油管理局和ROC公司进行技术交流，对接钻井、测井、录井、井下作业队伍，协助办理各种通关手续，协调施工设备出口运输工作。

东胜公司提前一年完成准备工作，交付资金和商务信件往来都很及时，东胜公司的准时高效与诚实守信赢得了ROC公司的信任和尊重，东胜公司与ROC公司在合作中形成了友好融洽的伙伴关系。

2001年底，蒙古国石油管理局负责人达瓦委托东胜公司对全蒙古石油地质情况进行一次综合评价，东胜公司派韩鹏云和张交东负责此项工作。走出乌兰巴托机场，零下30摄氏度的低温让身着单衣单鞋的两人措手不及。初次领教蒙古国极寒天气的韩鹏云未曾料到，一场更大的考验即将到来。

2001年10月17日，钻井设备搬迁就位，高高的钻井架在茫茫戈壁上立起。摩哥1井举行"一开"开钻仪式，东胜公司党委副书记到现场致辞。

2002年4月，摩哥1井准备正式开钻。

井场忽然刮起了沙尘暴，白天气温低至零下 11 摄氏度。蒙古项目基地经理韩鹏云问钻井项目经理孙义堂：能开钻吗？

孙义堂两手一摊：没有水，怎么办呢？

韩鹏云想方设法组织送上了水，管线又被冻住了。韩鹏云打电话请示正在乌兰巴托办公的东胜公司负责人：现场工作太难了，能否等沙尘暴过去再开钻？

领导回复：必须克服一切困难按时开钻，下刀子也得开！

ROC 公司美籍员工吉姆听到耸了耸肩，表示不理解。

开钻前一天，韩鹏云在宗巴音生产基地食堂内墙上挂好一面五星红旗，为大家准备好了工服、口罩、防风镜等物品。

沙尘暴连续刮了三天三夜，能见度极低。在遮天蔽日的沙尘暴中，摩哥 1 井正式开钻仪式按时举行，蒙古国石油管理局、ROC 公司、东胜公司三方代表们全副武装，几乎谁也认不出对方是谁。

钻井项目负责人抓拍下一张弥足珍贵的照片：香槟酒打开的瞬间，酒沫喷到人们的脸上冻成了闪闪发光的冰珠！

人们在沙尘暴中简直无法交流，话一出口就被呼呼的风声淹没，嘴里灌满了沙尘。

2002 年 4 月至 7 月，摩哥 1 井的钻探进程持续进行了 111 天。

摩哥 1 井的钻探深度设计为 3000 米，按照国内钻井经验，一个月就能完成。因宗巴音凹陷的地质条件太复杂，钻进过程中遭遇的卡钻难题数不胜数，许多阻碍是从未遇见过的，钻井项目经理孙义堂天天愁眉不展。

钻深达到 2844 米时，取出的岩芯中出现了杂色角砾岩，这意味着见到了含油盆地基底。这时，钻探材料消耗殆尽，技术经理韩鹏云协助钻井队从国内紧急调运材料入蒙。

是继续钻探还是停钻？待料的日子里，韩鹏云通过卫星电话把资料传送到国内，向各级领导请示。

按照国内指示，钻井队进行了电测，第一口探井摩哥 1 井被评估为没有开发价值，在其同一构造上钻探摩哥 2 井、摩哥 3 井，形成“馒头开花儿”之势的原计划随之搁浅。经过摩哥 1 井的磨炼，钻井队积累了技术经验，在此后的钻探任务中不断创下新纪录，钻进速度逐步提高。

东胜公司和 ROC 公司商议后转换了思路，在宗巴音凹陷东北角部署了第二口探井查东斜 1 井。

2002 年 8 月 17 日，查东斜 1 井开钻，10 月完成钻井工作，完钻井深 2082 米。虽然其在勘探上认为有油气显示，但未形成有经济价值的油层，商业开发上认定为空井。

从摩哥 1 井到查东斜 1 井，接连两口探井都打空了。这一结果让王春田心里很不是滋味，他感觉愧对领导信任。

前景太渺茫，继续追加投资太冒险，再也承担不起经济损失和勘探风险的 ROC 公司彻底失去信心，决定退出蒙古市场。该公司负责人失望地打电话给王春田：看来你们中国人也不行啊！

得知消息，蒙古国石油管理局产生了拿回部分权益的想法，东胜公司从中斡旋争取主动权。

ROC 公司萌生退意，东胜公司打算派人接管宗巴音生产基地，谁去合适呢？

2002 年 12 月，王春田、韩鹏云、王健林、李健四人在乌兰巴托办公室召开了蒙古项目会议，蒙古项目总经理王春田代表东胜公司党委宣布，韩鹏云为基地经理，王健林为商务经理，李健为财务总监。

赶到宗巴音生产基地的第二天，韩鹏云冒着大雪去了查东斜 1 井现场。操作层员工卜玉明和蒙语翻译呼格住在零下 30 摄氏度的板房里，负责监督试油质量。

韩鹏云向东胜公司汇报试油结果：一天只采出 40 升液体，见到了油花但并无开发价值——依然证实为空井。

2002 年 12 月 21 日，韩鹏云准备接管宗巴音生产基地，即将开始艰难的基地建设工作。

韩鹏云郑重地问卜玉明和呼格：你俩有没有信心？

卜玉明和呼格面面相觑。

韩鹏云苦笑：不用回答，没有信心也得建立信心！由我领着使劲儿冲，不允许有畏难情绪！

怎么接管呢？韩鹏云决定：先组建队伍，再安顿生活、恢复生产。

东胜公司领导层同意韩鹏云聘用20名员工。ROC公司原聘用的部分蒙古员工产生误解，韩鹏云及时解释并扭转了被动局面。

经过慎重选拔，韩鹏云挑选留用了部分技术好、人品好的蒙古员工，比如有一定影响力的蒙古人乔治负责翻译、行政办公室工作，由外号“好莱坞”的蒙古员工担任司机，蒙古员工青格勒担任厨师。

2003年元旦过后，韩鹏云加快了恢复生产的步伐。第一步是交接，ROC公司派吉姆与韩鹏云进行资产交接。韩鹏云打印出厚厚一摞清单，大到车辆小到螺钉，有5000多项物资需要清点。

美籍员工吉姆很惊讶，表示一年也清点不完。

韩鹏云胸有成竹地回答：只需要两周。

吉姆诧异：这不可能！有多少人清点？

韩鹏云告诉吉姆，只需要他告知清单上的物资存放地点即可，只需7名中国员工负责清点工作。

韩鹏云裹上棉大衣，带着大家钻进冰冷的集装箱库房里，只标记物资品种，做到心中有数即可。只用了一周，中国员工就完成了清点任务，并结合中国人的管理习惯重新建立了物资台账。

在韩鹏云的努力下，东胜公司顺利接管了蒙古项目宗巴音生产基地。

2003年2月15日，对蒙古项目前景不看好的ROC公司因战略调整退出，将97PSC产量分成合同全部权益转让给了东胜公司，并签订转让协议，要点如下：ROC公司自本协议生效之日起，从合同和联合作业协议中退出，并将其在合同中51%的应得权益无偿转让给东胜公司；东胜公司接受该转让，并承担与应得权益有关的所有责任和义务；本协议生效前，承包商带来的、未回收的成本和支出的总和折算成3500万美元未回收成本（成本库），其中蒙古国石油管理局拥有500万美元，东胜公司拥有3000万美元。

ROC公司留下3500万美元固定资产的条件是不再承担环境恢复责任义务。至此，ROC公司在蒙古国的投资全部沉没。ROC公司正式退出97PSC合同，东胜公司正式接管该合同并成为作业者。

2003 年 3 月，东胜蒙古公司在蒙古国首都乌兰巴托注册成立。

从中国黄河入海口到蒙古国茫茫戈壁滩，从蒙古国宗巴音石油勘探项目到东胜蒙古公司，走出国门找油的胜利人成功迈出了勇闯海外市场的第一步！

从此，东胜蒙古公司的员工们开始了“精益求精、攻坚必胜”的海外勘探开发新征程。

谈判桌上的较量

"谈判就像围棋，有'先手'才有胜算。"

——孙怀福

东胜公司蒙古项目大事记：

2001 年 6 月 16 日，ROC 公司、东胜公司与蒙古国石油管理局在悉尼进行了所有权转让相关洽谈，签订进入协议及联合作业协议，东胜公司进入蒙古项目，成为作业者。

根据进入协议，东胜公司应在勘探初期钻探 2 口勘探井，在 97PSC 产量分成合同中占 49% 的权益，ROC 公司在 97PSC 合同中占 51% 的权益；在东胜公司完成 2 口探井后的勘探开发作业中，新增投资或石油产量分成，双方按 50% 进行平摊。

2001 年 6 月 16 日，蒙古项目进入首个为期两年的勘探期延期。

2001 年 6 月 21 日，ROC 公司确认并同意将产量分成合同的 49% 股份转让至东胜公司名下。

2001 年 7 月 29 日，东胜公司与 ROC 公司签订补充协议 / 分配协议。

2001 年，值得追忆的是东胜公司与 ROC 公司的商务谈判。

回忆起20年前的这场商务谈判，孙怀福甚感欣慰。谈判先后进行了三轮。第一轮谈判历时4天，主要内容是转让合同的具体条款，包括如何合作、双方的权利义务、联合协议、进入协议、操作协议等，搭起了合作模式和框架。第二轮谈判历时2天，对第一轮谈判细则进行修改、补充，以及进入条件和报价。ROC公司提出签约的意向，中方婉拒。第三轮谈判历时9个小时，双方就购买97PSC产量分成合同展开激烈较量，没人离开房间半步，中午饭是外卖比萨。

2001年6月初，东胜公司主要领导在后方指挥，公司企业发展部经理孙怀福、蒙古项目经理王春田、翻译王建林等三人，先是在北京进行了为期4天的第一轮封闭式谈判。

ROC公司最初提出的合作条件是：东胜公司出资打5口探井，占49%的股份。东胜公司最终提出的合作条件是：我方投资2口探井，双方共同承担第3口探井费用，东胜公司占49%的股份。

在谈判进程中，东胜公司提出，如果2口探井成功，则东胜公司增持10%的技术股。ROC公司代表欣然同意并强调：如果2口探井不成功，则澳方增持10%！此话一出口，澳方代表顿感失言：不成功要股份何用？气势顿时矮了一截。

ROC公司做出让步，同意东胜公司出资打3口探井换取49%的股份，这个条件在东胜公司预定的4口探井底线内。

孙怀福却审时度势、乘胜追击，坚持提出东胜公司最多承担2口探井的合作条件。

不愿做出让步的ROC公司以蒙古国石油管理局不会同意为借口拒绝了此项提议。

孙怀福心中有数：蒙古国石油管理局没有别的选择，无论什么条件都会同意。来不及跟同事王春田商议，摸清底牌的孙怀福斩钉截铁地表达：如果蒙古国石油管理局不同意，我们的合作就不用再谈了！

ROC公司谈判代表面面相觑，休会讨论半小时，最终同意了东胜公司提出的条件。

经过紧张的封闭式谈判，双方达成共识：东胜公司承担2口探井费用并拥有97PSC产量分成合同49%的权益。

孙怀福坦言，对于这次国际项目谈判，双方代表都没有多少经验，谈判考验的是智慧与胆略，就像摆下一场牌局，谁能摸清底牌谁才有些许胜算，彼此试探交锋过程中的每句话都必须慎重推敲，情绪、表情的微小流露都可能泄底。

2002年，从摩哥1井到查东斜1井，接连两口探井都打空了。ROC公司权衡再三，决定退出。东胜公司论证研讨，决定进入。

两口探井的失败，并没有影响胜利油田东胜公司对蒙古项目的投资信心。这份信心来自胜利油田地质专家的研究论证。

2002年9月，在胜利油田勘探项目管理部召开了项目勘探工作阶段会议，会议由胜利油田专业领导主持，勘探项目管理部、地质科学研究院、物探研究院有关领导和专家参加了会议。东胜公司技术人员对宗巴音勘探项目的工作进展和新井钻探结果进行了汇报，对摩哥1井录井、测井资料进行了分析，认为该凹陷生油条件较好，储层条件相对较差，但仍具有一定勘探潜力。

2002年10月，胜利油田召集宗巴音勘探项目工作会议，油田业务领导及有关专业处室领导参加了会议，会议重点对蒙古项目的立项及与ROC公司的合作等工作做了具体安排。

2002年12月，在胜利宾馆召开了蒙古国宗巴音勘探项目工作汇报会，中国石化集团公司牟书令副总经理、集团部室领导、胜利油田领导参加会议，东胜公司汇报了项目工作的基本情况及工作规划。会议肯定了项目工作，同意该项目立项，并对下一步工作作出指示。

2003年1月，中国石化国际石油勘探开发有限公司在北京召开宗巴音勘探项目汇报会，东胜公司汇报了蒙古国宗巴音凹陷的地质评价、潜力分析及下一步工作打算，与会领导对项目立项工作进行了具体指导。

2003年2月，在东胜公司会议室召开了宗巴音勘探项目工作汇报会，胜利油田分管领导参加了会议。东胜公司汇报了项目的工作进展和工作计划，油田领导指示对该项目制定勘探开发方案并进行经济评估，准备上报中国石化集团公司立项，并安排油田开发管理部进行工作指导和支持。

油气勘探蕴含的风险性，有时会让收获来得有些意外。这些上下多层面集思广益、群策群力的功夫没有白费，就在2003年ROC公司退出（2月15日）数月之后，从遥远的宗巴音传来喜讯，东胜公司在宗东断阶带部署的第三口预探井宗东斜1井试油喜获工业油流并发现了查干组油层，日产原油 10 吨。

这颇具戏剧性的反转让人大跌眼镜，有人质疑东胜公司：打空两口探井是“策略”吗？

得知第三口探井成功的消息，ROC 公司负责人打电话责问蒙古项目总经理王春田：你们是不是故意打空两口探井让我们退出？

王春田苦笑，石油行业流传这样一个说法：石油勘探成功率变数无常，到底几分靠人力、几分靠天意，谁能说得清呢？

那时的 ROC 公司会后悔吧？他们通过头两口失利探井而认为“不行”的这些中国人忽然“行”了，可一切已成定局，ROC 公司与蒙古项目再无任何关系。

在这场退与进的交锋中，东胜公司胜在何处？其中得失纯属巧合吗？非也，偶然里有其必然。可以说，这是天时、地利、人和促成的机缘，更是时代的选择。

2000 年考察调研蒙古项目之初，东胜公司把 ROC 公司的处境、蒙古国石油管理局的意图、宗巴音老油田的地质资料逐一做了透彻分析，充足的前期准备是东胜公司能够做出抉择并成功迈出第一步的关键。

2001 年谈判之前，东胜公司了解到：其一，ROC 公司深陷财务危机，研发能力有限，缺乏配套支持，没钱、没技术的状况导致他们举步维艰，很难继续运营下去；其二，蒙古国石油管理局急需找到更合适的合作伙伴；其三，东胜公司分析研究从蒙古国石油管理局取回的录井、地震等地质资料，通过充分论证认为，宗巴音老油田尚有潜力可挖，至少实现盈亏平衡没有问题。

2001 年 7 月，胜利油田召开蒙古项目勘探会议，油田专业领导和勘探项目管理部、地质科学研究院、物探研究院有关领导、专家参加了会议，东胜公司技术人员进行了地质评价汇报。会议研究论证后认为：宗巴音凹陷具有生烃潜力，但资源总量不清；凹陷具备生、储、圈、保条件，但储层变化大；凹陷油田基础条件好，油藏规模中等，总体评价为低风险、中低收益项目。会议要求与国内二连盆地进行类比研究，进行新一轮综合评价。旋即又召开蒙古项目工作会议，先由东胜公司对项目总体评价及工作设想进行了汇报，油田分管领导认为技术专家对该项目所作结论可行，安排外事处、评估公司做好相关的法律法规研究及项目评估工作，财务处进行资金来源及外汇等方面的支持工作。

如今，回望20年前的这场较量，仍不免让人唏嘘。回忆就像“复盘”，其中的玄机尽显。

在孙怀福看来，谈判就像下围棋，拼的不仅是格局和棋力，更是智慧和勇气。一名优秀的棋手必须全面布局，走出的每一步棋都是有得失计算的，时时处处有“先手”才有胜算。而谈判桌只是一种看得见的形式，从项目考察到签订合同的整个过程都在进行无形的谈判。东胜公司迈出的每一步，都为“后手”打下了基础，所有的日常活动都是在做“势”定局。

孙怀福深知，谈判结果对项目成败起着至关重要的作用。在知己知彼的前提下，一名参加商务谈判的合格代表，一要懂财务知识、法律知识、专业技术，要有能力预判项目有没有盈利的前景；二要自信有气势，从容不迫才能赢得对手尊重，如果看低自己看高对方就什么都输了；三要讲求战术战略，非谈判时刻也始终绷着一根谈判的弦，看似无意说出的每一句话都是有意为之。

谈判者的功力并不是一朝一夕练就的，一个人想做成一番事业，就得尽职尽责精进本领。平时兴趣广泛的孙怀福有一颗不倦的好奇心，1996年被破格提拔为物探专业教授级高工，1999年自学考取了国内第一批企业法律顾问，对社会学和经济学颇有研究。

如果说这世上有武功秘籍，那就是智慧和勇气，智勇双全的胜利东胜人必定无往而不遂，无至而不通。

梦中的树

"蒙古国宗巴音石油勘探项目是我一生的骄傲。"

——王春田

在戈壁滩"种"下采油树，是王春田的梦想。

如果说今天的东胜蒙古公司是一棵枝繁叶茂的树，第一任总经理王春田就是第一位呕心沥血种树的人。

2000 年，东胜公司积极响应国家"走出去"的能源安全战略号召，迈出了胜利人勇闯海外油田区块勘探开发市场的第一步。

2000 年 9 月，东胜公司主要领导带领考察团到蒙古国石油管理局收集了区块招标地质资料。回国后，东胜公司与荆州勘探研究院初步研究和筛选，把目光盯在了蒙古国东戈壁坳陷宗巴音凹陷上。该凹陷正好位于 ROC 公司 97PSC 合同区内，合同区面积约 5286 平方千米，宗巴音凹陷约 2100 平方千米，自 20 世纪 40 年代先后有苏联、美国和澳大利亚的公司对其进行过勘探开发，ROC 公司正想转让该区块。

2000 年 10 月，东胜公司就势成立蒙古项目。

其时，东胜公司主要领导找地质开发部地质主管师王春田谈话，希望他担任蒙古项目负责人，毕业于成都地质学院的王春田身体结实又懂英语，很适合管理海外项目，其任务是：建成5万吨原油年生产能力并产生一定效益，带出一支国际化规范管理队伍。蒙古项目成立后，王春田立即与ROC公司就合作勘探宗巴音凹陷进行了广泛的接触和商务洽谈。通过公开招聘，学石油地质、地球化学的技术专家韩鹏云从胜利油田勘探开发研究院调入蒙古项目，英语翻译王建林、财务人员李健也加入蒙古项目。

2000年12月，东胜公司与中国石化荆州勘探研究院签署了蒙古国东戈壁盆地地质勘探研究合同，重点在宗巴音凹陷提出勘探目标和远景资源评价。

2001年春天，在对宗巴音凹陷进行充分地质研究的同时，东胜公司蒙古项目就97PSC区块合作与ROC公司用电子邮件进行深入沟通和交流谈判，并形成了中英文合同初稿。

2001年6月初，东胜公司企业发展部经理孙怀福、蒙古项目经理王春田、翻译王建林等三人，在北京进行了为期4天的封闭式谈判，形成进入协议的最终文本并草签了合同。

2001年6月15日，东胜公司主要领导带领企业发展部经理孙怀福、蒙古项目经理王春田、翻译王建林等人与ROC公司在澳大利亚悉尼正式签订了97PSC产量分成合同进入协议及联合作业协议。

2001年6月16日，中国石化胜利油田东胜公司、ROC公司与蒙古国石油管理局就97PSC区块所有权转让达成三方共识，东胜公司和ROC公司正式签订了协议。

这标志着东胜蒙古项目进入了实质性运转阶段。

宗巴音到底是个什么样的地方？王春田十分好奇。

2001年6月初，在东胜公司与ROC公司签署协议之前，担任蒙古项目负责人的王春田独自去了一趟宗巴音生产基地。

从乌兰巴托下飞机后，王春田坐火车到了东戈壁省会城市塞音山达，ROC公司派人接站。夜幕低垂，车颠簸着前行，大灯探照着前方，一路上猛然出现的几具动物腐败骨架让王春田心惊肉跳。躺在苏联人留下的老兵营里，终于知道什么叫戈壁滩的王春田一夜无眠。

第二天，王春田和 ROC 公司美籍经理吉姆交流了解公司运作情况，虽然环境艰苦，但 ROC 公司的规范管理让他宽慰了许多，情绪慢慢好转。

回到国内，王春田给 ROC 公司驻中国首席代表方青打电话：你们 ROC 公司选了一个什么地方啊？

ROC 公司驻中国首席代表方青问他：怎么？你害怕了？

王春田苦笑：我刚去了一趟宗巴音生产基地，真让人怵得慌！

有句老话说得对：万事开头难。即将挑起重担的王春田明明白白地意识到，等待他的将是一场难言其辛劳艰苦的鏖战。

能吃苦才能成事儿！一个人的人品、素质、意志很重要，只有准备好吃苦才能不随波逐流，从而杜绝物质化、长官化的不良风习；生产生活条件要改善，但胜利人艰苦奋斗的精神绝不能丢，困难面前不低头，越是困难越向前！

2001 年 6 月下旬，蒙古项目开始测量第一批探井井位，深入考察钻井、录井公司，签订了钻井、录井作业合同。

2001 年 9 月，蒙古项目开始运作钻井、录井设备人员出国事宜。

2001 年 10 月，所有设备全部在宗巴音凹陷就位，蒙古项目总经理王春田和财务总监李健也抵达乌兰巴托。两人商议在有通信条件的蒙古国首都乌兰巴托办公，项目运作过程中最重要的事是处理好东胜公司和蒙古国石油管理局的关系，并和中国驻蒙大使馆、中国石化集团公司保持密切联系。为了节省资金，两人买了铺盖，租了一间办公室住下来。

王春田发现灯的开关很脏，向房屋出租公司一位蒙古经理提出清洁要求。那位蒙古经理的话让王春田心里很不是滋味：这个房子是你们中国人盖的，是他们弄脏的，他们欠着我们的钱走了，都是你们中国人干的！

王春田生气地找到房屋出租公司老板投诉：这是什么说法？我是中国人不假，可我欠你的钱了吗？

那位老板是西方人，他解释道：蒙古经理是怕你们欠钱。

王春田告诉李健提前支付半年房租，他通知老板：必须让蒙古经理赔礼道歉！

那位蒙古经理在王春田的办公室里表达了歉意。

在倔强的王春田看来，他们作为堂堂正正的中国人，人格与尊严不容轻视和冒犯！

2003 年 1 月，一名中方员工从宗巴音生产基地出发，到乌兰巴托去送资料。在火车上，一名警察收走他的护照并以查验为名索要钱财。

了解情况的王春田十分恼火：自己受委屈可以忍耐，员工不能遭受这样的对待！他即刻找蒙古国石油管理局投诉：如果收护照的事经常发生，我们今后还怎么合作？

蒙古国石油管理局局长领着王春田到蒙古国警察监督局说明情况，要求彻查。第二天，蒙古国警察监督局派人到东戈壁省调查落实了情况，处罚并开除了那位涉事警察。

2003 年春节前夕，时任中国驻蒙古国大使馆大使高树茂到东胜蒙古公司调研慰问时得知此事，给予了充分肯定和赞扬。

王春田说，我们中国人只要按法律法规做事，就应无所畏惧！

2003 年，王春田加快了蒙古项目运作步伐，在蒙古国首都乌兰巴托注册成立了东胜蒙古公司。

2003 年 3 月 20 日，蒙古国外国投资外贸局局长决定给东胜蒙古公司签发外国投资企业执照。

2003 年 4 月 18 日，东胜蒙古公司获取蒙古国注册执照（公司营业执照）。

2003年5月8日，根据蒙古国工贸部部长决议，给东胜蒙古公司签发特别许可证。

王春田代表东胜蒙古公司向胜利油田、中国石化层层申报，经国家发改委、商务部批准立项，并通过了国家外汇管理局外汇来源的批文。

王春田担任东胜蒙古公司第一任总经理，韩鹏云任基地经理，王健林任商务经理，李健任财务总监，四名研究生组建起最初的东胜蒙古公司管理层，王春田坚定了干一番事业的决心。

责权利是既相互统一又相互制约的辩证关系，赋予个人的权利越大，责任就越大。东胜蒙古公司总经理王春田越来越感到，他挑起来的是一座山。

东胜蒙古公司是东胜公司依照蒙古国有关法律法规在海外注册成立的第一家跨国子公司，与蒙古国合作进行石油勘探开发、销售等经营业务。

为落实东胜公司的国际化发展战略，建立适合境外项目运营的管理模式，提高境外公司运作效率，东胜公司政策条规部在项目各方面运作上给予了很大的支持，按照“充分授权、责权分明，独立经营、给予支持与保障”的原则，设计了《东胜集团蒙古项目公司化运行实施方案》：根据生产经营需要建立六个管理系统：商务系统、行政系统、生产运行系统、地质技术系统、财务系统和宗巴音生产基地系统，其组织架构按“精简高效，满足运行”的原则设置，设两部一室一区，即财务部、勘探开发部、综合办公室、宗巴音作业区。

东胜公司给予东胜蒙古公司充分自主权，东胜蒙古公司在东胜公司授权范围内拥有生产运行、人事管理、产品销售、商务采办和劳务合作等生产经营活动的自主运营权。东胜公司重点对预算、投资、资金（外汇）、重要人事、审计等进行管理，机关职能部门在生产组织、技术、商务采办、外汇资金、业务协调等方面为东胜蒙古公司提供支持和保障。

东胜蒙古公司的运行开始步入正轨，如何管理好境外项目？

东胜蒙古公司成立后，遵循国际石油标准，从每一个环节、每一个细小工作开始规范运作，采用先进石油技术，提高勘探开发效果，有效控制经营运作成本，力求以最短时间回收投资，获得收益，并为东胜公司海外项目的规范化运作提供样板与试验场。

从进入协议、联合作业协议到 ROC 公司退出协议，东胜蒙古公司最大的收获是向 ROC 公司学习了国际先进的油公司运营知识。第一次接触国际合同的王春田精准翻译并仔细研读了 ROC 公司与蒙古国签订的 97PSC 产量分成合同，他发现其行文表述相当严密：什么叫产量分成油？什么叫合同年？什么叫日历年？什么叫作业者？什么叫分成产量？承包商分成多少？当地政府如何参与分成？……这些问题均在合同中做出了明确界定，不愧为学习的好范本。

王春田把 97PSC 产量分成合同整理修改成充分体现中外文化合璧的中文版本，分发给每名员工，要求每个管理人员熟记、理解合同条款，以期提高抗风险能力、从内到外实现项目与国际市场的无缝接轨。

在执行合同过程中，王春田和同事们不厌其烦地一项一项研究讨论，借鉴ROC公司的管理方式，既融入中国文化特有的思维方式和管理模式，又符合国际规范和蒙古项目管理需要，最终形成了一套适用于自身生产技术条件的“中外合璧式”管理制度。

东胜蒙古公司成立后，在东胜公司政策条规部设计的大框架下，有章可循、思路清晰的王春田植入适应蒙古国当地人文环境又具有胜利特色的管理制度，建立了包括内部管理制度、商务管理制度、财务管理制度以及作业管理制度在内的一套完整的项目管理制度，并印制了中、蒙、英三种文字的制度汇编。管理人员根据自己的岗位特点，编制了与自己岗位相应的管理手册，使蒙古项目管理实现了正规化、程序化、规范化、科学化。

王春田结合ROC公司和东胜公司的管理特点，精心编制了《东胜石油（蒙古）有限公司内部管理制度》。第一条规定，公司是一个国际大家庭，要尊重各民族的文化习惯。

王春田把文化融合作为首要任务写进了内部管理制度，为蒙古项目营造良好的生态环境打下了坚实的基础。

王春田向全体员工宣布了奋斗目标：建成年产5万吨的原油生产能力，建设规范运作的具有胜利特色、东胜特色的国外石油项目。“规范”有两层含义：一是对内符合胜利油田和东胜公司的经营理念、价值观等；二是对外与国际标准企业接轨。

东胜公司介入蒙古项目时，ROC公司处于休眠期，意思是不做任何开采工作，油井封井停产。现如今，王春田和同事们要干的第一件事是恢复ROC公司留下的老井，重新上抽油机和储油罐，宗巴音生产基地成为恢复生产的主战场。

2003年6月10日，王春田向东胜公司总经理汇报蒙古项目运行情况，宗巴音生产基地油罐内已储存4000吨原油，总经理要求王春田在东胜公司成立十周年纪念日当天把原油运回国内。

王春田心里没底，离纪念日不到20天，时间紧任务重，销售合同和运输合同未签，还有很多清关、报关手续需要办理。

王春田从乌兰巴托赶回北京，他与在京聘请的翻译连夜翻译、修改好合同文本，赶到中国石化联合石油化工公司谈判。

2003 年 6 月 24 日，东胜蒙古公司与中国石化联合石油化工公司签订了原油销售合同。

为了与蒙古国铁路局经理商谈原油运输合同，王春田和李健及蒙语翻译齐木格在门外焦急地等了两个小时。

洽谈过程中，那位总经理表露出不信任的傲慢态度：你们有没有支付能力？

血气方刚的王春田感觉像被打了耳光般难受，他按捺住火气，经过一周谈判，以运费低于 ROC 公司原先的价格谈妥了合同。

王春田马不停蹄地赶到内蒙古二连浩特边境口岸，办理好了各种清关、报关手续，接应从宗巴音生产基地运出的第一趟 1000 吨的原油专列。

中蒙边境的二连浩特国门巍然矗立，国门下方的中蒙铁路是连接中国首都北京和蒙古国首都乌兰巴托的交通大动脉，也是被誉为“欧亚大陆桥”的一段。门楣上镶嵌的“中华人民共和国”七个大字，在王春田的心里闪闪发光。

2003 年 6 月 28 日，东胜蒙古公司首批分成原油经扎门乌德至二连浩特口岸铁路运输回国。王春田端起相机郑重拍下原油专列驶进祖国北大门时激动人心的一幕！

2003 年 6 月 29 日，原油专列完成入境倒罐后，王春田在火车前挂上横幅：热烈庆祝东胜集团第一车海外分成油回国！

那一刻，所有的委屈化为动力，王春田更坚定了努力工作、为国献油的决心。

2003 年全年，东胜蒙古公司生产原油 4553 吨，销售原油 2032 吨。

为了保证原油及时外运，东胜蒙古公司与蒙古国铁路局签订了铁路油罐的维护保养协议。分成原油顺利运回国内，在原油运输专列进关当天，东胜蒙古公司即刻支付了费用，良好的信誉终于赢得了蒙古国合作方的信任，蒙古国石油管理局把东胜蒙古公司评为最佳合作伙伴，蒙古国铁路局总经理与王春田建立起工作上的友好关系。

2003 年，有蒙古员工提出东胜蒙古公司薪水低的质疑。

为了平复质疑，王春田动身到东戈壁省和乌兰巴托做了广泛调查，详细了解外资企业的薪酬水平。通过对比，王春田发现，东胜蒙古公司的薪酬名列前茅，他赶快回到宗巴音生产基地，召开了全体员工大会。

他请蒙语翻译即时把他的话翻译给大家：我们今天重新签劳务合同，同意签的请站到我的右手边，不同意签的请站到我的左手边！

结果，曾在ROC公司工作过并留在东胜蒙古公司的20名蒙古员工都站到了他的右手边，包括提出质疑的员工。大家纷纷与宗巴音生产基地经理韩鹏云签了用工合同。

东胜蒙古公司总经理王春田重申：各位员工，咱们这个大家庭来自不同国家，有中国人、美国人、乌克兰人、蒙古国人，我通过调查了解到东胜蒙古公司的薪酬在外资企业中排在前列，如果谁认为工资低，现在还可以提出来，请在我签字前离开，去薪酬更高的公司工作！如果同意留下，请记住合同中的规定"无端闹事，直接开除"！大会现场鸦雀无声，王春田的一席话合情合理、无可置疑。

2003年的这次员工大会召开后，没有一个人再提出异议。

王春田意识到，如果只按照中国人的习惯管理，势必引发外国员工的不满。王春田仔细研究了不同文化风俗背景下制定的管理制度，充分尊重来自不同国家的员工，让大家都感到舒心合理。

例如，在薪酬制度上，中国员工、美国员工、蒙古员工各有不同，既适应了各民族习惯，又调动了员工积极性。蒙古和美国员工严格执行8小时工资制，额外工作给付加班费。中国员工工资较高，但不计算加班费，即使大年三十有紧急生产任务也要无条件服从调度安排。

一位蒙古员工提出质疑：为什么不按照中国员工的标准给我发工资呢？

王春田回答：可以，但有个前提条件——不能算加班费，你选哪个？

那位蒙古员工想了想，仍旧选择有加班费的薪酬方式。

蒙古项目的探矿权期限将于2005年6月到期，王春田和团队为延长勘探期做了大量工作，东胜公司总经理赴乌兰巴托与蒙古国政府签订了一份非常重要的合同。

2004年1月29日，蒙古国政府第24号决议将97PSC合同的勘探期从2005年6月16日延长至2010年6月14日。

按照合同和法律规定，勘探期只能延长两次，有了第三次的5年延期合同，蒙古项目得以长足发展。

2004年5月，东胜蒙古公司进行第一次压裂施工，试验压裂查A1井和查A2井，主要评价开发查干油田，新钻 4 口评价井均获成功，产量大增，当年生产原油 8819 吨，销售 7254 吨。

在 2004 年的宗巴音镇，当地人对东胜蒙古公司的接纳不是件容易的事。

听到东胜公司到来的消息，有些当地人表现出一种不友好的态度：中国人来我们国家抢占资源了！来自东戈壁省民间对东胜公司的质疑声传到了蒙古国石油管理局。

为了消除误解，王春田要求蒙古国石油管理局针对此事召开会议。会上，他慷慨发言，力陈合作共赢的重要意义。

会后接受当地电视台采访时，王春田表明了立场：我们东胜公司为当地人创造了许多就业机会，为蒙古国创造了可观的产量分成和税收，我们支持宗巴音当地民生建设，我们不是来抢占资源的，而是通过开采石油繁荣当地经济、带动当地发展，这是有利于中蒙两国人民的事。

走出国门去建设一支国际化勘探开发石油队伍，面临的困难重重，王春田为“中西合璧”做出了具有创新意义的尝试。例如，在节日庆祝上，不同文化背景的风俗习惯差别很大。王春田征求各国员工的意见，为蒙古员工安排烤全羊过热闹的“那达慕”节，为乌克兰员工安排过“男子汉”节。

王春田常向东胜公司领导汇报工作，公司上下对中西方文化融合越来越理解，逐步奠定了蒙古项目勇闯境外市场的和谐基调。

2004 年 11 月 20 日，在中国驻蒙古国大使馆举行的中华总商会第四届会员大会上，东胜蒙古公司荣获“中华人民共和国在蒙古国投资十佳企业”荣誉称号。王春田的做法改变了当地人对中国人的看法，偏见在合作中消融。

在东胜公司着力培养下，王春田报名进修了清华大学工商管理函授课程。课堂上，老师讲到中西方文化融合时，王春田举了自己的例子。他欣喜地发现，自己从工作实践中琢磨出的管理办法，巧合地印证了一套国际先进的运营管理理论。这真是实践出真知，王春田很自豪。

东胜公司蒙古项目大事记：

2005 年 4 月 6 日，东胜蒙古公司 2005 年年会在东胜大厦举行。东胜公司副总经理王学春、副总经理戴树高、蒙古国石油管理局勘探开发处处长阿拉腾，以及胜利油田合作方代表等参加年会。

2005年5月1日，蒙古项目管理转为公司化运作。

2005年8月17日至9月24日，为了提高宗东断阶带的勘探成功率、寻找新储量，东胜蒙古公司部署了覆盖面积143平方千米的三维地震采集工作。

2005年10月，中国驻蒙古国大使高树茂在使馆会见东胜公司党政主要负责人，东胜蒙古公司获高度评价。王学春、曹均合、副总师陈东到宗巴音生产基地慰问及检查指导工作，到二连浩特考察东胜蒙古公司原油换装设施。

2005年，东胜蒙古公司相继在宗东断阶带、查西断块部署了多口探井。宗东断阶带部署的2口探井（宗东2井和宗东3井），由于储层横向变化快，没有获得好的效果。查西1井在2200~2750米钻遇查干组油层48米/17层，经压裂试油获得较好产量，新发现查西含油断块，有了新突破。

截至2005年底，东胜蒙古公司累计生产原油2.9万吨，运回分成原油2.3万吨，为中国石化集团公司和胜利油田海外战略的实施做出了贡献。

2005年，东胜蒙古公司在宗巴音生产基地安装了油田租用的海事卫星通信设备，使项目在油田生产数据传递、技术资料传输、电话通信及宽带上网等方面，与在胜利油田内部通信一样方便，不仅方便项目的生产、生活，还大大降低了项目的通信成本。

东胜蒙古公司在现场管理上做了改进，通过管理制度和生产运行程序，从采油到作业、从设备维修到原油运销管理，都实行责任到人。根据实际情况相应地调整了宗巴音油田的生产方式，为每个井建造储油大罐，既扩大了原油的整体储存能力，又解决了原来冬季在零下40摄氏度不能生产的问题，井场做到了标准化，集油站做到了规格化。

在严抓项目现场管理的同时，东胜蒙古公司坚持技术与经济双重论证，对项目的三维地震、探井、重点地面工程等每一项投资，都坚持技术和经济双重论证，减少了投资的盲目性和投资风险。

从体量上看，蒙古项目虽小，但涉及的专业领域很多，包括物探、钻井、录井、测井、试油压裂、地面工程、采油管理等诸多方面，随着勘探开发的需要，胜利油田井下作业公司、录井公司、测井公司以及物探公司又陆续跟随着宗巴音项目进入蒙古国市场。

为确保工程质量和进度，东胜蒙古公司在油田内部严格选用施工队伍，主动协调各方工作关系，建立以甲方为主导的一体化运作合作联盟，确保项目运作的质量和进程。甲方统一召集有关施工单位领导和项目人员开会，研究工作计划，协调项目运行，严格要求施工队伍按国际石油 HSE 管理体系进行施工作业；统一在蒙古国为施工队伍办理设备材料免税海关手续、人员出入境及劳工手续，并向施工队伍宣传蒙古国的法律法规；统一协调与当地政府、边防军及相关部门的关系，尽可能地为他们解决一些现场问题；还坚持与各施工队伍统一开展工作筹划和工作协调，建立了“唇齿相依、联动作战”的合作联盟，确保蒙古项目严格按照既定的勘探开发方案有条不紊地实施各项工作量。

2005 年，东胜公司派出 4 批机关员工到施工现场慰问，乙方单位的每项工程完成后都能得到及时结算，95% 的资金投入通过油田的各类技术服务形式回到了胜利油田。

东胜蒙古公司有效地组织协调，各施工队伍期间相互配合、团结协作，在十分恶劣的施工条件和十分艰苦的生活条件下，每个施工队伍都表现出了出色的技术素质和管理水平，不但得到了作为甲方的东胜公司的好评，而且受到了蒙古国石油管理局的高度评价。

2006 年，老井恢复工作举步维艰，勘探依然没有新突破，新储量还未明朗。王春田心急如焚，挫败感萦绕在心头，作为东胜蒙古公司第一任总经理，他的压力越来越大了。

2006 年 4 月，东胜公司领导层向东胜蒙古公司提出：（1）放宽眼界，全面分析，综合评价；（2）勘探期以寻找优质储量为目的；（3）立足宗巴音凹陷，研究该凹陷之外区域。

为此，东胜蒙古公司提出总的勘探思路是：立足宗巴音凹陷，侦察万利特凹陷，加强综合地震地质研究，对项目全面评价，整体部署，加强跟踪分析，及时调整，积极寻找优质储量。ROC 公司停采的查 1 井因井筒状况复杂，恢复生产困难重重。王春田和地质师鲁广军商量：与其投入巨大井下作业花费，不如另打新井！

他们在查1井旁部署完钻的新井查1-A井投产，利用电热杆加热技术，突破了高凝油的开发难题，喜获每天30多吨高产原油，为下一步寻找高产的下宗巴音组油藏打下了基础。正在国内跑业务的王春田闻讯，高兴得一夜无眠！这口高产井不仅真正释放了积压在王春田心头的愁绪，更开创了东胜蒙古公司的新局面！

王春田到中国驻蒙大使馆报喜，向驻蒙大使高树茂表达了喜悦的心情：终于完成了组织交给的任务，总算对得起祖国！

2006年，为了进一步查明查西断块的含油范围，东胜蒙古公司部署了2口探井（查西2井和查西3井），实施完后都钻遇查干组油层。同时利用宗东三维地震资料，在宗东断阶带实施的宗东斜4井钻遇查干组油层，并新发现下宗巴音组油层。同时对外围的万里特凹陷进行了预探，实施的万里特1井，录井见到油气显示。全年压裂18口井21井次，查干油田开发也取得较好效果，全年生产原油24386吨，销售20996吨。

2006年11月，完成集油站的改扩建，东胜蒙古公司的原油年处理能力达到7万~9万吨。

2006年12月，完成基地生活点2130平方米的改扩建。

为了做好后勤管理工作，东胜蒙古公司制定了完善的生活和健康管理制度，充分体现人性化管理。除了分别设立中餐厅和蒙餐厅以及为员工定期免费体检外，对员工宿舍实行公寓化管理，免费提供卫生清洁和洗衣服务，并保持24小时洗漱用上热水，让员工从井场工作回来有家的感觉。另外还设立了健身和娱乐场所，为员工提供了一个健康的环境，丰富了员工文体生活，提高了员工的生活质量。

2006年，从生活到生产，宗巴音生产基地的发展欣欣向荣。

2006年，东胜蒙古公司作为先进典型在胜利油田外事外经会议上受到表彰，并做了题为《与国际标准接轨，将多元文化融合，建设胜利特色的境外石油合作项目》的典型发言。王春田与东胜公司主要领导人在商务部《国际工程与劳务》杂志上共同发表了《与国际标准接轨，将多元文化融合，建设胜利特色的境外石油合作项目品牌》，备受赞誉。

东胜蒙古公司建立了既有胜利和东胜特色又有很强包容性的亚文化。蒙古项目员工来自中国、蒙古国、美国、乌克兰四个国家，不同国家之间具有不同的文化、风俗和生活习惯，所以对于国际石油项目来讲，企业文化整合非常重要。

东胜蒙古公司在仔细研究当地文化和社会环境的基础上，严格按照胜利文化和东胜文化要求，开展具有多元文化包容性的亚文化建设，力求使不同国籍的员工认可，求同存异，相互尊重，也使项目管理更具人本化、人性化，追求企业利益和社会效益的最大化。经过一段时间的探索和实践，这种文化已得到员工的普遍认同，在规范化的进程中又迈出了重要一步。

有一位美籍工程师吉姆，原是美国公司在宗巴音生产基地的管理者，后来又成为 ROC 公司的基地经理，他对东胜蒙古公司能否搞好项目运作和管理持怀疑态度。

王春田对他不急不躁，既展示项目前景又对他热情引导，安排他到东胜公司机关驻地参观。吉姆说，这是我一生中的最大荣誉，我虽然在大公司工作过，但是只在中国胜利油田东胜公司获得过这一殊荣。胜利电视台曾经现场采访他并进行了报道，影响较大。

尽管环境艰苦，但东胜蒙古公司的工作标准却不低！

东胜公司在实施蒙古国宗巴音项目伊始，就严格按照国家关于境外石油项目的有关规定和流程进行运作，严格履行报批手续，严格项目年会制度，及时签署外贸合同。同时注重研究学习蒙古国包括石油法、劳动法、海关法、环境保护法以及各种税法在内的资源国法律法规，做到了四个“遵守”：遵守产量分成合同，遵守劳工规定，遵守安全要求，遵守环保要求。正是基于这种强烈的法律意识和规范运作意识，蒙古国政府从开始对中国企业的抵触情绪和怀疑心理，转变到敬重、赞赏和信任，赢得了良好的社会政治环境。

东胜蒙古公司按照蒙古国法律制度规范操作、精细管理，更赢得了蒙古国政府、人民和社会的极大认可。

王春田在工作汇报中写道：尽管宗巴音自然环境艰苦、经济环境落后，但是在各级领导和部门的关心支持下，全体人员发扬艰苦创业传统和精攻苦战精神，知难而进，迎难而上，精细研究，严格管理、严密组织施工，先后钻井 18 口，探明石油地质储量 618 万吨，控制储量 680 万吨，预测储量 1000 万吨。目前项目已达到日产原油 50 吨的生产水平，有望在今后三年内建成年产 10 万吨的生产能力。在寻找更多储量和提高原油产量的同时，我们力求按照国际石油惯例规范化运作，树立了胜利油田良好的国际形象。在参与日趋激烈的国际石油市场竞争中，我们体会到了市场竞争的艰辛，同时也学到了很多国际石油项目运作经验。我们力争再有新的突破和发现，为胜利油田总体奋斗目标实现做出新贡献，为胜利油田在国际石油市场上争光！

2007 年 3 月 15 日，东胜蒙古公司在东胜大厦召开 2007 年年会，蒙古国石油管理局巴特铁木尔副局长高度评价了东胜蒙古公司 2006 年 97PSC 区块的各项工作，对东胜蒙古公司一贯致力于改善基层员工的生产生活条件致以赞许，对东胜蒙古公司 2006 年取得的勘探开发成果特别是在查 1 块发现高产油井表示欣慰。

2007 年 3 月，为规范国际项目管理，中国石化集团公司把“蒙古国宗巴音勘探项目”列入第二批清退项目范围。

蒙古项目将何去何从？这是令为之付出巨大心血的王春田万分关心的事。

2007 年 4 月 24 日，胜利油田向中国石化集团公司油田事业部正式上报了《关于东胜公司蒙古国宗巴音勘探项目的请示》，对该项目提出了两种运作方式：一是由中国石化投资，由胜利油田直接管理或委托东胜公司管理；二是把项目移交给中国石化国际石油勘探开发公司。胜利油田建议按第一种方式运作。

2007 年 4 月 26 日，中国石化集团公司油田事业部、组织企改部、发展计划部、财务部、油田企业经营部、法律事务部、胜利油田分公司等单位参加了对蒙古项目处置讨论会。

中国石化负责人聆听了王春田的汇报后非常感动，给予如下评价。

“东胜公司蒙古国宗巴音勘探项目属于油气勘探开发业务，是股份公司核心业务。蒙古项目运作情况良好，审批手续齐全、运作规范，在勘探开发上已经取得了一定成果，生产的原油全部运回国内加工，产量和效益正逐年提高。同时，该项目在境外的物探、钻井、录井、测井、作业、油建等工程全部选用胜利油田的队伍施工，劳务收入可观，增加了中国石化的海外收入。蒙古项目前景看好，蒙古国资源相对丰富、投资环境宽松，东胜公司已在蒙古国建立了良好的信誉，为中国石化今后在蒙古国进一步拓宽油气勘探开发业务奠定了良好基础。项目清退难度较大，该项目在境外的投资及勘探开发已形成一定规模，合同尚未到期，终止合同会带来经济损失，也会影响对外关系。”

在东胜公司领导支持下，王春田按照留下项目的思路所做汇报，促成中国石化总部改变了清退项目的想法。

蒙古项目虽小却运作良好，不仅自己走出了国门，更带动了众多油田兄弟单位境外创效，这是真正的“胜利特色”之一端。

2007年5月14日，由东戈壁省行政机关、省技术监督局、省消防局组成的验收小组对东胜蒙古公司新建办公宿舍区进行了检查验收。

2007年6月20日，东胜公司获中国石化总部批复，继续负责蒙古项目的具体运作和管理。

从此，运作规范的东胜蒙古公司在中国石化崭露头角。王春田感人至深的汇报，给了东胜蒙古公司第二次生命。

王春田在日记中写下当时的感想：中国石化集团对该项目的高度评价，激励着我们每一位成员去战胜冰天雪地，去战胜沙漠戈壁，去战胜遮天蔽日的沙尘暴，去克服荒凉无人的寂寞，去克服对远方亲人的思念，致敬每一个为蒙古项目战斗过的东胜人！

那些日子，为蒙古项目奔忙的王春田非常疲惫。每次回到家，没等妻子把饭菜端上桌，他已经在沙发上睡着了。

2007年，东胜蒙古公司共完成三维地震采集200平方千米，完钻探井4口，开发井8口，总进尺1.67万米；新井平均日产11.2吨，新增探明石油地质储量1021万吨，新增控制石油地质储量982万吨，建成了年产8万~10万吨原油生产能力。东胜蒙古公司的顺利进展，前前后后得到了胜利油田大力支持，多次被评为外事外经先进单位。

这份成绩单让王春田悬着的一颗心终于落了地，他带领的团队圆满完成了蒙古项目成立之初东胜公司下达的任务：建成5万吨年生产能力并产生一定效益，建设了一支规范的国际化石油队伍的任务。

东胜蒙古公司度过了最艰难时期，开始呈现突飞猛进的发展势头。韩鹏云担任基地经理，王健林担任商务经理，李健担任财务总监，鲁广军担任总地质师，孙永权担任地质师，姜东波担任采油工程师——这支出类拔萃的管理队伍，是王春田的骄傲！

在王春田和同事们的努力下，宗巴音生产基地的生产生活越来越好。

蒙古国中华总商会成立于2002年，东胜蒙古公司是发起者之一。

蒙古国中华总商会是在蒙中资企业的旗帜，其会员企业包括国有企业、股份制企业和民营企业，业务范围涵盖矿产、能源、建筑、金融、畜产品加工、餐饮服务等领域，旨在宣传中蒙两国经济政策，为中国来蒙投资企业提供商务信息咨询服务，组织大型经贸洽谈合同，促进经贸合作和民心相通。

多年来，中国大使馆为中华总商会开展各项活动提供了巨大的支持和帮助。中华总商会在大使馆指导下抱团出海，充分发挥服务和协调职能，团结中资企业有序竞争，督促中资企业依法合规经营，维护中资企业合法权益，为推动中蒙经贸合作，促进两国人民间的友好感情做出了积极贡献。

2005年，中国国际航空公司驻乌兰巴托总经理张春山担任中华总商会会长，工作忙碌的王春田担任中华总商会矿业分会副会长。

时任中国驻蒙大使馆参赞宋学军交给王春田一项任务，希望他能带动其他中资企业提高运营规范性。

身在异乡，心向祖国。王春田努力做好榜样，尽心尽力团结在蒙企业，树立起中资企业在蒙古国人民心中的良好形象。

东胜公司规定，驻蒙员工在蒙古国工作三个月后回国倒休一个月。

总经理王春田回国期间仍要处理各种事务，包括向东胜公司分管领导汇报进度、协调安排设备物资运输等，尤其是当年腊月至来年春季，王春田要做好办理各种出关手续的准备。因为工作忙碌连轴转，悄悄升高的血压并未引起王春田重视。

2007年7月，正在宗巴音生产基地办公室处理文件的王春田忽然感觉有些头晕，正巧打来电话讨论商会事务的张春山听到王春田吐字越来越不清晰，立即和中华总商会矿业分会会长迅速赶到乌兰巴托办公室看望王春田，叮嘱他马上回国：我们派人护送你登机！

在张春山的紧张联络协调和东胜蒙古公司同事们的帮助下，王春田坐上当日最后一趟乌兰巴托飞北京的航班，两个多小时的航程，他以强大的意志力与病魔抗争，尽最大努力保持着清醒。

飞机一落地，医护人员冲进机舱，一边告知大家飞机上有病人，一边呼喊王春田的名字。王春田勉强站起身，被医护人员抬下飞机。躺进救护车的那一刻，王春田松了口气：一路这么累，可到家了！

在张春山的周密安排下，航空公司工作人员以最快速度办理了各种手续，昏睡过去的王春田被及时送到北京机场医院急救。

王春田醒来时，已是一周之后，他平安度过了危险期。

通过这一重症危情处置，东胜蒙古公司和中国国际航空公司从此结下深厚友谊。创造奇迹的不仅是祖国同胞之间的手足情深，更关键的是王春田学到的救援预案起了大作用。

在东胜公司与ROC公司联合作业期间，王春田细心学习了紧急救援方面的知识，后又颇有远见地与张春山达成共识：假设东胜蒙古公司员工需要紧急救援，中国国际航空公司将开辟绿色通道协助回国。这个救援预案给了王春田第二次生命。

多年后，张春山常常提起王春田当年创业的艰辛和彼此间的支持，患难与共的深情厚谊在记忆深处温暖着他们的人生路。

2008年底，需要长期做康复治疗的王春田正式离开了东胜蒙古公司。

壮志未酬身先退是王春田最遗憾的事，内心深处的热爱不舍和因病退出的遗憾之情交织在一起，常常让他五味杂陈：如果不病该有多好！他多想陪伴蒙古项目走下去！

在蒙古项目创立初期，王春田和同事们太困难了，太艰苦了，太想家了！

一个人只有在国外经历辛酸苦辣，才知道自己有多热爱祖国！创业初期遇到那么多艰难险阻，是热爱祖国的精神力量支撑着他们勇敢前行，是艰苦奋斗的胜利精神鼓舞着他们披荆斩棘，是东胜公司的“精攻”精神和用人机制激励着他们开拓进取！

20年来，所有为蒙古项目奉献过的人们尝尽苦涩，却以苦为甜、初心不改，只因他们心中有一个共同的为国献油梦！

王春田把最好的年华都奉献给了蒙古项目。如今，回想那段艰辛的创业史，王春田依然心潮澎湃，想当年金戈铁马气吞万里如虎，三十多岁的他是那样无所畏惧！

蒙古项目犹如一棵繁茂的树，在戈壁滩扎根、生长、开花、结果，从石油开发到人才培养，无不实现着20年前的设想。

从蒙古项目到东胜蒙古公司，王春田带领队伍付出了艰辛努力，为这棵“树”厚植出强壮的根基。根基稳固，才能基业长青！工作稳扎稳打、兢兢业业的王春田是第一个为培育这棵“树”呕心沥血的人。

蒙古项目是王春田一生的骄傲，唯有回忆，以慰心田。多年来，在油城一隅，王春田通过《人民日报》、胜利油田电视台等媒体默默关注着蒙古项目的茁壮成长。

让王春田倍感宽慰的是，有更多的年轻人加入了蒙古项目建设队伍，沿着前人的足迹无私奉献、勇往直前！

没有硝烟的战争

“解决矛盾的过程是另一种形式的谈判。”

——孙怀福

2007年7月，东胜蒙古公司第一任总经理王春田忽然病倒回国治疗，基地经理韩鹏云代理总经理。

2008年5月，因呼和浩特铁路局二连浩特铁路原油换装站存在安全隐患，铁道部责令停业整改，宗巴音项目原油运销工作随即停止。7月，宗巴音生产基地因储油罐满而停产至2009年3月。

2009年，东胜公司党委任命孙怀福为东胜蒙古公司第二任总经理。

东胜蒙古公司的生产经营一度陷入停滞，那年，外汇额全部花完，管理层员工已停薪半年。孙怀福上任之初面临的是一个非常严峻的困局：恢复生产没钱，发工资没钱。

孙怀福临危受命，到任后的第一件大事就是带领一百多名中蒙员工逐步恢复生产，其中的艰辛无数、甘苦自知，用“脱了一层皮”来形容毫不夸张。

上产之战，就像一场没有硝烟的战争。

那时因手头外汇短缺，孙怀福先从胜利高原公司借款给员工发了工资，又到联合石化协商以原油为抵押借到启动资金，协助铁道部门顺利办好安检手续，恢复资质并开始冬季运油销油。

于是，宗巴音生产基地的生产建设步入正轨，东胜蒙古公司管理层非常清醒，把目标盯准非优质资源，这本身就是挑战！所有成本都要精细核算到单井上，从不赚钱到赚钱，并非一朝一夕的功力与劬劳。

在政策激励方面，东胜公司层面也考虑到东胜蒙古公司的实际情况，授予他们一项独特的管理权限：发动全员提合理化建议，采纳后确实节省成本，将给予员工 5% 到 10% 的硬兑现奖励。在员工大会上公布这项举措后，极大地激励起大家创新创效的主观能动性。

例如，电热杆的耗电问题。有员工发现，电热杆保持 24 小时通电太浪费，加热达到预期温度后，余温能否保证油井照常生产一段时间呢？如果行得通，到底需要开多久停多久才合理呢？大家通过详细观察记录终于摸索出了规律，尽管这个过程很费力，却给公司节约了可观的运营成本，从费电到省电，使公司和员工双向受益。

例如，清罐费用问题。管理层算了一笔账：如果请工程队清理的话，一个罐需支出 2 万元，有员工业余时间把活揽下来自己干，公司节省 90% 的维护成本，员工也获得 10% 的奖励，个人利益与公司利益最大限度地实现了和谐统一，可谓是皆大欢喜的好事。

例如，从单井到输油站的装卸油问题。宗巴音油区和查干油区的原油凝固点在 37 摄氏度左右。即只有达到 37 摄氏度，原油才能液化流动起来。早期，员工们采用柴油锅炉车给储油罐循环加温，必须有人值班盯守两天才能完成拉油任务。油区实现上电后，有员工提出改用导热油加温法，仅此一项建议，一年就为公司节约了 100 多万元成本。

员工们踊跃提建议，拥有充分的经营管理自主权的东胜蒙古公司把成本一项项降了下来，2009 年全年共节省成本一千多万元，当年创下销油 8.5 万吨的新纪录，现金净回流 940 万美元。这是东胜蒙古公司第一年盈利，从此结束了只投资无收益的被动局面。

2011 年 11 月 5 日，东胜蒙古公司举办了蒙古项目十周年表彰大会。

2013 年，东胜蒙古公司完成从集油站至查干油田 22.7 千米柏油路工程施工。

2014 年，东胜公司在蒙古项目上的实际投资全部收回，投资效果评价好于最初的预期。

东胜蒙古公司的上产之战取得了阶段性的胜利。

商务之争，就像一场没有硝烟的战争。

孙怀福忙的第二件事是拜访蒙古国相关政府部门，用一年时间理顺了商务环境。

在蒙古国技术监督局的干预下，东胜蒙古公司被要求停产 40 天，理由是环保不达标。孙怀福知道，这是双方缺乏理解沟通的结果，解决矛盾的过程正是另一种形式的谈判。

2012 年，蒙古国石油管理局要求东胜蒙古公司交注水费。随着注水井的开发，这笔费用会越来越多，东胜蒙古公司将不堪重负！交了一年水费后，孙怀福找到环保部的部长，画了一张图解释：东胜蒙古公司采出的是矿层水，再注回地下补充地层能量，并没有消耗饮用水资源，不该征收这笔费用。蒙古国环保部下文同意免征，东胜蒙古公司从此节省了每年 30 多万元的费用。

2013 年，依照合同，蒙古项目由勘探期转为开发期。

协商会上，中蒙双方就“区块划分”问题产生了分歧，蒙古国石油管理局的官员罔顾地下，只盯地上，主张收回没有油井的区域，这将严重影响正常的生产经营管理。中方再三讲明道理仍然得不到理解，一向性情温和的孙怀福拍案而起，当着所有参会人员的面毫不留情地大发雷霆：你怎么学的知识？连基本的管理规划都不懂吗？

会后，孙怀福问翻译：我说的话你都翻译过去了吗？

翻译告诉他：你的话不用翻译，看你的脸色，听你的声音，大家都知道你说的是啥！

这次发火的结果是，蒙古国石油管理局顺利通过了东胜蒙古公司按照生产经营需求提交的区块划分方案。

东胜公司蒙古项目大事记：

从 2007 年 1 月 1 日起，蒙古国海关、税务部门向东胜蒙古公司进口的柴油征收成品油特别税，部分非设备车辆和办公生活用品征收进口增值税、公路税，但根据97PSC合同第16条第一款约定，“合同者可以进口所有合同者需要用于石油作业的材料、设备、物料和其他物品，包括机器、车辆、备件、食品和其他可移动和/或消费性物品，而且所有这些物品应免于征收所有关税”。东胜蒙古公司针对此情况多次与蒙古国石油管理局交涉。

2012年1月1日，蒙古国政府对增值税法及海关法进行了修改，因此2012年1月1日至6月30日97PSC免税的相关条款没有得到执行。

从2012年起，蒙古国政府部门提交国会的多项修改法律中，涉及外国投资者，特别是产品分成合同的法律有如下几种:《增值税法》《海关法》《土地法》《企业所得税法》《个人所得税法》等。这些法律的修订都不同程度地增加了企业负担。特别是已经通过修改的《增值税法》与《海关法》对于执行产品分成合同的石油企业增加负担率15.5%，增加了东胜公司每年生产、生活材料的进口成本。

东胜蒙古公司自接受产量分成合同以来，严格履行了产量分成合同规定的义务，每年向蒙古国上交产量分成及矿税收入，该交给蒙古国政府及地方的税收都及时交付，并对地方的经济发展给予了很大支持。蒙古国税务总局执意否认“投资合同”中规定的免税条款的做法，是蒙古国政府实质性违反投资合同的行为，也严重违反中蒙两国政府签订的《投资保护协定》。王宏宇和伊茂恒、侯俊秀等人做了许多幕后工作，他们搜集证据、制定策略、确定方案，为东胜蒙古公司能打一场有把握的税务官司殚精竭虑。

2013年2月25日，东胜公司国外项目管理部副主任王宏宇起草了“关于要求蒙古石油局执行97PSC合同第26.12条款的函”。5月22日，完成了关于蒙古国商务环境恶化的调查报告。

2013年6月25日，东胜蒙古公司向蒙古国石油管理局送交了希望石油局代表参加有关税务纠纷问题仲裁会议公函，向蒙古国税务总局争议仲裁委员会送交了希望石油局代表参加有关税务纠纷问题仲裁会议公函。

2013年11月6日，蒙古国税务总局回复1/2919号函，王宏宇据理力争，写了有分量的回函。

2013年11月20日，东胜蒙古公司向中国驻蒙古国大使馆送交了与有关证明材料相关的第 464/13 号请求函。

2013 年 12 月 2 日，中国驻蒙古国大使馆向蒙古国税务总局送交了有关产量分成合同相关证明（公函号 374/2013）。

2014 年 3 月 4 日，东胜蒙古公司总经理孙怀福和同事张伟利、赵根柱一起出庭，就税务纠纷仲裁会议进行了义正词严的答辩。他们没有请律师，而是自己为自己辩护，凭借对蒙古国法律与 97PSC 产量分成合同的透彻了解和认识分析，最终打赢了这场税务官司。

2014 年 4 月 28 日，蒙古国税务总局争议仲裁委员会向东胜蒙古公司送交了第 85 号有关 2014 年 3 月 7 日会议结论做出的第 16 号决定及税务总局局长就税务纠纷问题做出的第 A/115 号指示，蒙古国国家税务总局与东胜蒙古公司之间的税务纠纷得到圆满解决。

石油牧歌

“我是站在巨人肩膀上走到今天的。”

——孙永权

东胜公司油气开发首席专家孙永权是个安静的人，一副近视镜，一脸书生气。

谁能想到在过去的15年里，他的心中曾响着一支辽远高亢的石油牧歌？

2005年7月，在东胜公司地质所工作的孙永权参加了蒙古项目勘探开发部竞聘。8月16日，孙永权和鲁广军一起办理完烦琐的手续，辗转1300多千米抵达东胜蒙古公司驻地，开启了他长达15年的“自牧”生活。

时年30岁的孙永权担任东胜蒙古公司地质师，负责油田开发工作。

东胜蒙古公司生产基地坐落在蒙古国东戈壁省深处的宗巴音镇，距离中国边境口岸二连浩特市200多千米，四周是一望无际的戈壁滩。

尽管不习惯干燥的气候，尽管看见餐盘里的牛羊肉就怀念家乡的川菜，但孙永权还是努力适应枯燥的生活环境，把单调的日子过得有朝气。

宗巴音的天总是黑得很晚。年轻的孙永权喜欢和同事们一起踢球，几个人在基地院外垒两块石头当球门，在空空荡荡的戈壁滩尽情奔跑。

一个人与石油结缘，就必须坦然面对命运交给的一切苦和甜。

2005 年，东胜蒙古公司年产量仅有 4000 吨。

孙永权和鲁广军等同事打破传统思维，通过采集三维地震资料对宗东 1 块和宗东 4 块地质构造重新认识，先后部署油水井 22 口，新建产能 2 万吨，为东胜蒙古公司的六大开发区块奠定蓬勃发展的基础。

东胜蒙古公司所开发的查干区块属高含蜡高凝油油藏，很多油井的液流在井筒约六七百米处就产生凝结，无法流动至地面，从而影响生产。孙永权和姜东波等同事广泛调研国内外高凝油开采工艺，选择柴油机发电带电热杆加热的采油工艺技术，在查 1-A 井喜获工业油流，从而奠定了查 1 块的开发基础。

2010 年，东胜蒙古公司年产量突破 8 万吨。

2013 年，基地经理韩鹏云回国，孙永权代理东胜蒙古公司基地经理。

孙永权发现，现场管理仍有难度，蒙方员工无知者无畏，并不了解操作不规范带来的危害，酒后上岗的现象屡禁不止，一旦在境外出现安全生产事故，影响会很坏。

为了从根本上杜绝安全隐患，孙永权精心组织编制了 90 多项操作规程，并翻译成中蒙文对照件，组织班站学习，通过观摩安全环保教育片，让蒙方员工从心里接受标准化操作并变成自觉行为。

为了普及标准化操作规程，孙永权安排一名中方员工带着两名蒙方员工工作，手把手地教，直到所有员工都熟练掌握。为了把安全操作落到实处，孙永权从严管理，要求班组必须召开班前安全会，让员工充分了解设备状况、工作流程及施工风险。

孙永权组织编制的 90 多项安全操作规程覆盖了东胜蒙古公司的所有岗位工作，确保了东胜蒙古公司的健康发展。

2015 年，孙永权担任东胜蒙古公司总经理。从一位纯粹的技术工作者，到一位沉稳老练的管理者，这不仅是角色的转换，更是能力的提升。

为了更好地履行中蒙合同，东胜蒙古公司每年举行一次年会，总结评价当年工作，根据生产经营情况评估第二年的投资规模，提交工作计划与预算，讨论确定新一年的工作量，并与蒙古国主管单位签订年会备忘录。作为利益共享的合作方，蒙古国石油管理局密切关注着东胜蒙古公司的发展，十分关心东胜蒙古公司对石油资源的利用是否合理。

世间有太多确定性和不确定性，“稳中求进”是孙永权的性格。

什么投资对东胜蒙古公司发展有帮助？会不会亏损？这些都必须早做打算。每年下半年，孙永权就开始为来年的工作做充足准备，从经营思路上下功夫。

到过宗巴音的人都知道，宗巴音的夏天像蒸锅，宗巴音的冬天像冰窖。相比恶劣的气候条件，复杂多变的海外市场生存环境给东胜蒙古公司运行带来了更严酷的考验。

2014 年，处于上升期的东胜蒙古公司却遭遇了突如其来的国际低油价寒潮，宗巴音的冬天更冷了。

遭受重创的东胜蒙古公司到底能不能生存下去？东胜蒙古公司陷入困境，总经理孙永权苦苦思索。

在东胜公司总部密切关注下，孙永权和同事们关起门来讨论了两天两夜，提出了围绕“宁愿少亏损也是一种创效”的系列举措，使东胜蒙古公司得以保存有生力量，发展至今。

在孙永权心中，蒙古项目虽小却是宝，是对胜利油田、中国石化有贡献的国际项目。他有责任挑起这副重担，与东胜蒙古公司共患难，带领团队求生存、谋发展。忍人所不忍，能人所不能，这是孙永权的生存法则。

此后经年，如同一曲苍凉的蒙古长调，孙永权和他的同事们在茫茫戈壁上栉风沐雨，为生存而战。

到底该如何经营东胜蒙古公司，才能平安度过低油价时期，并做到有效益？

孙永权奔波于宗巴音生产基地和乌兰巴托之间，为东胜蒙古公司的发展殚精竭虑。熟悉每一口井的他带着大家一起干，开安全会、生产会、经营会、动态分析会，想尽一切办法渡过难关。

首先是优化投资方向。考虑到蒙古国当地石油配套服务缺乏的实际情况，孙永权认识到，仅靠国内采购和租赁服务，周期长、成本高，必须转变观念，走出困境、摆脱危局。

在孙永权的带领下，东胜蒙古公司成立了创新工作室，在获得相关施工资质的基础上，通过采用“设备租赁、技术指导”模式，尽量自己的活儿自己干，彻底摆脱依赖外部队伍施工的被动局面，有效节约作业费用。

要想生存就得精打细算过日子，孙永权制定了精细管理策略。

东胜蒙古公司成立了十个降本减费增效项目组，通过修旧利废、技改工程、压减运营成本、弹性销油等多项措施实现降本增效，利用“三线四区”模型对低效井和无效井进行治理。

2016年5月27日，SWZB310B井组太阳能加温装置投入使用，替代导热油加温。

2017年，东胜蒙古公司通过优化开发工作量、自主完成油水井地面工程项目等方式，减少投资390万元；通过推行“一井一策”管理模式以及技术创新、修旧利废、减员增效等措施，节约生产成本320万元，实现现金净回流2606万元。

人生就是一场自我放牧。一个强大的自牧者，总是处变不惊、遇难不乱。

放牧，是管理，是经营，是追寻，是探索。

自牧，是理想，是意志，是修为，是隐忍。

内心强大的孙永权从容引领东胜蒙古公司顽强地走过了最困难的时期，靠特立独行的经营思路、独辟蹊径的管理智慧，使东胜蒙古公司逐步恢复活力、发展壮大。

在境外，个人代表公司的形象，公司代表国家的形象。东胜蒙古公司在探索逐步融入当地发展的过程中做出了典范。

多年来，东胜蒙古公司倾力而为，支持宗巴音当地建设、吸纳当地用工，与宗巴音镇、东戈壁省政府的关系处理得特别好，实现了利益均沾。同时，东胜蒙古公司也搭起了文化融合的平台。在经年累月的同处过程中，蒙方员工学会了中国人勤劳持家的观念，生活条件一年一个样儿，很多孩子立志学中文，要到中国公司来工作。

东胜蒙古公司招聘的许多员工是宗巴音镇当地居民，民族文化、风俗习惯、宗教信仰的不同给队伍管理带来了难度。孙永权悉心掌握了每名当地员工的家庭情况，年年组织走访慰问，按照中国和蒙古国两国的传统习俗给员工过节。良好的口碑赢得了信任，东胜蒙古公司每年采购牛羊肉都是由当地政府协助联络，牧民赶着羊群到驻地宰杀入库，互相支持，其乐融融。东胜蒙古公司热心公益事业，与当地政府和民众保持了深厚的友谊，无疑是榜样。孙永权性格沉稳、具备卓越的工作能力、对蒙古国的风土人情足够了解，有很高的认可度。

东胜公司蒙古项目大事记：

2018年3月7日，东胜蒙古公司总经理孙永权与东戈壁省政府省长T.Enkhtuvshin签订支持地方发展《共同合作合同》。东胜蒙古公司出资，为蒙古国宗巴音镇盖起了一座现代化幼儿园。通过捐物捐款、支出劳务费等方式，带动了当地经济发展，赢得了蒙古国政府和社会各界的认可与尊重，为中国石化和胜利油田赢得了声誉。

2015年底，中国驻蒙大使馆商务处组织企业推选，孙永权当选为蒙古国矿产能源协会会长，为中国驻蒙企业义务服务。这个新角色让孙永权忙了起来，许多企业慕名而来致电咨询，问题五花八门，有的刚到蒙古国，有的需要买卖设备，有的遇到了纠纷。孙永权总是热情介绍经验、耐心解答政策和法律问题，解决中资企业间的矛盾，协调企业与当地的工农关系，尽可能地提供帮扶。2018年，蒙古国的中华总商会授予东胜蒙古公司“依法合规经营单位”荣誉称号，蒙古国矿产部授予其“突出贡献单位”荣誉称号。

东胜蒙古公司总经理孙永权赢得了中蒙官方与民间，以及中国驻蒙企业的普遍信任。

在处理好商务关系过程中，孙永权意识到，既要与政府部门维系好关系又不能损失公司利益，这是企业发展生存之本。于是，他勤奋学习蒙文和蒙古国相关法律条文，研判投资策略，做到了心中有数。

生命有涯而知无涯，君子当立志而自强。待人恭谦有礼的孙永权是个极度自律的人，在苦寒之地放牧石油，在学习与人为友中升华了自己。

东胜蒙古公司一方面沟通交流，企地关系越来越融洽；另一方面严格执行国际标准。

海外闯市场，最难的是捋顺外部的事。经营效益、安全环保、商务环境等几座大山同时压在背上，考验着孙永权的承压能力。东胜蒙古公司运行事无巨细都要操心，孙永权的血压也像爬山一样升到了高压的边缘。

蒙古国经济以畜牧业和采矿业为主，地上的羊群和地下的石油，是东戈壁省宗巴音镇的主要经济来源。

2016 年，蒙古国大选结束后，新一届大呼拉尔（议会）组建新政府，开始针对外资企业启动了一系列政策变革。蒙古国有关部门成立工作组，要求中方也成立工作组，试图按照蒙古国现行法律变更中蒙双方于 2003 年签订的 97PSC 产量分成合同。如果同意更改合同，从小处看是东胜蒙古公司的利益受损，从大处看则是国家利益受损，必须坚守底线、坚决抵制。

孙永权一方面积极和蒙古国有关部门协调、阐明道理；另一方面分别致电中国驻蒙古国大使馆商务处、蒙古国中华总商会，汇报情况、寻求帮助，取得了国家政府部门、相关社会团体的大力支持，并与石油、煤矿等中方企业座谈共商对策。

中国驻蒙古国大使馆分别向蒙古国税务总局、财政部、审计署发出“外交照会”公文，表明中国政府立场，要求蒙古国政府部门依合同执行，不能随意损害中国企业的利益。

2016 年 8 月，工作组在北京西藏大厦举行第一次谈判，中蒙双方代表激烈交锋，争论充满火药味儿。蒙古国石油管理局、矿业重工业部、税务局等部门纷纷提出修改合同条款，中方代表态度坚决：我们尊重蒙古国现行法律法规，但必须保证中方企业利益不受损害！谈判在矛盾中终止。

2016 年 10 月，蒙方提出在蒙古国首都乌兰巴托的石油局会议室进行第二轮谈判，中蒙双方工作组依然分歧很大，商务谈判组成员孙永权、孙怀福、程先民、李昌伟、张伟利、林文杰据理力争。

2017 年 3 月，蒙方工作组提出进行第三轮谈判，氛围好了很多，双方达成按照原合同执行的默契，蒙古项目生产经营照常运行。

至此，谈判取得阶段性胜利。很多时候，没有结果的结果就是好结果：搁置争议，求同存异。

孙永权感叹：有强大的祖国做后盾，在海外闯市场才有底气！

孙永权总结说，蒙古项目经历了三个重要发展阶段。

从2001年到2009年，是蒙古项目的生长期。

从2010年到2014年，是蒙古项目的发育期。

从2015年到2020年，是蒙古项目的成熟期。

每个阶段有每个阶段的困难，从国际低油价、商务环境巨变、全球疫情三重考验中顽强地走出来，蒙古项目能够健康地运行至今，并做到低油价时期有效益，这本身就是个奇迹！

2020年春天，孙永权完成使命调回国内，担任东胜公司副总工程师兼地质所所长。回国后，他的血压终于降了下来，而脸庞已不再年轻。

在突如其来的疫情中，45岁的孙永权与35岁的张虎赉在电话里交接，蒙古项目又翻开了新的一章。

孙永权说："我是站在巨人肩膀上走到今天的，也将尽全力帮助年轻人走好今后的路。"

在孙永权心中，为胜利油田60年创业史做出贡献的千千万万胜利人，正是无坚不摧、无往不胜的巨人。

2015—2017年，孙永权被评为胜利油田"优秀共产党员"。

2016年，孙永权荣获胜利油田第22届"十大杰出青年"称号。

2016—2017年，孙永权荣获胜利油田"劳动模范"称号。

2017年，孙永权被评为胜利油田第5届"新时期优秀共产党员楷模"。

2018年，孙永权荣获中国石化"劳动模范"称号。

2021年11月，孙永权担任东胜公司油气开发首席专家。

2021年，正是东胜公司蒙古项目走过20年峥嵘岁月的重要里程碑。

孙永权把15年青春留在了苍茫戈壁，扎根异国他乡，用所学专业与技能克服各种困难，带领员工攻克一个个难关，在成就石油事业的同时也成就了自己。

在隐忍中披荆斩棘的孙永权，一支高亢的牧歌，送给你！

在戈壁滩放牧石油的胜利人，一曲雄浑的长调，送给你！

成长的岁月

"成长的岁月，让我不再有遗憾的感觉。"

——鲁广军

蒙古项目的成长，就像一个人的成长，从诞生、发育到成熟，经历了 20 年的奋斗历程。

再回首那些失败与成功、暗淡与光辉交织的往事，鲁广军轻轻哼起龙飘飘的《成长的岁月》，不禁百感交集、热泪盈眶。

鲁广军走在乌兰巴托的大街上，人们会把他当成蒙古西部人，魁梧的身材、满脸的络腮胡子分外引人注目。

2005 年 7 月，外形粗犷的鲁广军到蒙古国工作，担任东胜蒙古公司副经理、总地质师，从事细致的勘探开发工作。

从此，他和查干油田结下不解之缘。

东胜公司蒙古项目大事记：

2004 年 1 月 29 日，蒙古国政府第 24 号决议将 97PSC 产量合成合同的勘探期从

2005年6月16日延长至2010年6月14日。

2004年5月，东胜蒙古公司进行第一次压裂施工，试验压裂查A1井和查A2井。

2004年主要评价开发了查干油田查14块，新钻4口评价井均获成功，经过3口井的压裂，产量大增。

鲁广军查阅了1961年到1963年的历史地质资料，他发现，查14块勘探40年来一直没有投入开发。

东胜蒙古公司于4月完成钻井11口，仍未找到查14块之外的新储量。查14块的开发井，常规投产每天只有0.2~1吨产量，全部需要压裂开采。

鲁广军和东胜蒙古公司总经理王春田商议：查14块目的层属于查干组油藏，北边有口老井查1，其试油资料显示有油有水，油藏属于新层系，有望发现新储量，应该部署新井，寻找突破口。

2005年8月17日至9月24日，东胜蒙古公司进行了三维地震采集，覆盖面积143平方千米。

2006年，东胜蒙古公司在查1井附近部署的查1-A井完钻，喜获高产工业油流，为寻找高产的下宗巴音组油藏打下基础。

鲁广军的新思路，使勘探工作打开了新局面，随即加大了对下宗巴音组油藏的勘探力度。

2007年的小年，在热闹的鞭炮声中，宗巴音生产基地的员工们搬出由苏联人留下的老兵营改造的拥挤宿舍，搬进了新建办公宿舍区，热热闹闹地包饺子、贴春联，生活也掀开了新的一页。

有恒产者有恒心，大家备受鼓舞，安居乐业，干劲儿十足。

2007年，东胜蒙古公司在查1-A区块部署多口开发井，查1-3井最高产量达到日产30多吨。在查1-A井取得成功的基础上，部署了2口针对下宗巴音组油藏的探井，查27井和查27-1井完钻后皆钻遇油层。为了提高采油速度，16口井压裂获高产。

2007年10月，为了保证钻井成功率，在查干地区实施203平方千米的三维地震资料采集，为2008年大规模开发下宗巴音组油藏提供了保证。

到2007年底，查14块的开发井网已较为完善。查1块是2006年发现的一个高产区块，查 27 块是 2007 年发现的一个高产区块。至此，查干油田的查 14、查 1、查 27 三个油藏断块均已发现。

2008 年共完钻新井 22 口。

这意味着，东胜蒙古公司可以不需要国内“输血”，完全能实现自给自足，靠销油收入“自立”。

外闯市场能给油田挣回效益，还能给大家发福利，这是东胜蒙古公司员工们心中最自豪的事。

2003 年宗东斜 1 井完钻，2004 年该井压裂后获得高产。

2005 年，隶属于宗东斜 1 块油藏高部位的宗东 2 井完钻，试油效果不好。

位于宗巴音老油田东南方向的宗东斜 1 块只有一口井投产，勘探局面仍未明朗。

2008 年，学物探专业出身的鲁广军重新分析了 2005 年采集的三维地震资料，提出了一个新观点：宗东 1 块的油藏地质构造比较“陡峭”，地层倾斜错位，用常规方法处理有局限，没有解释好断层偏移问题。鲁广军不想放弃，他认为，宗东斜 1 井产量很好，附近有一定的含油面积，应当采用先进的“叠前时间偏移技术”重新解释、重新认识，再寻找答案。

2009 年，地质工作者运用先进的技术手段重新解释三维地震资料得到了新的构造图，通过进一步研究分析发现，宗东 2 井理应排除在宗东斜 1 块的油层以外。

鲁广军提出的这一新观点，纠正了以往的错误地质认识，使宗东斜 1 块的勘探开发峰回路转，柳暗花明，使东胜蒙古公司在勘探期结束前顺利地找到了新储量。

宗东斜 1 块的开发提上了日程，在距离宗东 2 井不到 100 米的地方部署了新井，找到了新油层。十几口开发井陆续投产，喜获高产。

回忆这段时期，鲁广军感叹不已：宗东 2 井如一根“钉子”钉在了宗东斜 1 块的构造高部位，解释不清的困境曾使他们一度不敢动用该油藏，部署开发井的步伐整整延后了 7 年。地质认识的转变，使积蓄了多年的找油愿望得以释放。

2010 年 6 月，蒙古项目规定的勘探期结束。

到底哪些油藏断块可以转开发呢？蒙古国要求东胜蒙古公司提交探明储量报告，

并向蒙古国国家储量委员会汇报。

2010年10月，鲁广军调回国内，担任东胜公司地质所副所长，仍然专职负责蒙古项目的勘探开发工作，他委托胜利油田地质科学研究院储量室完成了东胜蒙古公司探明储量报告的编制。蒙古国国家储量委员会的官员多是学水文、煤矿、金属矿出身，对石油开采行业并不熟悉，或出于其他目的，他们针对报告提出的问题匪夷所思。比如，地下何处有水源？有多少储量？铀矿在哪儿？

鲁广军无奈，只得重新分析测井图等地质资料，在报告中加入了对水源的标注说明，用了两年时间修修改改，直到2012年才通过了储量汇报。目前用找石油的技术手段是找不到铀矿的，鲁广军建议他们找法国专业公司勘探。

2012年底，蒙古国石油管理局要求东胜蒙古公司编制蒙古项目开发方案，从英文报告到蒙文报告，鲁广军不断按蒙方要求调整内容，前后修改了20遍。

2015年，鲁广军调到河口管理区工作，仍然负责开发方案编制汇报工作，直到2016年4月才算通过。

提起这段时期，鲁广军倍感折磨。很多时候，在不影响蒙古项目运行的前提下，为了更好地合作，适时让步、解疑释惑是一种宽厚的君子之德。

在油田勘探开发中，井位类型主要包括三种：一是勘探的探井井位，风险最高，成功率在30%左右；二是开发井井位，失败率较低；三是介于两者之间的滚动勘探井井位，成功率在60%左右。

东胜蒙古公司有80%的井位是鲁广军定的：在查干油田部署的3口探井成功率100%；2019年，在宗巴音油田的低部位成功部署滚动勘探井宗新3井，在宗东斜1块附近的小断块部署的滚动井失败；部署了60口开发井成功率100%。

蒙古国的盆地和国内的二连盆地、海拉尔盆地同属一个类型，解释地质资料、落实构造、研究油层分布，这些工作极富挑战性。一个优秀的勘探开发工作者，必须细心敏锐、反应快、有想象力。

在孤岛油区工作期间，鲁广军和同事吃饭聊天，同事说区块角落里有口井产量很好，职业的敏感使他心里一动。后来，鲁广军在那口井周围用心研究部署的井喜获成功。

多年前，胜利油田钻井公司为了保险起见，在东营牛庄地区采用“三开”钻井方式，井下要用三层套管即表层套管、技术套管、油层套管，成本很高。东胜公司的技术人员提出：为何不尝试“二开”呢？

在公司的起步阶段，敢想敢干、不因循守旧的东胜人设计的方案只用表层套管和油层套管，在牛庄部署了牛25块的第一口探井，钻井公司成功做了尝试，成本节约了1/3。

1997年，胜利新闻里播报的这条消息，让鲁广军颇为心动。那天，鲁广军正在孤东采油厂参加开发工作会议，油田开发老总才汝成特别表扬了东胜公司。

1998年，鲁广军被这种新的市场化运行模式深深吸引，慕名应聘，成为东胜公司的一员。这个选择，改变了鲁广军的人生走向。

“精攻”两个字熠熠闪光，个人和群体的价值观前所未有地合拍，这是多么幸福的事。

“精益求精，攻坚必胜”正是东胜公司无往而不胜的精神之根。

从地下到地上、从过去到未来，东胜公司蒙古项目矗立于时间的洪流中，在选择与被选择、成就与被成就间茁壮成长。

此时，满脸络腮胡的鲁广军正哼着这首他最喜欢的歌，开着皮实的工程车奔波在敦煌办事处到青海油田之间300多千米的征途上。东胜公司已在青海油田实现了勘探新突破，开拓西部资源阵地是他的新使命，未来的路还很长。

成长的岁月，让我不再有遗憾的感觉。

成长的岁月，让我知道怎样珍惜拥有的一切……

新局面

“此去经年意气长，开发防疫两担当。间关万里成使命，塞外落雪满衣裳。”

——姜东波

2021年，东胜公司党委安排姜东波重回蒙古国，接替高云担任东胜蒙古公司党支部书记兼法人代表。

2021年11月28日，二连浩特市新冠肺炎疫情防控工作指挥部发布第83号公告，明确要求：“为加强口岸疫情防控，有效阻断新境外疫情通过进口货物传播，进一步强化铁路口岸管控措施，自11月28日14时起，二连浩特铁路口岸暂停进口及接入非集装箱煤炭、石油等货物。”

东胜蒙古公司随即取消了之后的销油计划，开始积极协调尽快恢复销油工作。即将上任的姜东波天天忙碌，运作驻蒙员工倒班回国事宜，多方协调销油。

他的“兵”在国外，怎能不忧心呢？受疫情影响，东胜蒙古公司的干部员工们已经在境外戈壁坚守两年多。近期，经过多方不懈努力，第一批23名员工终于坐上了回家的飞机，回到了祖国的怀抱。

疫情未停，生产却不能停，为了确保境外项目生产运行平稳，东胜公司派出了公司采油工程专家、东胜蒙古公司党支部书记、副总经理姜东波带领三名员工启程前往蒙古国，接替回国人员继续开展工作。

东胜公司领导评价，姜东波是个内秀有才、能担当的人，组织安排的事他能很执着地完成。人要干事业是不容易的，姜东波是最美逆行人，明知艰辛还要远征，这种精神值得所有人学习。

2021 年 12 月 7 日下午 1 点 40 分，东胜公司在东胜大厦门前为出征人员举行了简短而庄重的欢送仪式，公司领导、出征人员的家人和同事们来到现场为他们送行。

“一定做好防护。”

“照顾好自己和身边同事。”

东胜公司领导向出征人员及其家人们对公司工作的支持表达了感谢，并请他们放心，公司党委及公司各部门将全力做好后勤保障工作，化解后顾之忧，稳固“大后方”。

“此去经年意气长，开发防疫两担当。间关万里成使命，塞外落雪满衣裳。”——姜东波朗诵了他的这首七律诗，表达了出征人员的决心。考虑到境外疫情防控与原油生产等因素，此次出征，每一个人都做好了长期“战斗”的准备。

大家跟姜东波开玩笑：你们夫妻俩应该拥抱一下！

姜东波和妻子张引深情拥抱，关切的叮咛是来自亲人的牵挂，纵有千般不舍，但彼此信任是给予的最大支持。

送别后，姜东波的爱人张引躲进自家车里哭了很久。这一别不知多久才能见面，那种心酸谁人能知？

风云变幻的疫情时代，个人的担当、群体的使命与国家的未来紧密相连。蒙古项目 20 年的发展史，正是胜利人外闯市场的奋斗史，映射着中国走向世界的复兴史。

姜东波和一同出征的同事从广州经韩国转机，一路向北飞往蒙古国，奔赴千里外的宗巴音生产基地。

宗巴音生产基地越来越近，心里的雪越下越大，仿佛穿越历史的脚步声，轻如风诉，重如雷鸣。

姜东波与东胜蒙古公司结缘，始于 2003 年。

2003 年，东胜蒙古公司急需人才补充队伍，第一任总经理王春田看中了东辛采油厂标杆采油队队长姜东波。因为非典疫情，中蒙边境口岸关闭，东胜公司政策条规部为蒙古项目招聘的一批蒙语翻译滞留在二连浩特。

2004 年 4 月，姜东波调入东胜公司企业发展部，负责东胜蒙古公司工作。

2004 年 5 月，大雪染白了蒙古国的东戈壁，石油重镇宗巴音百废待兴。

姜东波到宗巴音生产基地报到，爱才心切的王春田高兴地跟姜东波开玩笑：你还知道来啊？

宗巴音常刮沙尘暴，姜东波和材料员顾晓住在一间老兵营里，沙尘从木头门窗缝隙里钻进屋子，呛得人喘不过气来，脸上蒙着毛巾才能入睡。

在东胜蒙古公司建设初期阶段，困难的不只是生活，生产难题也接踵而至。

2004 年冬天，单井罐原油加热工作非常麻烦，限于当时的生产条件，只能用大车拖着锅炉上井加热，有安全隐患。

2005 年，姜东波订购了一台多用途锅炉车，解决了单井罐加热难题，同时实现了油井热洗。

单井罐的维修有风险，姜东波用锅炉车往罐里打水蒸气，一夜之间罐内壁结了一层冰，动火施工有了安全保障。

单井罐的吊装又出了问题，罐壁上的吊耳是块铁皮，起吊时因承受不住重量撕裂。姜东波开动脑筋想办法，他重新设计图纸，在罐壁焊了一圈钢管，圆柱体比铁皮承重强度大得多，问题得以解决。

老井查 15 的恢复作业成了棘手难题：井口沙埋，套管短接缺失。

为了创造施工条件，姜东波带领两名员工挖沙。怎么确保焊接安全呢？姜东波想了个办法，用皮卡车拉药剂桶运水，往井筒里灌水直到平齐井口，在水中动火就安全了。套管修复后，打捞落物的井下作业也顺利进行。

修路是大事，美国产的刮路机却出了故障。东胜蒙古公司从乌兰巴托请来一位技师，修好了刮路机。姜东波抓住这次学习机会，掌握了开刮路机的技能，摸透了各种机械设备的性能，在此后的工作中大展身手。

2006 年，东胜蒙古公司油区产量低的现状困扰着管理者，总经理王春田、工程师姜东波和地质师鲁广军常在一起探讨，在地质图上寻找突破点。

查干油田有一口苏联人弃置的老井查1，引起地质师鲁广军的关注，他查阅地质资料后，打算通过上作业恢复生产。打捞清理井筒时，设备在井下200米遇阻，井口出现了奇怪的溢油现象，鲁广军猜测地下另有端倪，他在查1井旁20米外部署了一口新井，取名查1-A井。

新井查1-A的作业过程很不顺利，原油凝固点很高，只得一边热洗一边施工，仅下泵就返工两次。投产第一天，就有6吨产量。令人吃惊的是，抽油机的光杆发生了折弯。无法正常生产，只得连夜上作业恢复开井。第二天早晨，巡井的员工发现抽油机的光杆又折弯了，这可怎么办？

2006年5月，姜东波回国寻找解决办法。他在脑海里设想了四个方案：第一种是在井口旁装炉子，采出的地层水加热后注回地下；第二种是加药热洗；第三种是井下通电阻丝加热；第四种是采用电热杆。

东胜公司生产部主任朱天高给出了中肯的建议：井口旁装炉子不安全，药剂配伍分析来不及，电阻丝也有风险，电热杆是国际成熟的技术，可行！

因条件所限，宗巴音生产区尚未铺设电路，用电热杆的话，动力如何解决？

姜东波偶遇东胜大厦办事的潍坊柴油机厂业务员于卫革，两人聊起工作来。

于卫革感叹，150千瓦的柴油发电机砸手里了，看来得降价处理。

姜东波心想，这么大功率的柴油发电机组，动力足够用，如果输出两条线路，一条线接电热杆，一条线接电动机，抽油机一转起来，凝固点高的采油难题不就解决了吗？

姜东波即刻追问价格。

于卫革答，9万元一台。

姜东波觉得费用合理，决定试试。

2006年10月，姜东波订购的柴油发电机组辗转千里，出口到蒙古国宗巴音生产基地。

姜东波画了张图纸，维修班的同事们按图样把集装箱改造一番，焊了个柴油发电机房。电路一接通，抽油机终于顺畅地转起来啦，连续生产了好几天，再没有出现遇阻现象。

2006年11月初，姜东波查看生产报表，查1-A井已正常生产半个月，每天产量高达20吨。地质师孙永权提了个建议：这些天产量可以，咱是不是该给国内报个喜？

两人给正在国内的东胜蒙古公司总经理王春田打电话：电热杆试验成功了，查1-A井高产！

正在东胜大厦爬楼的王春田脚下一滑，差点摔倒在台阶上。时值年末，他正要汇报来年的预算呢。

王春田看了看表，已是傍晚7点。他一路小跑着上了楼，急急火火地敲开东胜公司王学春书记的门，气喘吁吁地汇报：明年的预算我们要增加一大块儿！查干油区的油井连续半月高产，说明地下含油面积可观，有一定储量，我们要在查1-A井周围部署新井！

这个消息格外振奋人心，东胜公司领导层十分重视，全力支持东胜蒙古公司的投资计划。

利用电热杆加热技术突破了高凝油的开发难题，查干油区打开了新局面。

查1-A井喜获高产，为下一步寻找高产的下宗巴音组油藏打下了基础。

姜东波又订购了7台柴油发电机组，对生产前景充满期待。

主管地质工作的副经理鲁广军趁热打铁，潜心研究地质资料、寻找油藏、部署井位，从查1区块到查27区块，一批批新井如雨后春笋般陆续投产。

2006年压裂工作量大增，压裂18口井21井次，查干油田的开发取得了较好效果，生产原油24386吨，销售20996吨。

随着产量的增长，储存空间有限，销油越来越急迫。

2007年元旦前夕，为了测试冬季能否销油，姜东波和同事苏志刚用一个25方的罐做了个实验。两人在锅炉房旁把罐里的原油加热到60摄氏度，用就地取材的岩棉包裹罐体保温。每天的早上6点、下午4点、晚上10点，姜东波测三遍油温，详细记录数据，画出一张温降曲线表。他们发现，直到第五天，原油温度仍在40摄氏度以上。

姜东波的实验，为油井生产不受影响扫清了障碍。他胸有成竹地向基地经理韩鹏云汇报：冬季可以销油！

从宗巴音生产基地到二连浩特海关，运送油罐需要3天，原油不冷凝，冬季销油才能畅通无阻。只是，苏联人留下来的老输油管道接口少，同事们从早晨5点忙到下午4点，销油任务紧张而又辛苦。

2008年，东胜蒙古公司购买新火车油罐42节，新建单井储油罐30个。在宗巴音生产基地建成一座全长404米的销油栈桥，姜东波参与了设计工作，考虑到装油罐管造价高，他们采用了踏板吊桥、软管连接，既省钱又提高了装油效率。

每到销油的日子，同事们从早晨9点忙到下午3点，当天完成21节油罐的装油任务。

东胜公司领导视察东胜蒙古公司后认为，宗巴音油区和查干油区具备上电条件。

2007年9月，宗东上电工程开始实施。

2008年，查干油田上电工程全面铺开。架设35千伏高压线路21千米，铺设6千伏变电站到油区的供电线路20千米。12月底，东胜蒙古公司查干油田高压输电线路完工。

2009年1月15日，宗巴音变电站扩建和查干变电站建设工程完工。2月20日，该项工程顺利通过了蒙古国东南电力局技术组的验收，35千伏线路、6千伏线路及变电站送电一次成功，线路全长65千米。

蒙古国东南电力局由测试、保护、抢修、通信、计量等部门技术人员组成验收组，主要针对工程是否符合图纸要求、是否符合电力局的技术条件、是否符合国家技术要求，隐蔽工程、接地装置、电路图、施工过程中的报表和备忘录等问题进行了检查。最后，验收组认为工程施工质量一流，设备和材料质量一流，技术措施得力，施工过程“零”事故，可以称得上蒙古国内的样板工程，完全达到工程竣工验收标准，一致同意工程通过技术验收。

东胜公司国外项目管理部副主任王宏宇总负责与设计院协调、报批、施工谈判及监督、送电投产等工作。查干油田输电工程的投入运行，大大降低油田开发成本，加快油田开发速度，为查干油田的快速有效开发提供保障。

为了便于巡井，东胜蒙古公司的员工们变身筑路工，有的开推土机，有的开刮路机，齐心合力修了条25千米的生产路，从宗巴音油区一直通到查干油区，大家给它起了个大气的名字：宗查高速。

只是，这条凹下去的路沟经常被风沙埋没，想高速前行是很难的。

有了电，有了路，蒙古项目的油区生产从此畅通无阻。

2010 年姜东波回国后，先后在东胜公司工艺研究所、注采科工作。

2015 年，任东胜公司生产技术科主任、主持过许多工艺设计任务的他，仍然心系蒙古项目。油田正推行太阳能技术，姜东波设计了储油罐太阳能加热装置图，推送给蒙古项目总经理孙永权，随后联系厂家，在生产基地完成制作，实验效果理想。

如今，宗巴音油田、查干油田、宗东油田都用上了太阳能，蒙古戈壁的充足阳光有了用武之地，这种高效、持久、清洁的能源，将为蒙古项目的长足发展助力。

后疫情时代，东胜蒙古公司又迎来一个发展的新局面。2021 年冬，姜东波回到蒙古国工作，担任东胜蒙古公司党支部书记兼法人代表，他奔波于乌兰巴托和宗巴音之间，开启了人生的又一个新阶段。

戈壁滩的雪下了一场又一场，蒙古项目必将书写新的一章。

宗巴音的云

"只有云知道。"

——林文杰

宗巴音的云，很近。

宗巴音的云，很沉。

只有云知道，林文杰经历了些什么。

2006 年 12 月的宗巴音生产基地，云下的生活很艰苦。

天寒地冻的隆冬时节，北风卷地百草折，天说黑就黑了。

刚到蒙古国报到的林文杰，走进苏联人留下的老军营，一股浓重的沉闷气息扑面而来。屋子是俄式风格，中空的保温墙厚 50~70 厘米，木地板离地面 1 米高，踩上去嘎吱嘎吱响。人在地板上走，老鼠在地板下嬉戏，人和鼠相处得倒也和谐融洽。

夜深人静，台式机发出嗡嗡的噪声。林文杰醒来，不经意地往下铺一瞧：姜东波正坐在电脑前飞快地打字，屏幕上方趴着只老鼠正眯着眼睛打盹呢！

那一幕，让在现代城市长大的林文杰起了一身鸡皮疙瘩。

那时的蒙古国市场，菜品依然匮乏，洋葱、圆白菜、水果罐头都是稀罕物。宗巴音生产基地的一日三餐是：羊肉炖土豆，土豆炖羊肉。

初来乍到的林文杰吃得很嗨。他的生活哲学是，走到哪儿就快乐到哪儿，高高兴兴过好每一天。国内的朋友们也很羡慕：天天美味的羊肉吃着，好日子啊！

可没过多久，林文杰就高兴不起来了，喜欢吃菜的人尝尽了吃肉的痛苦。这种体验没有亲身经历，你永远不懂。

宗巴音生产基地只有一台车况比较好的越野车，集体出行成了惯例。

公司实行集中休假制，几人塞进越野车，摇摇晃晃地踏上回家的路。从宗巴音生产基地到扎门乌德口岸有200多千米车程，没有公路，全是土路。至今，林文杰仍记得那拥挤的副驾驶座上，他在姜东波温暖的怀抱里颠簸的情景。

那年，材料员赵国良正在紧张地复习考研，林文杰代替他进了库房，一个书生干起清点法兰阀门、搬运铁疙瘩的活儿来着实受罪，人在冬天的集装箱里只能待5分钟，夏天热得喘不动气，只能待3分钟。后来，赵国良考研成功，从成都理工大学毕业又回到东胜公司工作，现任信远公司副总经理。

互相成就，这是东胜公司的光荣传统。

2007年4月，在东胜蒙古公司连续工作四个半月后，林文杰第一次回国休假。从扎门乌德入境二连浩特，换乘班车到北京，再倒车回东营，1300多千米的路那么漫长，但再远的路也挡不住回家的心，挡不住对热恋中的爱人李娜的思念，这次休假他们将领取结婚证。

2007年9月，林文杰利用第二次休假的机会举行了婚礼。“走，咱出国度蜜月去！”新婚妻子李娜便陪着他一路颠簸来到了宗巴音生产基地，一到地方，李娜明白了，她是把爱人送回了工作岗位。

李娜回国那天，林文杰陪她到乌兰巴托就急匆匆赶回了生产基地。飞机落在北京机场时已是深更半夜，李娜孤单地在大厅待了一宿，天一亮就坐长途车回东营了，这叫什么新婚蜜月啊。从此，妻子把一个家担在了肩上。

只有宗巴音的云知道，林文杰有多自责：亲爱的，没想到你那么坚强。选择嫁给我，你无怨无悔，默默付出。请原谅我，因为我对你照顾不够！那次蜜月之行，如果时光能倒流，我肯定会陪你回家的。家里的桌子方的圆的都不重要，你喜欢就好。

2009年，随着东胜蒙古公司油井产量提高，经营状况好转，投资规模加大，生产生活条件逐步改善，盖房子、修路、买车、上电，宗巴音的日子好起来了。

从赤峰招聘的翻译辞职回国，东胜蒙古公司急需补充新力量，这个任务交给了正在国内的林文杰。

时间紧，任务重。林文杰赶到内蒙古呼和浩特市，委托交通广播电台在一天中的黄金时间播报四次招聘广告。他找到一家名为“水木年华”的新开业打折酒店住下来。

此后三天，有50名蒙古族小伙面试应聘。林文杰准备了中蒙文对照件，经过现场考试交流，挑选了6名形象好、反应敏捷、灵活能干的小伙，邀请他们去宗巴音生产基地工作。

林文杰事先讲好，工作试用期先下基层锻炼，可以自主选择去留。6名年轻力壮、干劲儿十足的青年充实到了集油站、采油队，有的担任材料员，有的从事专业工作兼职翻译，有语言优势、文化优势的助力，生产各环节都能准确传达施工命令，生活中也成为中蒙员工顺畅交流的纽带。

从事商务工作，不仅要有灵活应变的能力，还要有担当。

2012年8月，从大庆塔木察格公司获知，大庆油田有适应蒙古国苦寒地区气候的棉工服，正在国内休假的林文杰顾不上脚腕骨裂，拖着石膏腿奔赴黑龙江。

突然出现的林文杰让人生疑，被大庆试采劳保服装厂的工作人员拒绝。林文杰以个人信用作担保，拿出两万元作押金，费尽周折谈好了订购合同，第一批工服得以辗转北京、二连浩特出口到蒙古国。

那年寒冬，东胜蒙古公司的员工们穿上了五斤重的厚羊皮棉衣，站在冰天雪地里干半天活儿还出汗呢。

蒙古人的生活，不可一日无酒。在盛行酒文化的蒙古国，酒是友谊的载体。

2006年，林文杰走进东戈壁省警察局谈事情。谈到高兴处，曾在俄罗斯留学的警察局局长巴图巴伊尔把秘书赶出去关上门，掏出一斤半的威士忌和林文杰对饮畅聊。没肴没菜，一口口烈酒灌下去，烧得嗓子火辣辣的疼。

入乡随俗，尊重蒙古国的传统文化和习俗十分重要。林文杰明白，如果谁都不喝酒，工作就没法干了。举杯共饮，遵从当地人的民族性格，许多事便可迎刃而解。

林文杰和鲁广军、韩鹏云、翻译人员一起参加东戈壁省的年会，介绍东胜蒙古公司一年的运营情况，陈述需要帮助解决的问题。酒会上，四个人和十倍于己的蒙古国政府官员互相敬酒。关键时候就得冲上去。

在宗巴音，投资、上电、基建工程等各种工作都等着各部门审批、验收，正式场合谈不拢，一场酒喝下来却能有出人意料的转机。

车辆年审前，蒙古国东戈壁省交通局局长来了，他坚持一定要在餐厅喝酒。

东胜蒙古公司给员工定的规矩是严格禁酒，管理层员工喝酒必须遣回国内，操作层员工喝酒马上开除。在蒙古国政府官员眼里，“挑战”宗巴音生产基地的禁酒令是一种光荣。

林文杰请示东胜蒙古公司总经理孙怀福：人家非要在这里喝酒怎么办？

孙怀福毫不迟疑地批准：你喝酒是工作，你可以喝。

于是，林文杰搬出 72 度的待客酒，两人对饮。

林文杰不敢醉。如果出丑，丢的可不是一个人的脸。喝到酣处，他开始偷偷掐小腿肚子。这招儿真管用，掐着掐着酒就醒了。靠着强大的意志力，他一次次战胜涌上心头的醉意。只是，一场酒喝下来，小腿肚子都给掐紫了。

林文杰在蒙古国东戈壁省宗巴音镇的生产基地工作过十年，到底喝过多少不得不喝的酒，他难以记全。虽然有酒量，但喝酒对他而言从来不是一种享受。

妈妈说，人啊只有享不了的福，可没有遭不了的罪。妈妈说，人要有志气，哪怕是肉臭了，架子也不能倒。

2003 年，妈妈就走了，无忧无虑的日子也走了。

林文杰在俄罗斯留学，边读书边打工，没有语言基础的他勤奋努力，每天只睡 3 个小时，俄罗斯国立古伯金石油与天然气大学校长亲自给林文杰颁发了优秀毕业生证。

在宗巴音，去世的妈妈时常出现在眼前。难过的时候，林文杰拿出口琴吹那首《上海滩》，几度哽咽，泪雨沾襟。

走了那么多年，你还在我身边。你的身影，我还能看得见。

在遥远的蒙古国，有个叫宗巴音的地方，那里有戈壁滩，那里有无边无际的思念。

宗巴音的云，很高。

宗巴音的云，很远。

飘向天边的云啊，你慢些走，我用沉默告诉你，我醉了酒……

乌兰巴托的风

"只有风知道。"

——林文杰

乌兰巴托的风，很多。

乌兰巴托的风，很大。

只有乌兰巴托的风知道，林文杰经历了些什么。

在蒙古国首都乌兰巴托处理商务事宜的林文杰，毕业于俄罗斯国立古伯金石油与天然气大学，时任东胜公司总经理亲自招聘他进了东胜蒙古公司，先后兼任过生产基地经理助理、办公室主任、材料员、现场生产经济师，分管过物资采购、法律、行政、商务、人力资源等岗位工作，从普通员工成长为东胜蒙古公司副总经理、海外项目管理主任师，迄今已整整过去15年。

15年间，林文杰的主要工作是跟人打交道，这是世上最难的事儿。

此时，电话里传来信号的嗡嗡声，新上任的蒙古官员并不了解石油项目，提出的问题匪夷所思。林文杰沉了沉着火的心，耐着性子用外语讲解起最基础的石油开采开发知识来。

唉，外面的世界很精彩，外面的世界也很无奈。

2016 年，林文杰任东胜蒙古公司乌兰巴托办公室主任。

乌兰巴托的天还没亮，林文杰准时醒来，坐在黑暗中想想一天要做的事。办公室事务繁多，一周的事、一个月的事，都要提前计划。公文过期会产生纠纷，不能遗漏任何细节，工作交流日记要梳理得明明白白。

国际环境复杂，处境考验人性，乌兰巴托办公室的风气却并不理想。

林文杰郑重地告诉蒙方员工：我虽然尊重你们的民族习惯，但在中国公司工作，就必须按中国人的规矩做事，不认可敬请离开。我们在公司平台上建立的关系并不是个人的关系，任何时候都不能出卖公司利益，不要把“公权力”变成“私权利”。

一个好的管理者，要做一个开明豁达的人，不搞歪门邪道，不当面一套背后一套，融入人性化关怀的同时，以理服人，以德服人，不回避现实矛盾，该坚持的原则不能丢。整顿了三年，办公室的工作效率和态度彻底改观，商务工作顺风顺水，个人价值体系也得以升华。

严谨的林文杰忙完工作，习惯“复盘”，盘点得失，总结教训，精进不怠。

传承，是一个民族屹立的根基，“忠厚传家远，诗书继世长”的家训早已刻在骨子里。年少时，干了一辈子纪检书记的父亲天天给他上政治课，父亲告诉他：要做实诚人，做实在事。从少不更事到老成稳重，林文杰不知不觉间有了父亲的样子。他常告诉孩子，只要用心就没有做不好的事，每天都要想一想，这段时间学会了什么，什么没学会。就算孩子现在不理解他的唠叨，多年后也会明白一个父亲的苦心的。

东胜公司蒙古项目大事记：

2016 年 7 月 13 日，李克强总理接见在蒙中资企业代表，乌兰巴托办公室主任林文杰参加了接见。

2018 年 12 月 18 日，东胜蒙古公司获蒙古国中华总商会优秀企业奖，东胜蒙古公司商务经理林文杰获先进个人奖。

2019 年 4 月 26 日，在庆祝中蒙建交 70 周年系列活动之一的中蒙青年友好故事会上，副总经理林文杰受团中央国际部邀请作嘉宾发言。

林文杰用100万蒙图奖金买了个鱼缸，一群雁鱼在档案室里安家落户。雁鱼的领地意识极强，两只白雁鱼经常和两只黑雁鱼干仗，白雁鱼壮烈牺牲，林文杰把黑雁鱼送给了在宗巴音生产基地坚守的张虎贲，开始养生命力顽强的孔雀鱼。

乌兰巴托的办公室工作极其费脑筋，林文杰清楚，他的职责就是给东胜蒙古公司创造稳定的外部环境，重任在肩，不敢懈怠。林文杰最怕因为自己的不细心、不专业导致商务上的失误，给公司造成损失。从事商务工作需要超乎常人的丰富经验，眼神、表情、动作都在传递信息，察言观色皆需智慧，话说到什么程度都是学问。

世上哪有一帆风顺的事儿？公司的诸多事务更是如此。生活从来不是一道简单的算数题，永远没有固定答案。遇到难关，无法依赖任何人，只能自己想方设法闯过去。林文杰默默坐在屋子里看鱼，冥思苦想，思考出路，也思考人生。

原油销售遇阻、施工用火工品过海关等各种棘手的事层出不穷，实在无路可走的时候，林文杰就放下一切烦恼沉沉睡去，这是缓解焦虑的好办法。

那首熟悉的《上海滩》时常回响在耳边：爱你恨你，问君知否，似大江一发不收。就算分不清欢笑悲忧，仍愿翻百千浪，在我心中起伏够……

时明时暗的处境，让人无可奈何。有段时期，情绪低落的林文杰把棉衣都拿回了国内，东胜公司领导劝他留下，组织的关怀让林文杰心生感动。

有位领导曾关切地问林文杰，你在国外工作这么多年，最大的收获是什么？

林文杰回答：我最大的收获是，至今身心还健康。

在海外闯市场，必须有一种经得起折磨的好心态，有一个经得住折腾的好身体。

一个人的成熟，必然有磨难与自省的加持。靠着强大的自愈能力，林文杰闯过了一个又一个难关。

2020年11月6日，蒙古国发现第一个本土确诊病例，疫情开始蔓延全国，原定12月召开的年会延期了。

2021年2月，蒙古国政府只有5%到10%的官员上班。疫情最严重时期，蒙古国矿业与重工业部、矿产石油局等政府部门都发现了确诊病例，整个大楼封锁，人们居家隔离。

2021 年 2 月 23 日，蒙古国全面封城，乌兰巴托封城至 3 月 3 日。

“职责所在，不敢懈怠”，这是林文杰对自己的严格要求。不管勘探开发方面做得多好，商务合同签不好，所有的努力都等于白费。

按照惯例，中蒙双方工作组理应在春节前完成面对面的年会材料对接。蒙古国规定的工作流程是，东胜蒙古公司必须先提供计划和预算才能开展当年的工作。可年会迟迟不开，备忘录得不到及时签署，一旦将来蒙古国石油管理局否认，很可能会给东胜蒙古公司的生产运行带来商务和经营方面的一系列麻烦。

心急如焚的林文杰联系在蒙古国政府部门工作的几位俄罗斯校友，想方设法了解相关情况。校友之一的蒙古国矿产石油局开发处高级官员爱丁表示，如果能完成年会前的“小签”，就算年会不开，也不影响宗巴音油区和查干油区的生产运行进度。可爱丁行踪不定，打电话不接，面谈约不上。林文杰急了，带着司机跑到蒙古国政府办公楼下“守株待兔”。

2021 年 3 月，蹲守了三天，一再失约的爱丁出现了。又怒又喜的林文杰冲上去一把按住爱丁，逼着他趴在台阶上签完了字。

那一刻，林文杰一直悬着的心终于放下了：东胜蒙古公司的生产运行畅通无阻。

2021 年 2 月 22 日，新闻报道，中国政府援助的 30 万剂新冠疫苗抵达乌兰巴托。

2021 年 3 月，蒙古国的疫情严重。

有了中方援助疫苗的底气，为了东胜蒙古公司员工能尽早接种疫苗，林文杰最早咨询的是蒙古国国家紧急状态委员会，答复是：国家相关部门应急人员、警察、检验检疫卫生部门的人员才有资格打，没有考虑企业。

林文杰又找到蒙古国卫生部，回复是没有疫苗。

林文杰又找蒙古国矿业重工业部，部长对疫苗接种工作非常重视，回复正在研究中。

林文杰焦急的心稍稍缓解：路未堵死，有一线希望！

林文杰请翻译两天打一个电话询问，又通过校友打听消息、跟踪进度。

电话联络让人心里不踏实，林文杰感觉，只打电话不见面显得不真诚。他和高云书记穿戴得整整齐齐，冒着感染风险一起拜访蒙古国矿业重工业部官员。他们诚恳的态度、对员工负责的心情，没有人不感动。

蒙古国矿业重工业部部长特批工作组送疫苗到厂矿现场，并委派国防部军医先到东戈壁省宗巴音生产现场送疫苗。

在林文杰和同事的努力下，东胜蒙古公司成为第一家接种国产疫苗的外资企业，中蒙双方员工第一时间接种了疫苗。

协调疫苗是林文杰最冒险的经历，他唯一后悔的是事后没给矿业重工业部紧急状态委员会写封感谢信。

他总是要求自己考虑得周全些再周全些。

2021年11月，为了配合蒙古国政府调查陈年合同，林文杰走进一间小屋，7平方米的狭小空间，窗户紧闭，空调显示室温28摄氏度。等了两个小时，蒙古国官员没有出现，戴着N95口罩、防护面罩、裹着厚羽绒服的林文杰趴在桌上睡着了。

保护公司利益，需要智慧，需要勇气，更需要自信力。一个人，能耐得住寂寞做个幕后英雄，也很了不起。林文杰相信，人在做，天在看，做好自己该做的，付出总有收获。

近年，蒙古国政府更迭频繁，平均每1.7年就变化一次。为了增加财政收入，新政府常修改矿产法、税法、海关法，导致旧合同与新法规相矛盾，纠纷随之而来。

随着石油法的修改，其中的关键条款与97PSC合同产生了冲突，蒙古国有关部门要求东胜蒙古公司按照蒙古国提供的产品产量分成合同版本修改97PSC合同，为了捍卫权益，双方工作组已进行过两轮谈判。

东胜蒙古公司坚持认为：97PSC产量分成合同是国际通用的世贸组织版本，行文严谨、无可更改，即使是“把英文换成蒙文”的要求都予以坚决拒绝。

2021年12月，蒙古国矿业重工业部谈到修改产量分成合同的问题，林文杰和高云表态：我们尊重蒙古国对法律的修改，在不影响我方利益的前提下同意并支持谈判。石油项目风险大、投资周期长，蒙古国必须保证投资环境的稳定性和合同的连续性，保障我方的合法权益。同时建议，旧合同旧办法，新合同新办法。已经损害我方利益的部分要给予补偿，比如多征收的海关税和增值税要退回。

世事难料，好似“转千弯转千滩，亦未平复此中争斗”。林文杰做好了长期谈判的准备。

最近，林文杰列了个提纲，给公司合作的律师事务所布置任务：收集整理蒙古国近年跟石油运行相关的合同法、石油法、矿产法、税法、海关法、增值税法、劳动法等法律条文的颁布、修改情况。

林文杰是法律主管，深感责任重大，必须弄明白并牢牢掌握所有影响公司运营的法规，融入他的理解后组织员工培训，他要安全自信地把事情做好，不留任何后遗症。

我们来到这个世界，有很多事要做。

如果你热爱，就不会懈怠。属马的林文杰，骨子里有一匹奔腾的“马”，要永远走在时间的前面。总之，脑子不能闲着，要想事情，要捋顺所有无序的业务。这么多时间，常闲就生锈了，不忙反而不适应。

古人云：人过留名，雁过留声。一个人的一生，能做成一件大事就很了不起。

作为国家“一带一路”的中蒙合作项目之一，中国石化盈利项目之一、胜利油田唯一的海外勘探开发项目，蒙古项目从创立到建设走过 20 年的风雨路，不仅要稳稳守住打下的江山，还要有新突破，以期实现可持续性发展。个人的理想、公司的发展、国家的未来，命运紧密相连、系于一线。作为东胜公司的老员工，不仅要留下业绩，还要站在高处为公司谋划更美好的蓝图。

林文杰坚持会议制度，所有部门之间都要沟通，沟了就得通，不该水泼不进，以免产生误会，影响效率。人有不同认知，有些事情不是当下就显现后果的，每个人都要成长，增长技能经验。

风云际会的地方，足以成就万千梦想。“国际项目，商务先行”，得知俄、蒙、中三国或将签署天然气管道过境合作协议的消息，林文杰忙着搜集商务情报，为中国石化找寻新的项目提供具有前瞻性的思考。

闯市场，需要运筹帷幄，需要冲锋陷阵，需要卧薪尝胆。每周要写一份疫情防控报告，每月要写一份疫情巡视检查报告。林文杰对疫情发展、物价趋势做出准确判断，提前写进报告里。

悉闻蒙古国在修建炼油厂并计划 2025 年投产的消息，届时原油回不了国，必须提前做好合同谈判准备，林文杰把销油预案写入了报告。

最近，因为疫情，二连浩特闭关，物价飞涨，物资短缺，林文杰开始考虑境外公共安全的问题：万一有不可控的事情发生，公司该如何应对？在这样的特殊时期，团结中蒙员工非常重要。

凡事预则立，不预则废。林文杰的经验是，做任何事情都必须有预案甚至要有备案，有备无患。在一个市场意识、服务意识不够成熟的体系里，什么都是不可预测的，命运从来不在自己手里。

这危机四伏的世界依旧前途未卜。明天是喜，是忧？

浪奔浪流，淘尽了世间事，仍有壮志待酬。

在遥远的蒙古国东戈壁，旷野的风苍苍凉凉吹了很多年，日子很苦，生活很甜。

东胜蒙古公司的员工们学会了在寒冷的岁月里互相温暖、彼此依靠，结成了非比寻常的友谊。林文杰说，大家在一起的时间比亲人都长，可谓患难之交。他们是齐心精攻的同事，是协力奋斗的战友，更是同甘共苦的兄弟。

人生在于选择，性格改变命运。对于林文杰来说，如果不参与蒙古项目，他可能在别处过着完全不同的生活。每个人跟蒙古项目的缘分，或许早已在冥冥之中注定。

习近平总书记说，新时代是奋斗出来的！

以前那么苦都坚持下来了，现在这点苦又算什么？遭遇疫情是很大的变数，有信念就有出路。

林文杰打算等疫情过去，组织东胜蒙古公司全体员工再看一遍电影《长津湖》。东胜蒙古公司之所以有今天，是因为拥有最好的员工，士气好、能战斗。就像电影里说的：我们把仗都打了，后人就不用打了！

2022年，是林文杰到东胜蒙古公司工作的第16个年头，其中有2/3的时间是在蒙古国度过的。记性很好的林文杰，连结婚纪念日都忘了。不是他不想家，而是他不敢想。

岳母弥留之际，仍能从视频里认出他来。

岳母去世后，妻子总是伤心。

林文杰劝慰开释：别难过，老太太不是简单人，天上有个很好的岗位，老人家一定是竞争上岗去了。逝者已逝，活着的人还要好好生活下去。

林文杰在乌兰巴托待了快一年半没有回家了，而妻子李娜用莫大的勇气和巨大的付出支撑起了这个没有他的家，一切都要靠自己，既要做好自己的工作，还要照顾老人，辅导孩子。好在儿子也非常懂事和争气，每次考试都在年级名列前茅。

在这尘世间，没有什么比团聚更令人期待，爱是密钥，亲人多想让你穿过云，穿过风，穿过一切回来。

林文杰想回家了：他自责没有尽到一个丈夫和父亲的责任，也自责没有行到一个儿子尽孝病榻的义务。

东胜蒙古公司党支部书记姜东波十分不舍：再待两年吧？

林文杰决定留下。

林文杰知道，命运把大家系在一起，这是东胜蒙古公司发展的必然，从感情上谁也离不开、走不掉，离开的还会再回来。只要东胜蒙古公司需要他，他就不会放弃。

人这一生所走过的路，最难忘的是心路。

乌兰巴托的夜，那么静。

寂静的夜里，如果你听到一曲熟悉的《上海滩》，那便是林文杰在吹心爱的口琴。

乌兰巴托的风，很冷。

乌兰巴托的风，很轻。

乌兰巴托的风从不停歇。很多时候，连风也不知道，林文杰经历了些什么。

穿越旷野的风啊，你慢些走。我用奔跑告诉你，我不回头……

天边的思念

"依法合规经营是我们的职责。"

——张伟利

张伟利是"油二代"，对胜利油田有一份深厚的感情。

2000年，大学毕业的张伟利决定回东营找工作，顺利通过招聘进入东胜公司财务部担任会计。从此，他的人生与石油结缘。

2005年国庆节，东胜公司安排代表团慰问东胜蒙古公司员工，会计张伟利和张彬带着一车蔬菜等慰问物资从东营出发，经中国的国门口岸二连浩特入境蒙古国的国门口岸扎门乌德。

这是张伟利第一次去蒙古国。

"二连浩特"意为"斑斓的城市"，位于内蒙古的最北端，与扎门乌德相隔4.5千米。

"扎门乌德"意为"道路之门"，距蒙古国首都乌兰巴托550千米，是蒙古国重要的过境物资转运站。

东胜蒙古公司基地经理韩鹏云带车接他们回宗巴音生产基地，200多千米的车程尽是土路，车像在搓板上一样颠簸着行进。张伟利第一次看见戈壁地貌，目光所及之处一片荒凉萧索。

张伟利、张彬和东胜蒙古公司工程师姜东波、材料员顾晓挤在一间苏联人留下的军营木屋，过了一周沙窝子里的戈壁生活。

姜东波带张伟利前往查干油区工作。天灰蒙蒙的，一场沙尘暴正在肆虐，风裹挟着沙子把车玻璃打得噼啪响。一路上，姜东波不时停车捡拾空酒瓶等生活垃圾，东胜蒙古公司员工对当地环境保护的重视程度超乎想象，这件事给张伟利留下了深刻印象。

张伟利和张彬看望乌兰巴托办公室的同事，顺便瞧了瞧美丽的图拉河。回宗巴音生产基地的火车上，两人恍然大悟：蒙古司机之所以能在没有路的戈壁上从容前行，是因为把火车线当作参照物的缘故吧。

蒙古之行给张伟利留下了深刻印象。东胜公司财务部采取轮岗工作制，每名财务人员都要到东胜蒙古公司工作四年，张伟利做好了思想准备。

2009 年 12 月 15 日，张伟利到东胜蒙古公司报到。

2010 年 1 月 7 日，32 岁的张伟利到乌兰巴托办公室接替倪传健担任东胜蒙古公司会计。

北方的冬季太漫长，只有烈酒下肚才能御寒，这是蒙古人爱喝酒的原因吧。接风宴上，蒙古同事们的酒量让人惊讶，只喝了一杯沃德嘎（Vodka），张伟利就吐了个天昏地暗。

2010 年 2 月，东胜公司党委得知张伟利的妻子怀孕待产，特别批准他回家过了个团圆春节。

孩子出生仅一周，张伟利就回到蒙古工作。聚少离多的日子里，妻子肩负起养育孩子、孝敬老人的责任。

东胜蒙古公司锻炼新人的方式之一是在蒙连续工作四个月才准回国休假，道理是：四个月足以让人度过心理、生理变化波动期，平复一颗躁动的心踏实工作。

张伟利在乌兰巴托办公室住下来，打扫卫生、洗衣做饭等一切都要靠自己打理，养成了自律的好习惯，生活井井有条，工作兢兢业业。

有人说，一个人远离故土，最想家的是胃。每回想家，出生于陕西北部黄土高原绥德县的张伟利就做一碗扯面，吃得热火朝天。

乌兰巴托在哪里？有多远？

张伟利的母亲翻看手机里的照片，远行的儿子年轻的脸仿如少年。

思念，是生命中不能承受之轻，也是生命中不能承受之重。

每名员工都必须熟知 97PSC 合同，这是东胜蒙古公司的惯例。

张伟利刚到乌兰巴托办公室工作，时任东胜蒙古公司总经理孙怀福和财务总监赵根柱交给他的第一个任务是学习英文版 97PSC 合同，了解其中的成本划分计量条款。尽管大学考过英语四级，张伟利还是感觉到使用英文吃力，他一边查资料一边请教同事们，很快提高了英文水平。

生活中许多看似合理的诉求很可能并不符合法规，只有熟练掌握才能做到依法合规经营。张伟利的第二个任务是学习与公司财务工作密切相关的各项蒙古国法律法规，他深入研读条文，按照中文表述习惯重新翻译整理文本，自学起来十分顺畅。

如果不懂生产，仅仅停留在数字单据上，是做不好财务管理工作的。为了预防财务管理与生产管理相互脱节，张伟利的第三个任务是每月到宗巴音生产基地工作学习至少十天，充分了解各环节运行情况。

张伟利的第四个任务是学习外交，为今后处理商务打基础。时任东胜蒙古公司党支部书记王健林经常带着张伟利参与社会活动，与中国驻蒙大使馆工作人员、中资企业家、蒙古国官员建立起了融洽的关系。

完成四项学习任务，张伟利学以致用，他的财务工作步入正轨。

2012 年，张伟利和同事从查干油区返回宗巴音生产基地途中，遭遇了一次大型沙尘暴。

不知从何处刮起的沙尘暴遮天蔽日地席卷而来，天忽然变得黑沉，就像谁给大地扣上了一只巨大的黑锅盖，能见度变得极低。为了安全起见，两人把车挪到路边，躲在车里静待沙尘暴过去。

半个多小时后，沙尘暴渐停，车玻璃被刮成了毛玻璃。大自然的破坏力让人惊叹，一场厉害的沙尘暴甚至能把一辆车打磨得露出底色。

有一次返回东胜蒙古公司，从扎门乌德到宗巴音生产基地途中，张伟利经历了一场突如其来的沙尘暴风雪。

接张伟利的车刚驶进扎门乌德，忽然刮起了沙尘暴，司机提议在扎门乌德住下，归心似箭的张伟利没有同意。按往常经验，风刮半小时就会停。天越来越黑，沙尘暴裹挟着大雪笼罩四野，司机看不见车辙，只好打开车门从缝隙里找路。车越走越慢，以龟速挪了 100 多千米，终于钻出了沙尘暴的包围圈。

想起这件事，张伟利就十分后悔。平时三个多小时的路程，他们在沙尘暴中整整走了八个小时。那天出发前，张伟利曾打电话给宗巴音生产基地的同事们报平安，漫长的等待让大家无比心焦。

恶劣的不只是地理环境，还有社会环境。

2012 年的乌兰巴托属于境外公共安全橙色地区，白天也危机四伏，几乎每天都有针对中国人的袭击事件发生。

有一天，总经理孙怀福在三楼做饭，会计张伟利在一楼办公。中午，张伟利上楼，看见孙怀福拿把菜刀站在宿舍门口。原来，刚刚有人撬门闯入，撞见正在切菜的孙怀福扭头跑掉了。

这件事对张伟利触动很大：中蒙两国人民走出历史偏见和平共处是个任重而道远的课题，东胜蒙古公司的员工们必须全面融入当地社会、建立和谐的企地关系才能更好地发展。

蒙古项目从勘探期转入开发期。鲁广军把他编写的“东胜蒙古公司 PDO 勘探转开发计划报告”交给张伟利。

2014 年初，张伟利与蒙古国石油管理局官员反反复复沟通交流，终于完成了这份报告的英文版修改工作。

2014 年的春节，张伟利高兴地和同事到蒙古员工家中拜年话别。按照公司重要岗位 4 年轮换制，他就要调回国内工作了。母亲种水稻落下了风湿腿疼病，女儿在上幼儿园，老人孩子都需要他。

出人意料的是，春节过后，张彬因病回国，公司要求张伟利留下，时任东胜蒙古公司总经理孙怀福把商务工作也交给了张伟利。

从2014年4月到2015年6月的400多个日子，乌兰巴托办公室的工作由张伟利一人打理，既要对外协调处理商务事务又要对内参与生产经营管理，各方面的人都要打交道，很多事需要自己拿主意。这段特殊时期的磨砺促使张伟利快速成长，他对国际石油公司的运作之道了如指掌，各项工作梳理得有条不紊、忙而不乱。

2015年底，能独当一面的张伟利接任东胜蒙古公司财务总监。

东胜蒙古公司的历任财务负责人有：李健、赵根柱、朱勤波、赵明、顾晓、倪传健、张伟利、张彬、孙维斌、张立新。

如今，东胜蒙古公司的经营管理也越来越成熟，岗位设置齐全、业务分工细致，那样的锻炼机会成为历史。

“财务部门与生产现场紧密结合”这一优良传统，东胜蒙古公司坚持了20年，在实践中收效显著。

生产管理者重视的是多产油，财务管理者重视的是投入产出比，要想算好效益账，必须综合考虑。工作制度是否科学合理？造成超支是主观因素还是客观因素？这是财务人员要回答的问题。

为了做好预算工作，时任东胜蒙古公司财务经理赵根柱和张伟利定期到宗巴音生产基地学习、工作、生活，参加生产会、动态分析会，深入油区现场观摩各岗位员工的工作流程，从“人机料法环”等各方面掌握成本控制节点，指导生产并给予辅助性建议。

东胜蒙古公司财务人员有其多年特有的岗位特征：按照法律、合同要求说“不”。说“不”太多，就有不被理解的时候。有人反问张伟利：这不能那不能，工作还咋干？

尽管被怼，张伟利依然坚持己见。因为这是他的职责，对事不对人。那时的东胜蒙古公司尚未聘请法律顾问，认真负责的张伟利既指出问题所在又提出解决办法，做了许多额外工作。

张伟利发现，单井产量低、综合成本高是东胜蒙古公司面临的一个现实难题。如何在现有条件下精益求精地降本增效，是生存下去的关键。

2011年至2015年间，随着对法律合同和生产运行的深入了解，时任东胜蒙古公司财务总监赵根柱、会计张伟利等财务人员精心制定了境外核算办法，完成了大量细化成本的基础工作，比如人员重新分类、材料出库细化等。原来只有一块计量电表，现在给每个单井罐安装了电表。按照 97PSC 合同规定，产量分成点在井口。通过成本细化工作，从井口到二连浩特销油点之间的费用实现了当期回收。

2015 年底，通过财务人员的不懈努力，东胜蒙古公司把综合分成比例提高了 6%，每年为公司增加了可观的收入。通盘筹划生产经营的前端和后端，财务人员凭强烈的主人翁责任感通过责任延展为公司创造效益，这是张伟利最自豪的事。

在不违背法律法规的前提下，达成共识、合作共赢十分重要。为了捍卫公司利益，张伟利不断找蒙古国税务局财务部门官员面对面沟通，既要寸土必争又得有所让步，在长年累月的交锋中不仅磨炼了性情，更增长了智慧与勇气。

蒙古人的民族习惯是喝酒交朋友，尽管酒量很小，张伟利还是硬着头皮和当地官员推杯换盏、折冲樽俎。酒酣耳热之际，双方争执急了往往等不及翻译，蒙语、英语、汉语夹杂着手势比画交流，尽管各执己见又彼此听不太懂，友谊却在争论中建立起来，张伟利的诚恳态度和不达目的誓不罢休的执拗个性总是让事情有所转机。

2017 年，蒙古国审计署针对东胜蒙古公司 2014 年度的经营状况进行审计时提出重新划分产量分成点，蒙古国石油管理局、国家安全局、财政部、税务局、技术监督局等五个部门也提出了同样的要求。

财务人员责任重大，只有亲力亲为才能看出实质、厘清真伪，不同岗位互相交叉、同事之间相互提醒，十分重要。身处其中的每个人都积极发挥主观能动性、发现问题并提出解决问题的办法，这是体量较小的东胜蒙古公司高效运行的法宝。

2020 年 1 月 10 日，张伟利从扎门乌德口岸入蒙时，边境工作人员给入境者测量体温，后知后觉的人们并未意识到疫情风暴即将到来。

2020 年 1 月 20 日，武汉疫情暴发，国家卫生健康委员会发布 2020 年第一号公告，决定将新型冠状病毒感染的肺炎纳入法定传染病管理，全国疫情防控升级。

2020 年 1 月 24 日除夕，公司放假 3 天，张伟利到宗巴音生产基地过年，家人的安全让他十分担心。1 月 26 日，张伟利回到乌兰巴托忙审计工作，一个人处理纷杂的事务，包括应对蒙古国审计部门有针对性的检查、解释生产资料等，承受着疫情和工作上的双重压力。

2020 年 1 月 30 日，蒙古国宣布关闭中蒙边境口岸，突如其来的疫情阻隔，使国内倒休的同事们无法回到工作岗位。

2020 年 3 月 10 日早晨，蒙古国政府宣布发现首例（输入）新冠肺炎病例。驻蒙大使馆提醒在蒙中国公民，务必提高防范意识，严格遵守当地疫情防控规定，注意日常防护，避免前往人群密集地区。

首例输入病例居住地距离乌兰巴托办公室仅有 500 米，附近危险区域拉起了警戒带，空气中弥漫着紧张的气氛，同样紧张的还有宗巴音生产基地的同事们，首例输入病例所在公司距离宗巴音只有 30 多千米。

当天下午，张伟利去市场买菜时发现超市货品已被抢购一空，幸亏还有余粮足够支撑他一周的生活所需。

疫情之下，失业率、破产率升高，东胜蒙古公司也面临着严峻的内外考验。

张伟利的日常工作是与税务局、社保局、石油局等部门打交道，有时，领导交办的任务也会涉及安全局、环保部、建设部、交通部、警察局、技术监督局等诸多部门。为了维护公司利益，他一面从凭证入手，通过前期介入各生产环节确保公司运营符合审计要求；一面坚持法律法规原则，不厌其烦地与蒙古国相关部门反复沟通交流理顺遇阻的工作进程。生产与财务并行、讲法与讲理互辅，这样的管理方式是张伟利的制胜法宝。

东胜蒙古公司按照疫情防控预案，安排所有蒙古员工放假居家隔离。宗巴音生产基地的同事们隔离防控，张伟利单枪匹马驻守乌兰巴托长达半年。

2020 年 10 月，蒙古国发现了第一例本土病例，疫情随之开始扩散。乌兰巴托疫情暴发后，为了保障同事们的健康安全，张伟利没再去宗巴音生产基地。

2021 年 11 月，张伟利和高云、林文杰、张立新回到宗巴音生产基地，久违的团聚尤显珍贵。

两年疫情期间，遇到那么多困境，张伟利都坚持下来，单兵作战的经历更让他刻骨铭心。

在乌兰巴托，张伟利有留头发的习惯，因工作太忙无暇顾及。

2021 年，从年初一直留到了年尾，归期迟迟未定。2022 年 1 月，得知即将回国的消息，同事们兴奋地互相帮忙理发，用卡尺比量着只留了一厘米长。剪完头发，大家互相取笑对方脑袋像个“大卤蛋”。44 岁的张伟利笑着笑着，眼里就有了泪。

2012 年，安全工程师丁俊在宗巴音生产基地连续工作了半年，大家开玩笑说他创造了东胜蒙古公司员工驻守蒙古的纪录。如今，张伟利已经两年没回家了；而驻蒙时间最长的同事创造了 911 天的历史纪录。

2021 年中秋节，东胜公司党委组织驻蒙员工和家人视频连线，看见满脸沧桑的张伟利，一向坚强的母亲眼泪流了下来。

72 岁的母亲是个要强的老人，无论多苦多难都要立起当娘的“杆”。母亲说，张伟利是会计，一天到晚忙工作，很多事很复杂，不能给他添麻烦。母亲说，人活着就要好好活，亲人之间互相体谅，一把年纪的人，自己先做好。

为了锻炼身体，母亲学会了钩织，自己动手织拖鞋、坐垫，她希望疫情赶紧过去，希望张伟利早点回来，希望家家都能幸福快乐。

媳妇给母亲换了个时髦的新手机，手机里存着一张全家福，张伟利年轻时稚气的脸定格在她心里。母亲的微信好友添加了 60 多个亲戚、朋友、老乡，天天有拉不够的家常事儿。

每晚视频聊天，张伟利都嘱咐母亲：怎么光玩手机呢？等我回来给你没收了啊，早点睡。

一家人过日子，哪有勺子不碰锅沿儿的呢？两年疫情期间，婆媳关系却处得越来越融洽，上小学的女儿品学兼优，奖状比张伟利都多。妻子于国净家里家外都是一把好手，工作上能独当一面，灯坏了自己修，最近又在忙装修新房子的事呢。

母亲刚出门一会儿，媳妇就打电话找她：妈你去哪儿了？早点回来。

念旧的母亲时常惦记老房子，那儿有一家人生活的回忆，那儿有一条她走过无数遍的老街。

张伟利 15 岁时，父亲因公去世了，那年 20 岁的哥哥技校毕业后供他读完大学。

此时，哥哥张福利开着大车在胜利油区运送生产物资吧？

有组织关心，有和睦的家，张伟利没有后顾之忧。

张伟利把人生最美好的12年奉献给了东胜蒙古公司，一份特殊的感情深埋在心底。12年的境外工作经历，也使张伟利在异国他乡发生了脱胎换骨般的转变。

常年身处相对封闭单一的工作环境，张伟利保持着直率的个性。每次回国休假，一年中有9个月待在蒙古国的张伟利喜欢和同学们聚会，沉默地听他们讲许多新奇的事情，张伟利发现自己的想法和国内的人差异越来越大。

按照特殊岗位人员定期轮换工作制度，这次回国，东胜公司会做相应调整。国内与国外的工作环境、生活习惯、处事方式都不同，自己还能适应国内的工作吗？张伟利并不自信。

2022年，工作生活将翻开新的一页，一切都将从头开始。

既然选择了石油，张伟利无怨无悔。

归来仍是少年

“在蒙古工作九年，我过得很快乐。”

——李传民

2009 年 12 月，李传民担任东胜蒙古公司工程师。

那年，东胜蒙古公司的油区上产工作正如火如荼。

那年，电话很难打得通，李传民经常站在宗巴音驻地房顶上找信号，心随候鸟飞回家乡。

戈壁滩通信不发达，蒙古项目员工无法依托大后方寻求援手，更无法找相关部门做指导，只能靠自己。

李传民学勘探开发技术出身，对地面工程等其他领域很陌生，在国内工作时，他只关心找不找得到油、到底采不采得出来，不懂什么是经营。

东胜蒙古公司的运行管理需要综合能力强的人，要人人会算经济账，成本的使用、安全的防控等方方面面工作，需要懂的知识远远超出了预知。

新的环境带来了新的挑战，要想尽快适应新岗位，学习才是唯一途径，才能掌握住“万能钥匙”。李传民趁回国休假的时机逛书店，买各种专业工具书钻研。

那年，上电工程全面铺开，李传民逼着自己啃电器工程书，熟知了电力设备标准、掌握了机电配套流程，把整个上电技术相关知识熟稔于心，从不懂电到半个电力工程师，实现了自我超越。

那年，电气设备很贵。为了节省成本，李传民和同事们把几个旧的修配拆合成一个新的，像变戏法一样神奇。

万法不离一个“学”字，学习让李传民从外行到内行，实现了飞跃式的成长。

人这一生中，总要干几件大事儿。

李传民总结说，2009 年之前是蒙古项目的“生长期”，那时胜利油田对蒙古项目的期望值不高：能够生产、能站住脚就可以了。从 2010 年到 2020 年，这十年是蒙古项目逐步发育成熟的阶段。

从 2009 年开始，东胜蒙古公司加快了老井恢复和新井投产步伐。最重要的工作是规范管理，地面工程建设等方方面面都需要理顺。

担任东胜蒙古公司地质师和工程师的李传民发现，那时的单井储油罐离井口只有几米远，不符合安全规范。他做得比较漂亮的事是制定了《井场安全规范管理标准》，把先进的现场管理办法引用贯彻到蒙古项目中，全面实现了风险管控。

在戈壁滩工作生活，李传民从来没觉得日子多么难熬，总感觉时间不够用，上班忙工作，下班也忙工作。

为东胜蒙古公司推行注水开发、夯实开发基础打江山，是李传民最自豪的事儿。

2010 年 8 月，李传民设计的东胜蒙古公司石油史上第一口注水井在查 1 区块诞生，从地下采出的油水混合液输送到联合站分离后，高矿化度的原层水回注到井下，有效补充了地层能量。

2010 年，东胜蒙古公司建成第一座注水站，“二次采油”即注水驱油成为常态，保证了地层能量的补充。查干油区的查 1、查 14、查 27 等区块和宗巴音老油田先后实现了注水开发，宗巴音老油田得以迅速恢复，地层能量的补充使产量平稳，对应的油井日增油超过 5 吨，自然递减得以有效控制。此后十年间，东胜蒙古公司先后有 50 多口注水井诞生，注采井网逐步完善，每口注水井辐射半径 300 米，打下了坚实的稳产基础。

如今，东胜蒙古公司能保持较高产量，得益于完善的注水开发。

2011 年之前，宗巴音老油田只有苏联人留下的两口老井在生产，东胜蒙古公司转开发的两口探井一天仅产 2 吨油。

宗巴音老油田的恢复生产方案，从设计到执行是李传民亲力亲为的大手笔。

2011 年 5 月，宗巴音老油田正式开始启动恢复，优选条件好的井率先恢复，停产半个世纪的 200 多口老井得以分批恢复。

井下落物太多，井筒被水泥、沙子、砖头、钢筋等五花八门的杂物填满，非常难处理，常规工具不管用，作业打捞遇阻。分管作业的李传民和作业队员们充分发挥想象力，自制了各种各样的打捞工具，独创的捞锚奇形怪状、效果神奇。

李传民兼任工程师、地质师，忙得团团转，不仅每天考虑地质开发问题做井组分析，还要迎接东戈壁省、宗巴音镇相关部门的各种检查，日子过得很充实。

2014 年，宗巴音老油田建成产能 2.4 万吨，成为蒙古项目的主力区块。

2014 年，国际油价断崖式下跌，一桶原油最低只能卖 20 美元。遭遇低油价寒冬期，所有的油公司都生存困难。

东胜蒙古公司的前期投入多、开采成本高、境外运作费用贵，钻井、测井、录井等施工都要靠国内队伍支持，并且无法在当地采购物料。如果没有信心盈利，东胜蒙古公司还能不能存在下去？是继续生产还是关停？这是痛苦抉择的时刻。

东胜蒙古公司管理人员关起门来商讨，大家达成一致：低油价也得继续干下去，不能说撤就撤！

为了渡过难关，大家想了各种办法，确定了“自力更生、自主工作”的成本控制策略。为了促进员工的干劲儿，东胜蒙古公司开创了员工从拿绩效工资到按创效比例兑现奖励的先河。

一是重新谈判作业合同，东胜蒙古公司租用井下作业公司的设备，挑选有作业证的员工组建自己的作业队伍。原来一口井的作业费是 16 万元，东胜蒙古公司租设备自己干，一口井的作业费不到 6 万元，一年 40 口井的作业费节约了 400 万元。

二是东胜蒙古公司所有工作全部由员工自己完成，并发动全员修旧利废，拆二修一，拆三修二。从那以后，东胜蒙古公司员工养成了时时处处勤俭节约的习惯。

东胜蒙古公司在低油价下打了一场艰难的生存之战，东胜蒙古公司员工练就了极强的业务能力，一个人能胜任几个岗位，一专多能、身兼数职。

2014 年底，管理层算了一笔经济效益账，一系列举措使成本直降，共节约 500 多万元，投入产出基本持平，还给胜利油田上交了 100 万元内部利润。

2015 年，随着国际油价缓慢回升，蒙古项目运行开始有起色。

2016 年，东胜蒙古公司走出了困境，效益向好。

李传民说，他的涉外友谊是“打”出来的。

他发现，蒙古国的男孩女孩都爱打篮球，许多蒙古包旁都有木头桩子挂个筐，成为独特一景。为了契合当地民风建立友谊，不打篮球的他开始练习，对篮球运动渐渐达到了痴迷的程度，持之以恒地热爱。

宗巴音的夏季，晚九点天还很亮。时任东胜蒙古公司副总经理兼基地经理的李传民就招呼同事打篮球，中蒙员工自由组合按标准规则打。李传民有时打后卫，有时打中锋，有他在，赛场很热闹。

李传民一休假，同事们就感叹：坏了，这段日子凑不齐人来打篮球了！

一见到李传民，连蒙古同事都特别开心：李经理回来了，可以陪我们打篮球了！

李传民不在，大家就觉得没意思，玩不起来嘛。

在李传民看来，联络感情的最好方式是打篮球，过程中一定要短兵相接，互相真诚对抗，作为对手彼此尊重的感觉“很爷们”。

2009 年，宗巴音和查干油区铺设单井电路，当地电力局局长青格勒坚持让蒙古国公司参与蒙古项目施工并提供物料设备。李传民调研后发现，中蒙两国的施工标准不同，蒙方施工价格也高。

争执不下，怎么办？

蒙古国的男人们骨子里有着游牧民族的自由豪放，想交朋友，喝酒是必须做的事。

李传民提出，喝蒙古酒不行，得喝中国酒，青格勒很高兴。

李传民说，那你喝中国酒吧，我喝蒙古酒。青格勒的 42 度蒙古酒味道淡但后劲大，李传民准备的52度中国酒上头快但后劲小。

两个人比赛喝快酒，谁赢了听谁的。

李传民和青格勒越喝越高兴，不知不觉搂着脖子倒在蒙古包外的沙地上睡着了。

戈壁的夏夜空旷而高远，满天星斗闪烁，白月光照着两个沉睡的人，仿佛慈爱的母亲。

第二天醒来，青格勒说行吧，设备还是你们中国人自己供应，我们负责按你们的标准施工。

不打不成交，两人从此成为朋友，友谊延续至今。

人有国界，友谊无界。以心换心，友谊长存。

油区上电后，当地电力公司经常限电，要求东胜蒙古公司停井保民间用电。

李传民又找到青格勒提出反对理由：限电会导致减产，如果冬天停井的话必定冻堵管线。

沟通不通，两个人开始吵架，互相瞪眼，拍桌子。

吵急了，李传民等不及翻译，改用英语吵。

两人的争吵越来越激烈，上一秒拍完桌子，下一秒接着吵。

争吵让李传民很抓狂：简直是无理啊！气得他跑出门去，攥紧拳头捶打空气中的假想敌。尽管生气，争执还得继续。李传民又跑回屋子，继续争吵。

争执过后，李传民微笑着招呼：咱喝酒去吧，都是朋友。

李传民说，合作必然有分歧，大家能坐下来谈，把想说的话说清楚，好好听一听双方的诉求，这很重要。

东胜蒙古公司每年定期召开的年会上，有位年轻的蒙古国石油管理局财务审计负责人，是从国外留学回来的高级专家，接受西方思想的他，针对东胜蒙古公司提出各种质疑。

为了解决矛盾，李传民请派驻基地的蒙方代表巴萨帮忙，约他出来聊天。

李传民有他的道理：一定不能断了交流渠道，不能光谈工作，人和人的真诚沟通很要紧，成为朋友好多事情就能说得透一点了。

两个人聊到油田开发，李传民说：咱们得好好说道，你干过勘探开发吗？我每年打四五十口井，可比你有经验！

年轻人确实没干过，非常认可：还是你比较懂。

李传民耐心解释：我们参考借鉴了国际标准和规范，并不是闭门造车，中国人的标准并不比斯伦贝谢、壳牌等大公司低，不必照搬欧美标准。

李传民的专业解答让对方信服，敬佩之情油然而生，时常讨论技术问题的两个人成了朋友。

蒙古国石油管理局官员中有个叫小扎雅的姑娘，曾在西方国家留学，对中方企业有偏见，并且有个性、难交流。

她提的问题不太专业，李传民就从专业上给出解释：要论石油行业的开采难度，中国人是最难的，陆相比海相难，这是世界公认的。

小扎雅生气的时候，李传民总是躲开，避开锋芒，谈不拢就暂缓。

李传民认为，有些偏见需要时间纠正，有些情绪需要时间化解，他一直相信对方不是恶意的，一定有原因，大家应当坐下来真诚地谈，理解万岁。

中蒙双方2003年签订的97PSC产量分成合同中规定：分成点在井口，原油抽到地面井口之前的成本全由蒙古项目承担，蒙古国只收取资源费；原油从井口到储存罐再到集油站进行处理销售，这一系列成本由中蒙双方共同承担。

2013年，蒙古国石油管理局提出要把分成点改到销售点，这意味着原油变成商品油之前，所有成本是由中国人承担。这可不是一笔小数目，如果改变分成点，原油加温、倒运、设备维护维修费用、原油处理费用等成本全部由中方承担，每年将多达4000万元。

东胜蒙古公司坚持井口分成，突破底线是“伤根”的事。

近年来，中蒙双方展开拉锯战，至今未达成共识，仍旧执行原合同。

李传民告诉蒙方友人：我们来这里开发油田是为了经济利益，你们引入我们的技术并不是“肉让别人叼走了”，是因为你们要发展、需要资源动起来。就算地下有油海，不动就不会产生效益，无法推动经济发展。合作就得真诚，要有公平的心态，效益是明账，大家都非常清楚。这就像两个人结婚，你相中我帅，我相中你美，没有谁亏不亏！

在东胜蒙古公司工作九年，李传民把气都生完了，变得越来越宽容，对人宽容一点，对事宽容一点，有矛盾就让矛盾飞一会儿，给时间缓和就有沟通解决的可能。

李传民曾经很较真，当场必须争出个结果来。现在，他认为不能把人或事武断为好或坏，何事争，何事不争，需要胸襟和智慧。

多年前的李传民不爱说话，除了技术，很难跟人聊得开。

东胜蒙古公司对他的成长影响很大，要跟人打交道，要协调很多事，他练出了一个好心态，变得从容淡定，波澜不惊。

2019 年 1 月，李传民调回胜利油田基地，担任东胜公司滨渤采油管理区副经理。

微信里经常闪出来自遥远的蒙古国的信息，李传民很欣慰，他用真诚换来的友谊禁住了时间的考验。

“干石油工作就这样，有人说艰苦，我觉得还行！”

李传民是山东人，高个子，精气神儿十足，一个典型的乐天派。

他十分认同东胜公司 2022 年务虚工作会上传达的理念：能量是油田开发的基础。

能量，是世间一切事物的动力。

人就是要很有劲儿地活着，敢想敢为，干事创业，在这人世间做个英雄梦。

摘“果子”

“我摘的是前辈的果子。”

——伊丕丽

一头利落短发的伊丕丽信步走进东胜公司。

电梯静静上行，戴着口罩的同事们互相点头致意。泾渭分明的后疫情时代，人们不得不把口罩当成身体的一部分，一块天蓝色无纺布片的遮挡使眼睛也学会传递微笑了。

时间的指针指向2021年12月31日，这是伊丕丽调入东胜公司工作的第14年。新的一年就要到来，担任东胜公司技术管理部科技管理主管师的伊丕丽顺利提交了2022年东胜公司本部科研计划。

科技改变世界，创新决胜未来。新冠肺炎疫情已在全球肆虐两年，世界各国都在发展停滞倒退和经济严重受挫的挣扎、较量、制衡中苦苦求生。在这个辞旧迎新的重要历史节点，从国家、民族到企业、个人，都在思索未来的命运走向。

对于中华民族而言，“科学技术是第一生产力”，这是邓小平提出的重要论断。“建设科技强国”，是习近平新时代中国特色社会主义思想的重要组成部分。

对于东胜公司而言，科技创新是蓬勃向上的生命力，需要高瞻远瞩，更需要脚踏实地。

对伊丕丽而言，从一名技术员到科技主管师的转变需要重重历练，在她的职业生涯中，最难忘的经历是连续三年参与东胜公司的蒙古项目。

一天之计在于晨。此时，窗外的城市在通勤班车的声声鸣笛中喧腾热闹起来了。如果回忆有声响，听起来会是什么样的呢？

在一杯茶清香缭绕的水雾里，伊丕丽仿佛又听到一阵悠扬的口琴声……

2009 年 5 月的一个傍晚，东胜公司开发技术中心采油工艺工程师伊丕丽在东胜蒙古公司宗巴音生产基地漫步。

这是蒙古国东戈壁省最好的季节，晚饭后离天黑还早，工友们各自忙着自己的事情。伊丕丽惊奇地发现，大家碰面只是点头致意，都不爱说话，用眼睛“打招呼”成了那种寂寞工作环境里养成的习惯。

是语言功能退化了吗？是情绪休眠了吗？还是这寂寞的时光让人提不起兴致说话？

在不知不觉中，想说的话越来越少。如果让心迟钝能够抵御想家之苦，那么保持钝感也是一种有用的自我保护吧。

一支悠扬的曲子穿透一米厚的宿舍砖墙，回响在宗巴音生产基地大院上空，时而深沉，时而呜咽，时而婉转，时而顿挫……如泣如诉的琴声忽然戛然而止，渺渺余音渐渐消散在空旷的风里。

同事说那是林文杰在吹口琴。伊丕丽心里一颤：他是在想念远方的亲人吗？

想家，并不是女性的特质，而是隐藏在每个人心里的共同情感。

第一批到东胜蒙古公司的员工王健林告诉伊丕丽，长年驻守宗巴音油区的他对女儿是有着无法言说的愧疚的。因为聚少离多，女儿是在他的视线之外悄悄长大的，就是总也跟不上孩子成长的步子。

启程出国前收拾好行囊，王健林跟女儿告别：爸爸走了，要出差了！女儿没吭声，仍然低头写着作业。没听到回音的王健林很纳闷：孩子为什么不理我呢？走近一看，孩子的泪水沾满脸颊。王健林心里一颤，孩子无声的哭泣代表了多少无力的不舍和挽留！

在此之前，王健林一点也没有意识到和孩子之间会有怎样的隔阂：他长年累月出差不在家，成了孩子最不舍的事。一方面是事业，另一方面是家人，两方面兼顾是多么的难啊！

他沉默地搂了搂孩子的肩后夺门而出，眼泪在走出家门的那一刻无声地滑落。那个场面从此烙在了这位铮铮男儿的心底深处，每次回想起都让他难过不已。

哪里有石油，哪里就是我的家！这不是一句简单的口号，而是深植于石油人心灵深处的毕生追求，多少石油人就在舍小家顾大家的两难间默默走着该走的路。

空旷戈壁上的宗巴音镇像一座孤岛，寂寞地矗立在风中。

天忽然黑下来，窗外飞沙走石，沙尘暴来了，忽然而至，遮天蔽日。

每个到过宗巴音的人，都遭遇过沙尘暴的洗礼。

伊丕丽不安地待在屋子里，沙土特有的腥味在空气中弥漫。面粉一样的细沙从双层玻璃缝隙里灌进来，让人感觉呼吸越来越困难。

沙尘暴是每个东胜蒙古公司员工都必然经历的考验，严重时脸上盖着毛巾才能睡着。

在宗巴音生产基地的走廊里贴着一张沙尘暴席卷而来的照片，那平地里刮起的一堵黑黑的沙墙，海啸般翻滚推压，让人望而生畏！

肆虐了一天一夜，沙尘暴走了，宗巴音生产基地的生产生活又恢复如常。

在寂寞的日子里，唯有上网和亲人说话的一刻无比喜悦。网速奇慢还经常掉线，同事们互相推让着：来来来，你先说！

伊丕丽坐下来，QQ 视频里出现的是孩子定格的画面，那一刻连卡顿拖曳都变为奢求。没办法，在蒙古国的空旷戈壁，连网络也变得迟钝无比了。

在蒙古国东戈壁省的宗巴音镇，苏联于 20 世纪 40 年代至 60 年代开采遗留的许多老井百废待兴。

初春的戈壁，满目是漫无边际枯燥喑寂的金黄色，感觉像漂浮在遗失了涛声的海里，让人莫名地心慌。

坐在颠簸的工程车里，伊丕丽心中迷茫：路呢？通往井场的路在哪里？蒙古司机满不在乎地摇晃着脑袋。

路就在脚下。许多路标就隐藏在出人意料的蛛丝马迹中，可能是一块野生动物的白骨，可能是一只沙掩半截的旧轮胎，可能是大地绵延的微小起伏。

东胜蒙古公司的员工们说，从没有路的地方蹚出路来，是蛮荒环境赋予他们的特殊本领。是的，没有条件工作，创造条件也要工作。太多的路，是东胜人靠勇气和智慧从没路可走的地方一条一条开辟出来的，从无到有、从少到多，自力更生、奋发作为。

2009 年的东胜公司开发技术中心压裂岗员工只有伊丕丽一人，当年 35 岁的伊丕丽是东胜公司派到蒙古国指导压裂施工的第一位女工程师。

那次出差，也是为了完成一项交接任务。

时任蒙古项目压裂负责人的闫治涛推开宗巴音生产基地库房沉重的铁门，仔细向伊丕丽介绍用于压裂施工的物料种类和用途。阳光从门缝里钻进阴暗的仓库，灰尘在光束里跳着寂寞的悬浮舞。

闫治涛就要回国了，他相信伊丕丽完全能够接任这份工作。

蒙古国的广袤戈壁下埋藏着珍贵的石油。宗巴音油田的油层以砂泥岩交互为主，层多层薄，渗透率差异大，压裂一次性投入大，如何提高油层纵向上的动用程度？查干组油层埋深只有几百米，这样的地质条件和胜利油田截然不同，如何实现“低温破胶”？这些都是压裂工程师面临的技术难题。在压裂施工过程中，加砂后如果“破胶”不彻底，会把井底的砂返带出来。

怎么攻克这个难点呢？

可这难不倒以“精攻”著称的东胜公司技术人员。在针对蒙古项目的压裂工艺技术研究上，闫治涛颇有造诣。他无惧基地早期戈壁的艰苦环境，不断摸索提高工艺技术。在大量室内实验的基础上，反复研究适应宗巴音油区和查干油区的不同油藏区块的液体配方。凭借闫治涛完善的技术储备、精准的工艺参数优化，有国内先进的工艺技术做支撑，拦在效益面前的难题迎刃而解。

闫治涛把一份凝聚他多年心血的压裂液配伍数据表交给了伊丕丽。

现场施工时，伊丕丽要做的是随机应变。油井与油井不同，区块与区块不同，通过实时监测放喷情况，观察记录液体的外观及黏度变化，以精确判断破胶的好时机。

前人种树，后人摘果——伊丕丽满怀敬意地说，她是摘“果子”的人，摘的正是前辈闫治涛种出的硕果。

2011年7月，是伊丕丽第三次被派往东胜蒙古公司进行压裂指导。

正值蒙古国最热的季节，室外阴凉处已达45摄氏度，阳光下足有60摄氏度，烈日炙烤着井场的每一个角落，强烈的紫外线无遮无拦，热得人喘不过气来。毫不夸张地说，如果此刻在沙里埋个鸡蛋，也会很快烫熟的吧！

经过三年的酷暑历练，伊丕丽已然成熟了。

为了避免中暑同时不影响施工进度，伊丕丽尽可能合理地安排施工时间。她从容地指挥着施工进程，一面协调压裂、作业等施工队伍，一面落实进井路，协调上水、配液、装砂、衔接作业运行。

经过一个月的紧张工作，压裂施工任务顺利完成。选择性投球压裂、低温破胶等先进技术的应用，使施工成功率达到了100%，单井峰值产量达到日增17吨的好效果，为东胜蒙古公司圆满完成2011年原油配产任务奠定了坚实的基础。

2012年，新同事刘海明将接替伊丕丽完成蒙古项目此后的压裂任务。

东胜蒙古公司办公室在蒙古国首都乌兰巴托租用的办公楼，位于境外公共安全橙色地区。在乌兰巴托出差的伊丕丽反锁上房门的一刻，心才稍稍有了些安全感。

完成技术交接，依依惜别宗巴音生产基地的同事们，伊丕丽即将踏上回国的路。

中蒙两国海关之间有4.5千米的缓冲带，路并不长，在急切奔赴祖国怀抱的伊丕丽眼中，它却显得那样漫长。

车驶进二连浩特出入境公路口岸象征中蒙两国友谊的彩虹桥，从踏进国门的那一刻起，伊丕丽真切地感觉到：自己的心终于落地了！

在伊丕丽看来，只有走出过国门的人才能感同身受：一个人，只有双脚踏踏实实落在自己的国土上，才会有真正的安全感！

此刻，时间的指针正嘀嗒嘀嗒指向2022年。

心的涟漪泱泱，仿佛刚刚从往事里走出来的伊丕丽欣然的微笑。

异国他乡的生活让她刻骨铭心，三次出差的感觉很不同，第一次是“归心似箭”，第二次、第三次逐渐有了心理认同感，对环境越来越适应，如同与老朋友再次会面。三次蒙古之行如白驹过隙，她自觉像个过客一般没有留下太多足迹，这段经历让她觉得年复一年的日常生活如此生动有趣，对家人朋友倍感珍惜。

对亲历者伊丕丽而言，参与蒙古项目是对灵魂的一场洗礼。在远离故乡的地方，所有的喧嚣都寂静下来，可以听到心脏跳动的声音，可以听到血液流动的声音，内心一片宁静。一路走来，无愧青春，只有“值得”两个字熠熠发光。在蒙古项目挥洒过的汗水都成为人生价值的一种体现。

伊丕丽说，在这世上也许只有两类人能够在蒙古国常年待下去，一类是十分沉静享受寂寞的人，一类是极其乐观并能带动别人乐观的人，总之是扔到哪儿都能生活的人！

东胜蒙古公司的员工们，历经岁月洗礼，已然成为这样了不起的人。

东胜公司蒙古项目就像一棵重生的老树，正焕发出蓬勃向上的生机。

戈壁安全员

"愿岁月安好。"

——侯炳祥

宗巴音油区的早晨在忙碌中醒来，阳光热烈地照耀大地。

一辆白色吉普车出现在地平线上，东胜蒙古公司安全工程师侯炳祥开始了一天的安全巡检工作。

施工现场的安全检查很严格，侯炳祥拉了拉一名蒙古员工的衣襟，示意他系好扣子。

东胜蒙古公司的安全培训很到位，尽管每个员工都熟知操作规范，但是一些细节的提醒仍然很重要。

东胜蒙古公司雇用了蒙古国当地专业的环保清理队，乙方油污处理不合规范的事偶有发生，侯炳祥定期到指定地点检查，确保不出任何问题。

宗巴音的夏天，很热。

蒙古国东戈壁省的阳光十分充足，用好清洁能源才有更好的发展。东胜蒙古公司决定改进储油罐的加温方式，由电加热循环导热油加温改为太阳能加热水循环加温，这项改造降低了运行成本，但拆装工作量巨大，侯炳祥的现场巡检工作更忙了。

戈壁滩的阳光很烈。即使是冬季，储油罐向阳的一面摸起来都会烫手，安全标识被晒得焦黑。员工们习惯戴黑色头套防晒，只露出眼睛的样子显得很神秘。

戈壁滩的虫子很厉害。每年 5 月，大地解冻，戈壁小咬也活跃起来。人一旦被咬，轻则痒得抓心，重则过敏化脓。

在宗巴音生产基地工作生活，最常见的是沙尘暴。宗巴音的沙尘暴，一直从年初刮到年中，每周至少刮一次，一刮好几天。如果遭遇严重的沙尘暴，车玻璃常被刮花，连车牌漆都能刮掉。2021 年的一场沙尘暴，把同事的黑车“打磨”成了白车，只得重新喷漆。

在油区巡检遇到沙尘暴，侯炳祥就把车开到路基下等。

沙尘暴过后，戈壁上的道路往往被浮沙掩埋，维护进井路成了拉油队队长黎勇和同事们经常干的活儿。

总之，埋藏着石油的戈壁滩是个让人又爱又恨的地方。

宗巴音的生活，也有生机。

为了改善生活，王永军网购了电热管、温控器，把盛菜的泡沫箱改造成一个孵化器，开始了工余的养鸡事业。

2021 年 7 月，王永军孵出的 100 只小鸡在菜地一角欢快地奔跑觅食，宗巴音驻地热闹起来。

夏天一来，驻地大院外的树也有了生机。因为气候干旱，一万多平方米的榆树、红柳和骆驼刺长势极慢，员工们每天开着水罐车辛勤地浇水养护。

锅炉该清垢了。侯炳祥和同事轮换着钻进锅炉小小的入孔，跪在密闭空间里清理水垢，仿佛置身另一个世界，又热又累的他暂时忘记了想家的苦。

宗巴音的冬天，真冷。

2012 年 12 月底，侯炳祥到宗巴音生产基地报到，下车走进宿舍时，冻得失去知觉的双脚渐渐回暖，一阵疼痛感传来，侯炳祥脱下棉鞋一看，一枚钉子从鞋底扎进鞋里，锋利的尖刺到了脚心。

冬天冷到什么程度呢?

零下 40 摄氏度时，人甚至能真切地感觉到，有一股寒气从脚底返凉到头顶的噬骨过程，就像被咬，野外施工也遇到很多难题。

多年前，卸油台的装油管线用的是橡胶材质，极寒天气很容易冻断，侯炳祥建议改用不锈钢波纹管；集油站有台锅炉上水止回阀出现了故障，侯炳祥建议用抽油泵里的固定凡尔球代替止回阀，效果出奇的好。他还提议改进了破乳剂的加药方式和位置，每年能为公司节约 20 万元。

宗巴音的春节，在疫情中到来。

2020 年初，新冠肺炎疫情突发。中国石化集团公司国际合作部、胜利油田驻京办事处下达了防控指令，东胜公司制定了严密的疫情防控措施和应急预案。侯炳祥多了一项工作：疫情防控。

2020 年 4 月，一名法国人在乌兰巴托机场入境后检测出感染，他工作的法国公司距离东胜蒙古公司驻地只有 30 多千米，而宗巴音镇几乎每家都有人在东胜蒙古公司驻地工作，疫情防控压力陡增。东胜蒙古公司决定，所有蒙方员工居家隔离两周，中方员工承担所有工作。

2020 年 5 月，东戈壁省出现病例，东胜蒙古公司决定，所有蒙方员工放假两周。33 名中方员工担负起了近 200 人的工作量。

疫情期间，闪停电开井、管线保温、推煤、栈桥装油，这些工作让大家忙得不可开交。

戈壁滩上的生产运行，全靠自力更生。蒙古项目虽小却“五脏俱全”：注采队、集油站、作业队、维修队、修路队、运输队、汽修队、资料室、材料组、商务办公室。大家有分工有合作，努力维护油区正常生产。

2020 年春节前，有 9 名作业队员回国，只剩作业工张恒涛留在宗巴音生产基地。春节后，随着生产运行节奏加快，问题井越来越多，作业任务也越来越繁忙，国内员工因疫情阻断无法赴蒙。注采队的张善宝及 3 名有作业资格证的蒙方员工组成了第一支临时作业班，干过作业的注采队长刘永刚和李海波及 2 名蒙方员工组成了第二支临时作业班，由采油主任师李军指导，作业施工有了保障。

作业施工忙，侯炳祥的安全防控工作更忙。

宗巴音的生活，总是充满意外。

2021 年 3 月，侯炳祥发现血压升高了。7 月，侯炳祥的脚腕肿了，眼皮也开始肿。卫生员建议他好好休息，去大医院做个检查。侯炳祥深知东胜蒙古公司的防疫工作做到“零感染”不容易，他不愿意出门，自己上网查病因找办法。

2021 年 8 月，侯炳祥到东戈壁省医院检查，医生诊断的结果是慢性肾炎。安全管理和疫情防控工作不能放松，侯炳祥依旧天天上班，到施工现场巡检。妻子从东营寄出的药滞留二连浩特无法及时通关，一个多月后才寄到宗巴音。

在公司组织的网络心理疏导课上，员工们写下最高兴的事、最难过的事。疫情之下，人人内心都很焦虑。为了稳定思想情绪，侯炳祥以自己生病为例劝解同事，互相安慰，共渡难关。

联合站一名员工家属急需用钱，侯炳祥开通了网银帮忙垫付了两万元。

按公司惯例，每逢员工过生日，晚饭时都能收到公司送的蛋糕，侯炳祥负责订购。疫情期间改为生产基地厨师烤制，这份土里土气的礼物格外暖心。

2021 年 9 月 17 日，东胜公司举办“心系海外 · 云聚中秋”亲情连线，下午 2 点 30 分视频接通，身处蒙古国东戈壁省宗巴音镇和首都乌兰巴托的 12 名员工与家人见面，侯炳祥的妻子王立凤忍不住泪如雨下。

什么时候能回来呢?

在宗巴音生产基地隔离 14 天、在乌兰巴托隔离 7 天后，所有人通过核酸检测和血清抗体检测，中国大使馆发放了国际通行健康码，回家的日子越来越近了。

乌兰巴托办公室送来防疫包，同事们亲切送行并致辞:

“这是两年来的首次回国航班，你们是第一批回国员工，意义重大，责任重大，途中一定要做好疫情防控，为下批回国人员总结经验，感谢大家两年来的辛苦付出，东胜公司党委非常关注，祖国欢迎你们! ”

为了把风险降至最低，东胜蒙古公司做了各种周密安排，张虎贲把 23 名员工分成了三个小组，张虎贲、侯炳祥、刘永刚担任组长，负责处理途中的一切事宜。

2021 年 11 月 21 日中午 12 点 30 分，23 人在乌兰巴托机场登机，每个人都全副武装，穿戴好防护服、护目镜、尿不湿，严密又闷热。

即将踏上回家的行程，侯炳祥的眼泪不由自主地掉下来，他暗自思量："不该哭啊？没必要这样……"

2019 年 11 月 21 日，侯炳祥入蒙工作。

2021 年 11 月 22 日，侯炳祥辗转回国。

因为疫情，中蒙边境封关，侯炳祥整整两年没能回家。

飞机降落在伊朗德黑兰机场时是当地时间下午 4 点。一行人中，只有张虎贲、侯炳祥、刘永刚、杨光喜有国内手机号，大家通过共享热点填写护照号、身份证号、核酸检测报告、居住证等信息，向中国驻伊朗大使馆提交并申请国际通行健康码。这是最令大家焦灼的时刻：一旦有一名员工不合格，所有人都将滞留伊朗。

在德黑兰机场紧张地等待了 12 个小时，检测结果全部合格！那一刻，全体欢呼，纷纷叫好。

2021 年 11 月 22 日晚，飞机降落在广州白云机场，侯炳祥悬着的心才安稳下来。

他和张虎贲、刘永刚忙了一路，叮嘱注意事项、填表上传信息、检查防护设备，所有的环节都不能出纰漏。处理完所有的事，侯炳祥放心地走进酒店隔离，安心地睡了一个好觉。

9 年的工作历程，两年的共同抗疫，深埋在安全工程师侯炳祥的心里。遭遇疫情，突发而又万般无奈，每个人都要在时代大潮中扮演好各自的角色，为社会做出应有的贡献。

还会回到宗巴音吗？在东胜蒙古公司工作了 9 年的侯炳祥有他的思索：每个人的工作特长、能力、看问题的角度不同，对公司的贡献也不同。一个人应该对得起岗位职责，他所能想到的都做到了。为东胜蒙古公司的未来发展着想，他希望有更多新人补充到蒙古项目中去。

2022 年，他的心愿是：世间无事，岁月安好。

在遥远的蒙古国那个叫宗巴音的石油小镇，我的兄弟们，祝你们平安。

一路向北

“生命不是你活了多少日子，而在于你记住了多少日子。”

——张虎贲

青春的模样

2017 年 10 月 22 日，胜利油田东胜公司的张虎贲在微信朋友圈里发了条动态自我激励：一腔热血，一路向北，一片思念。

车启动的一刻，张虎贲戴上耳机聆听东胜公司职工创作的一首鼓舞士气的歌曲《一路向北》，不禁心潮澎湃。

古道辙痕夕阳远去了

曾经的金戈铁马岁月风霜

大漠驼铃声碎

依然是天风浩荡牧歌悠长

思悠悠戈壁滩上

留下多少神奇的传说

情殇殇瀚海深处
多少英雄沙漠里埋葬
一队队客商行旅
一幕幕历史断想
一路向北心驰神往
黄河入海的地方
西北望
遥远的瀚海戈壁大漠苍凉
何惧沙尘暴虐
走来了一路高歌旌旗飞扬
胜利人走出国门
勇闯国际石油市场
天苍苍野茫茫
家国情怀责任担当
任说年少轻狂
我为祖国歌唱
一路向北
风景在路上
…………

这首歌是写给积极响应国家“一带一路”倡议的勇闯国际石油市场的东胜石油人，那苍凉豪迈的旋律如此激动人心。张虎贲即将奔赴位于蒙古国东戈壁省的宗巴音镇，担任东胜蒙古公司地质师，对于即将到来的新工作充满好奇与期待。

2017 年 10 月 24 日，张虎贲从边境口岸二连浩特入境蒙古国，开始了他勇往直前的新生活。

初到宗巴音生产基地，张虎贲最喜欢的事是早起看日出。一轮朝阳从广阔无垠的戈壁滩冉冉升起，那瞬间迸发的光辉激荡着一颗年轻的心。

刚过而立之年，31 岁的张虎贲心中自有追求与梦想，一个人应该安于稳稳当当过平常的生活，还是开疆拓土走一条注定不平常的路？

张虎贲在孔子故里曲阜出生长大，名字本身隐含着力量。“虎贲”，勇士也，意思是像虎一样勇猛有力、所向无敌。自古以来，凡军中翘楚者，无不被冠以“虎贲”二字。

明事理的父母从不娇惯任何一个孩子，小时候的张虎贲边哭边拔草，辛苦的劳作对意志的磨炼给了他一笔宝贵的人生财富。

一个人一旦具备吃苦耐劳的精神，将无往而不胜。

人生的每一次选择，都深藏着命运的召唤。

2007 年 1 月 17 日入党，毕业于石油大学的张虎贲选择到胜利油田工作。第一天上班，张虎贲住进板房，从守一口旷野中的油井开始，他就做好了吃苦的准备。

因为，这就是石油人。

东胜蒙古公司驻地给张虎贲留下的第一印象是仿佛穿越回了 20 世纪 80 年代，生产生活条件有限，一切都要自力更生。

从日出忙到日落，负责开发工作的张虎贲奔波在戈壁滩上，厚重的红工衣里裹着一颗勇敢的心。苦寒之地，唯有精神无坚不摧，那是一个人内心构筑起的坚固堡垒。夜读《吃得了苦，扛得住压，世界才是你的》，张虎贲更坚定了心中的梦想：尽最大所能多采一滴石油回国。

2017 年 12 月 4 日，张虎贲研读十九大报告，在微信里铭记：我们不能因现实复杂而放弃梦想，不能因理想遥远而放弃追求。

2017 年 12 月 21 日至 22 日，东胜蒙古公司在乌兰巴托召开年会，签订年会备忘录及 2018 年工作计划与预算，张虎贲完成了工作计划和预算工作。

肯特山的朝阳照耀大地，乌兰巴托城辉映在皑皑的雪里。年会谈判十分不易，面对新的一年、新的任务、新的挑战，张虎贲暗下决心：前路坎坷，唯有不畏艰险、百折不挠，不负日月、不负年华。

2018 年 2 月，蒙古青年奏响马头琴，悠扬的琴声回荡在蒙古大地。在蒙古国过春节的张虎贲发微信：跨国同庆良辰美景别样红，异俗共聚万水千山总是情。

在异国他乡过年的东胜蒙古公司员工坚守各自的工作岗位，把每一天过得平常却又不平凡。张虎贲用手机软件生成一张满脸皱纹的照片，想象着自己若干年后的模样。

一个人怎么度过这一生才有意义？年轻的张虎贲早有答案。

2018年4月8日，张虎贲任东胜蒙古公司开发副经理。

宗巴音的春天还没有来，大地尚未解冻，沙尘暴却不期而至，笼罩着方圆200多平方千米的油区。宗巴音地处沙漠戈壁，天气变化无常，最高气温多数接近55摄氏度，最低可达零下45摄氏度，冬夏两季温差达100摄氏度。即使温度适宜的春秋两季，沙尘暴也是说来就来，在戈壁滩上工作生活的每一天都是挑战。每当遭遇沙尘暴，呛人的粉尘遮天蔽日，油区的电力线路容易中断致使油井停产，一旦供电恢复，张虎贲和同事们就顶着风沙奔波在巡井路上，抓紧时间逐口开井。

石油人的诗和远方，从来都不浪漫，沙尘悄悄蒙上一张略带稚气的脸。对于把一切交给石油的人，这就是青春的模样！由东胜公司员工戚墨林作词、王林演唱的东胜版《沙漠骆驼》在风中流传：

蒙古国的戈壁沙漠
宗巴音的部落
千里的蓝天和黄沙一色
狂风肆虐经过
沙暴从天而落
突然之间出现热情的火

我开上巡井单车
扬起一尾青烟
心里坚持着一份信念
漫长古道悠悠
地下石油奔流
胜利的旗帜迎风猎猎

远在他乡异国
海外市场开拓
东胜人一路前进一路高歌
漫天黄沙掠过
飘洒每个角落
挡不住精攻的奋勇拼搏

白天黑夜交错
身影伟岸婀娜
蹉跎了岁月却奈何不了我
坚守初心一颗
牢记使命职责
方向对了才能致远而执着

深夜里偶尔难眠
全是家的思念
想起了她的温柔孩子的脸
想起了父母白头
喉咙哽咽难言

清晨起来又是新的一天
我穿上御寒皮鞋来到栈桥的街
输油的火车有二十一节
满载经济血液飞驰向中蒙边界
不觉之间已有一十六年

我已融入腾格里的国度
携手蒙友走向“一带一路”

新时代指明康庄幸福之途
紧跟着脚步放手去付出
共筑复兴中国梦

扎根这片沙漠
流年似水而过
见天地众生也见到了自我
精益求精拼搏
攻坚必胜气魄
奋斗的人生里挥毫泼墨

从创业艰难多到创新多举措
世界一流的愿景引领你我
挑战中有机遇
风雨后有彩虹
人生不寂寞人间才值得

“一带一路”

张虎贲说，赢得别人尊重的最好方式是努力与贡献。

2019 年 1 月，张虎贲任东胜蒙古公司基地经理，负责生产、经营、队伍管理。

对一个油田来说，仅靠天然能量弹性开发，采收率只能达到 10%。通过应用注水开发技术，宗巴音区块的 80 口老井陆续恢复，年产原油 2.5 万吨，成为东胜蒙古公司稳产的压舱石。

为了节支开源、降本增效，张虎贲制定了生产成本考核和安全考核细则，同时鼓励员工提合理化建议。

在宗巴音老油田的老井恢复过程中，购买水泥基础的事让人头疼。张虎贲算了一笔账：抽油机水泥基础的国内价格是一个 5000 元，每节火车皮只能装 4 块水泥基础，从国内运到蒙古国的费用是 5 万多元，平均每个水泥基础的运费近 15000 元，加上海关税、增值税，平均每块水泥基础价值 2.1 万元。

怎么节约成本呢？张虎赉和同事们一起想办法。

有员工提出在当地买龙骨架自己筑造：一个龙骨架 2000 元，沙子水泥 1000 元，筑造一个水泥基础只花 3000 元。

刘新宇建议：苏联留下的飞机旧跑道是水泥板铺的，闲置了那么多年，不如废物利用！这个建议让人茅塞顿开，电焊工们稍加改造，一分钱不用花的水泥块派上了用场。

宗巴音油区先后投产 81 口油井，仅此项建议就节省了 121 多万元。谁能想到，半个世纪前的军事设施最终用于造福人类的石油事业呢？

尽管受限于环境，没有外部支援，东胜蒙古公司员工把独立自主、自力更生的精神发扬到了极致。这充分体现了胜利人秉持的“一切工作向价值创造聚焦、一切资源向价值创造流动”企业精神。

2019 年 4 月 27 日，林文杰、宋金娜、张虎赉应邀参加了庆祝中蒙建交 70 周年活动。他在微信动态里留言：一路向北，虎赉勇士志在远方；“一带一路”，中国巨轮扬帆起航。

生活总有不期而至的风雨，心中有祖国的人从不怕心头有雨眼底有霜，心中有石油梦的人足以支撑身心厚重翅膀。

2019 年 8 月 10 日，超强台风“利奇马”席卷亚洲东部大陆，洪水淹没了查干油区，造成道路冲断，油井停井。戈壁抗洪抢险持续了一个月，几名员工把电缆高高举过头顶的一幕感人至深。大雨过后，东胜蒙古公司员工们抽积水、建拦水坝、抬高进井路，还根据地势情况施工，升高了储油罐基础、抽油机基础。

2019 年 12 月 31 日，蒙古国矿业重工业部举办石油行业 70 周年庆典，邀请老石油工人出席庆祝大会，并在蒙古国第一块油田——宗巴音老油田召开了现场会，中蒙两代石油人在蒙古国的第一口井——宗巴音 1 号井旁留下了永恒的瞬间。

张虎赉代表石油行业上台发言：

2019 年是值得铭记的一年，中蒙建交 70 周年，“一带一路”与“草原之路”遥相呼应，照耀了两个国家和民族的友好与发展。

2019 年是值得铭记的一年。蒙古国石油行业 70 周年庆典活动在宗巴音召开，东胜蒙古公司成功恢复蒙古国第一口井宗巴音 1 号井开井生产。

2019 年是值得铭记的一年。蒙古国铁路又从宗巴音开始修建，东胜蒙古公司给宗巴音游泳池重新注入了清水，这都预示着宗巴音的发展又踏上了新的起点。

2019 年是值得铭记的一年。新增开井 37 口井，年产油量比上年增加 5000 吨，创下了东胜蒙古公司年新增开井数总纪录。

2019 年是值得铭记的一年。查干油田遇到十几年来最大的洪水，东胜蒙古公司全体职工齐心协力保生产抢开井，将经济损失降到了最低。

2020 年是逐梦的一年。作为中华儿女，我们有"为中华民族谋复兴"的复兴梦；作为石油工人，我们有"我为祖国献石油"的石油梦；作为七尺男儿，我们有"为你们遮风挡雨"的男儿梦。

2020 年更是奋斗的一年，要不忘初心，坚持理想与信念；要仰望星空，拿出胆量与气魄；更要脚踏实地，扛起责任与担当。

过往值得尊重，未来更需期盼。

这一年，通过东胜蒙古公司的努力，宗巴音 1 号井恢复生产，目前日产原油 3.5 吨。听到这个喜讯，蒙古国的老石油人站起身来热烈鼓掌！

这一年，东胜蒙古公司资助东戈壁省修复石油公园，成为宗巴音镇的标志性建筑。

多年来，响应国家号召"一带一路"倡议，东胜蒙古公司在教育、医疗、保护环境、修葺路面等民生方面，加大了对宗巴音驻地的援建力度，中蒙两国人民结下深厚的友谊。

境外抗疫

2020 年 1 月 19 日，张虎贲的微信动态更新：一路向北 ×12。

这是他于疫情初起时逆行千里，第 12 次回到蒙古国的工作岗位。

2020 年 1 月 20 日，中国国家卫健委发布 2020 年第一号公告，新冠肺炎疫情防控战“役”拉开了序幕。全世界都把目光对准了疫情下的中国，2020 年注定是不平常的一年。

2020 年 1 月 28 日，蒙古国政府开始采取限制出入境措施。东胜蒙古公司编制了应急预案及疫情防护临时管理规定。

2020 年 3 月 10 日，蒙古国东戈壁省确诊首例新冠肺炎病例。东戈壁省宣布全省采取封闭交通措施（无限期）；宗巴音镇封锁道路，建立 3 个检查点，要求居民不外出，居家防护。

生活永远超乎想象，席卷全球的疫情考验着每一个人。

东胜蒙古公司研究决定，给所有蒙古员工放假，居家防护两周。33 名中方员工必须承担起近 200 人的工作量，一手抓防疫，一手抓生产。

面对人少活儿多、孤立无援的生产窘境，东胜蒙古公司副经理张虎贲给大家加油鼓劲儿：越是困难关头越要咬紧牙关，战天斗地不能服软。

为了确保运行万无一失，4 名党员进行了分工，针对防疫、生产的方方面面做周密安排：张虎贲带生产运行组，李军带原油倒运组，侯炳祥带原油处理组，李健带后勤保障组。党员们身先士卒，员工们勇往直前，倒油司机不足，泵车、罐车司机顶上；采油人手短缺，作业人员顶上；烧锅炉关键环节不能断档，特车员工顶上。

这是最艰辛的时期，采油注水，集输联合站，油水井维护作业，工程建设，单井拉油，修老路筑新路，锅炉房推煤，食堂保洁等工作量极大。

蒙古国没有庞大的工业体系支撑，许多施工方式很原始。

生产运行组的一项重要工作是锅炉房保温，冬季每天烧 13 吨煤，夏季每天烧 4 吨煤，每天要用小车拌水、拉煤、倒煤渣，这些活儿很累人，劳动强度之高让分管生产运行的张虎贲几乎吃不消。

在急难险重时刻，没有踩着七彩祥云的济世英雄从天而降，唯有自救！而根植于每个人内心的精神能量，可以无坚不摧。

东胜精攻石油开发集团股份有限公司“精益求精，攻坚必胜”的“精攻”精神从公司诞生起就已融入每个员工的血脉，正因为有着相同的信念，张虎贲以及所有东胜蒙古公司的员工们把“精攻”精神发扬到了极致。

2020年3月22日，蒙古国政府会议决定将防灾高度戒备状态延长至4月30日，其间所有学校继续停课，所有国际航班和国际客运列车、客车停运，禁止任何外国人进入蒙古国境内。

东胜蒙古公司中方员工实行国内国外两班倒休假制。由于蒙古国边境管控，部分员工已经几个月没能回家了。东胜公司相关领导及部门负责人与东胜蒙古公司领导班子召开视频会议，安排部署生产、防疫相关工作。

2020年4月8日，张虎贲更新动态：有风有雨是常态，风雨无阻是心态，风雨兼程是状态。

虽然蒙古国的疫情还未消除，但是员工们心里感觉踏实，东胜公司党委时刻关注当地疫情发展情况，通过网络视频、电话等方式，指导他们结合实际情况统筹做好疫情防控。

东胜蒙古公司制定了疫情防控巡查机制，从日常防控、外来人员管理、网格化管理体系、防控物资和生活物资采购、关心关爱员工身心健康等各方面，加大防控管理力度，时刻做好防控工作。

生活中总有惊涛骇浪、风风雨雨，身处孤立之地，精神支撑力尤其重要。

当国内疫情趋于稳定时，国际疫情形势却十分严峻，特别是在距离宗巴音生产基地30多千米的地方出现确诊病例后，身心压力骤增的东胜蒙古公司员工成了东胜公司党委最牵挂的人。为了缓解他们的心理压力，在国外更好地照顾自己，东胜公司党委决定为远在蒙古国的员工们送上一堂心理辅导视频直播课程。

2020年4月19日晚8点，一场跨国际的线上网络直播心理辅导EAP讲座开始了，油田党校心理教研部的于航老师通过视频与远在蒙古国戈壁的项目在岗中方员工连线，为他们讲解《照顾好自己：疫情下的心理应对》。

在线直播的两小时中，老师从常见不良状态和应对调试方法技巧两方面入手，分析了疫情期间海外员工常见的4种心理或精神问题，提出了正确认识内心反应、恰当对待疫情信息、情感关怀积极沟通、维持健康生活方式等4种应对方法，并结合实际需求，为东胜蒙古公司员工提供了积极联想法、八段锦等8种应对技巧和方法。

东胜蒙古公司全体中方员工在乌兰巴托、宗巴音驻地的会议室、餐厅、接待室，以及查干油区值班点、资料室等地方观看了网络直播，大家积极参与互动，认真向老师请教。

国内的同事们写下期盼与祝福：远隔万里，不改同气连枝；疫情当前，我们共盼春来。国外的你们，请一定照顾好自己，积极应对疫情，平安喜乐，如愿归来！

宗巴音的春天，遥遥无期。

2020 年 4 月 28 日，蒙古国应急委员会决定将高度戒备状态延长至 5 月 31 日。

2020 年的“五四”青年节，张虎贲收藏了 B 站献给新一代的宣言《后浪》，一个国家最亮丽的风景就是他的年轻。

2020 年 5 月 25 日，蒙古国宣布将高度警戒状态延长到 6 月 30 日。

通关遥遥无期。张虎贲无奈地更新动态：又充值一个月。

2020 年 6 月的一天，在国内休假的员工刘来军打来电话，因父亲生病住院急需用钱，他询问能否把工资寄回国内。

疫情期，事事都难，怎么办？张虎贲知道，境外汇款需要时间，一时解不了燃眉之急，就把刚发到手的中国石化优秀共产党员奖励转给了刘来军，嘱咐他照顾好老人。

刘来军哭了：暂时还不了你。张虎贲也眼含热泪，疫情之下，他们是有情有义的兄弟。

责任所在，不敢懈怠。张虎贲考虑得非常细，通过聊天方式了解情况，想各种办法为员工解决困难。这件事让张虎贲反思，作为管理者，他仍有做不到位的地方。人到中年，上有老下有小，没有谁不需要钱。他提议修改发薪方式，由公司出面协调并承担国际汇费，安排开学前、春节前的节点，通过境外汇款的方式转发到家属手里，让员工们安心宽心。

东胜蒙古公司员工的境外战“疫”故事在人民日报新媒体平台推送播出后，引起全国人民的热情关注。

逆风飞翔

蒙古国东戈壁省的夏天，天黑得极晚。

戈壁滩起风了，驻守宗巴音生产基地的东胜蒙古公司员工们在空旷的大地上放风筝，几只翼展3米多、比人高的“大鹰”飞向遥远的天际，一扫胸中块垒。

此时，在中国石化集团公司、胜利油田和东胜公司的关心支持下，国内的同事正在接洽通关手续，驻蒙员工回家的日子越来越近了。

疫情期间，最让人们感动的是逆行者。

2020年8月31日，东胜蒙古公司33名员工一路北上，通过“复工复产”绿色通道，经二连浩特、扎门乌德口岸入境。

21天隔离期结束后，东胜蒙古公司66名员工全员运转，开始了疫情下的紧张工作。

2020年国庆节前夕，为了鼓舞士气，张虎贲在微信朋友圈贴出石化人的告白《我爱你中国》。在远离祖国的地方，66名同事并肩作战，在戈壁筑起了另一座长城，心里有一面五星红旗在猎猎飘扬。

2020年11月21日，一场大雪让本就严峻的生产态势降至冰点，戈壁滩肆无忌惮的寒风裹挟着细碎的沙石袭来，巡护油井的路变得举步维艰。

巡护员工发现，原油管输起始端的宗巴音319井被雪水渗入管输保温层，内部伴热带因短路烧毁，若不及时修复，管输串联的几口油井生产都将受冻堵住。他们在湿滑泥泞的戈壁滩艰难跋涉，在肆虐的寒风中更换伴热带、重置保温层，待险情排除，天色已黑，雪水浸透了棉衣。

蒙古国的冬夜，人站在车外不到5分钟就冻透了。带队夜巡的工程师刘岗在寒风中详细汇报生产情况：宗东1–7井、1–15井是宗东管输起端井，因为油质问题，加温效果不好的话也容易引起大问题；宗巴音75井、宗东1–4井是管输中段井，回压数据直接反应管输加温效果……

2020年11月23日，张虎贲更新动态：喝了一半的水，上面结冰花了。

东胜蒙古公司按计划组织第39次销油。寒风刺骨，张虎贲和同事们站在十余米高的销油栈桥上忙碌，近8个小时的装油工作对每个人都是严酷的挑战。为了赶在天黑前完成21节火车罐的销油装车任务，他们利用操作间隙，在栈桥上背着冷风吞咽午饭，杯里的水早已冻成了冰碴儿。

下午 4 点多，顺利通过东戈壁省海关和省技术监督局等政府工作人员的层层检验，满载原油的列车缓缓驶离装车平台，奔向中蒙边境口岸的方向。

尽管辛苦，张虎贲的心里却很踏实：没有因为销油遇阻而停井，这是多么令人欣慰的事。

2020 年 12 月 7 日，张虎贲更新微信动态：蒙古员工们坚守在胜利的远方。

蒙古国东戈壁省的冬天格外冷。随着新增新冠肺炎确诊病例的持续增多，蒙古国政府将疫情防控级别提升至全民戒备状态，最严禁足令出台。因为疫情防控无法回国，一半员工已在这里坚守了一年之久。

2020 年 12 月 17 日，难忘的一年就要在疫情中过去，张虎贲在微信朋友圈留言：放牛的孩子还叫王二小，读书的成了我们的孩子，我们成了去买橘子的人，愿你我还是曾经的少年。

网络信号脆弱得禁不住一阵风，虽然卡了点，但是不影响张虎贲和妻子、女儿在微信视频里开心地聊天，聊今天，聊明天，聊所有美好的日子。

在东胜蒙古公司宗巴音生产基地，66 名中方员工驻守在这片戈壁上，只有不停歇的抽油机相伴。

平凡英雄

2021 年 1 月 14 日，张虎贲更新动态：新书到货，回不去的日子并不寂寞。

张虎贲担任东胜蒙古公司总经理，负责中蒙两地的项目工作，肩上的责任更重了。

蒙古国当地缺少新鲜的水果蔬菜，受疫情影响，物资运输遇阻。时间久了，营养补充不均衡，员工们身上很容易过敏，皮肤皲裂、牙龈肿痛的毛病开始显现。张虎贲想方设法购买当地特产沙棘果汁、牛奶、水果罐头，让大家补充维生素。

2021 年 2 月 8 日，为了给留守海外过春节的员工加油鼓劲，使他们感受到祖国和家的温暖，中国石化集团公司举办了主题为“一起加油”的境外员工网络春晚，通过微信、快手、抖音平台同步直播，观看人次超百万。

天涯虽远，心意相连。

倾听家人隔空送上的祝福，大家沉默着，千言万语涌在心头：我们在蒙古国一切都很好，不用担心，我们能时刻感受到来自祖国的关怀。新的一年里，希望老人身体健健康康，希望孩子们快快乐乐。我们一起奋斗，我们一起努力。距离虽远，但心在一起。

临近春节时，东胜蒙古公司的员工们忙着贴春联、挂灯笼，一起迎接农历新年的到来。在胜利油田党委关怀下，东胜公司千方百计从国内采购猪肉等食材，辗转千里运到东胜蒙古公司驻地，让大家过了一个有中国味儿的年。牛羊肉吃得太多，就馋一口猪肉馅的饺子，张虎赉和同事们很解馋。

在辞旧迎新之际，远在海外的他们收到了中国石化集团公司董事长、党组书记张玉卓的新春祝福，东胜公司也为坚守在蒙古的员工们送去祝福。

坚守在东胜蒙古公司驻地的很多员工已经两年没回家了，这是他们在海外度过的第二个春节。虽然疫情还未消除，但是有中国石化集团公司、胜利油田和东胜公司等各级党组织的关心，大家心里很踏实。

2021年2月12日，东胜公司906工作室倾情发布的微电影《待到春暖花开，等你们归来》，使驻蒙员工们深受鼓舞！

张虎赉随即更新动态：待到春暖花开，归来仍是少年。这是我，也是千千万万个我。这是我的家，也是千千万万个家。

爱在心头，从不遥远！

2021年6月29日，张虎赉更新微信动态：一路向北，一生无悔。

身处疫情期，蒙古国境内买不到新鲜的蔬菜水果，东胜公司采买的一千斤虾酱至此滞留二连浩特进不了关。许多员工的嘴角溃疡，皮肤过敏，看来又缺维生素了。

2021年7月4日，张虎赉更新微信动态：戈壁滩的美好生活。

面对突如其来的疫情，人们内心焦灼而慌张。为了缓解压力，东胜蒙古公司党支部书记高云带着大家自力更生，用废旧油管扩建了蔬菜大棚，新孵出的第一批小鸡长势喜人，宗巴音驻地大院生机盎然。

2021年9月2日，张虎赉学习习近平总书记在中央党校中青年干部培训班开班式上发表的重要讲话后更新动态：以此为荣，争先恐后，干事创业，忠诚担当，蒙古国坚守第622天。

2021年9月17日，东胜公司党委组织“云聚中秋”慰问活动，在国内召开现场座谈会，领导和员工家属通过视频连线的方式与远在国外的员工们见面。东胜公司党政主要领导与家属座谈，赠送了全家福。

东胜公司党委表态：国门暂时没有打开，他们只能在那里坚守，这是历史上最长的一次值班，肯定是不惜一切代价把他们周转回来。

2021年9月19日，“石化V视”视频号播出《不一样的团圆》，张虎贲百感交集地更新了动态：坚持就是胜利。

每逢佳节倍思亲，东胜蒙古公司的员工们却形成默契：谁也不提家事，只怕提起再难收场。驻守在千里之外的异国他乡，大家面对的不仅是疫情、恶劣的天气，还有对亲人无尽的思念，对老人无法尽孝的遗憾，对妻子、儿女无法陪伴的愧疚。

妻子孟令伟辞去博士后工作，独自承担家里的一切责任。视频里的女儿张艺馨懂事地说：“爸爸，你走的时候我才一年级，现在我已经三年级了，我会好好学习，听妈妈的话。”

张虎贲泪奔。

中蒙两地远隔千里的期盼，一杯是甜酒，一杯是苦酒。

张虎贲在心里黯然举杯：一杯敬朝阳，一杯敬月光，一杯敬故乡，一杯敬远方。

在蒙古国的戈壁滩，他见过最大的太阳和最大的月亮，太阳和月亮都在天上，事业和亲人都在心里。

2021年10月1日，张虎贲更新动态：伟大来自平凡。

在举国欢庆祖国生日，共同祝愿国泰民安之际，中国大地处处洋溢着喜庆氛围，人们以不同方式为祖国送上生日祝福。

张虎贲感慨：我们来到这个世界，不是完全为自己而生，国家赋予了我们应尽的义务和责任，就得有责任、有作为、有胸怀、有担当。

这一年，在“一带一路”沿线国家蒙古国的东戈壁省宗巴音镇，火车穿越中蒙边境，累计运回分成原油87万吨，“我为祖国献石油”的理想与信念指引着员工们防控疫情、攻坚创效。

这一年，东胜蒙古公司与蒙古国政府联合抗疫，援助医疗用品，给学校捐助45台笔记本电脑，给贫困家庭捐助蒙古包、油米面等物资，尽显中国人的民族大义和人道主义精神。

国庆期间，中国石化胜利油田视频号播出《平凡英雄》，鼓舞着为油而战的人们。胜利石油人在各自岗位上努力追梦，东胜蒙古公司的员工们出现在镜头中，平凡是他们共同的写照。每个时代都能诞生英雄，但支撑起整个时代的是更多默默无闻的平凡英雄，平凡之中蕴藏着生命的力量。

习近平总书记说：广大人民群众坚持爱国奉献，无怨无悔让我感到千千万万普通人最伟大，同时让我感到，幸福都是奋斗出来的。伟大来自平凡，英雄来自人民，把每一项平凡的工作做好，就是不平凡。

2021年10月22日，张虎贲更新动态。《央视时政》播出习近平总书记在山东东营考察黄河入海口时看望胜利石油人的新闻，他心中满是自豪：我们都是凡人，要努力在平凡的岗位上做出不平凡的业绩。

勇士在路上

自疫情暴发以来，中蒙边境客运通道关闭，员工们滞留蒙古两年多。

最艰难时期，东胜蒙古公司33名员工扛起了近200人的工作量，保障了安全生产并牢牢守住了零感染的安全底线。其中，年龄最大的是58岁的赵怀峰，最年轻的是35岁的张虎贲。

驻守时间最长的员工是王万成，从2019年5月26日离家到2021年11月22日回国，共计911天。从2020年9月入蒙算起，驻守时间最短的员工也已475天。两年间，三个家庭添了新丁，至今还没见过面。八个家庭亲人离世，只能拿瓶酒朝家乡磕个头……

2020年的春节，正是国内疫情严重且对其缺少认知的时候，他们担心家人。2021年的春节，蒙古国疫情严重，家人担心他们。两个春节，两种心情。两地相隔，思念揪心。

2021 年 10 月，收到能回国的确切消息，大家高兴得热泪盈眶！

疫情的考验拉近了中蒙双方员工的心，蒙古员工得知他们即将启程回国，按照蒙古国传统组织了隆重的送行仪式，浓烈的“上马酒”和洁白的哈达，传递着中蒙两国人民最朴素真挚的情谊。

登上回国的第一趟航班，张虎贲写下这样的文字：如果信念有颜色，那一定是红色。如果信念有榜样，2020 年是钟南山，2021 年是孟晚舟。

2021 年 11 月 22 日，到达广州的张虎贲留言：世界那么大，我只想回家。

23 个人，辗转 50 天，途径 3 个国家 6 座城市，行程 13535 千米，终于回到了阔别已久的祖国。飞机落地的瞬间，每个人都激动地流下热泪，那一刻，大家深深感受到祖国在自己心中的分量。

回到东营隔离的日子里，张虎贲和妻子、女儿隔窗对望，幸福洗去了所有的风尘。

解除隔离的那一天，一家人拥抱在一起，几度哽咽语塞。

在庆祝表彰会上，东胜蒙古公司荣立胜利油田集体二等功，高云、张虎贲、李军、张伟利、林文杰、刘岗、张立新、邢国才、侯炳祥、刘新宇、李健、梁玉利等 12 名坚守蒙古国的员工荣立胜利油田个人二等功。

2021 年 12 月 25 日，《中国新闻》播出《疫情下坚守海外两年，中国采油人终于回家》。张虎贲更新动态：很荣幸能够代表石油人，在全国人民面前发声。

一路走来，光鲜的背后，不是花路，而是荆棘榛莽。张虎贲说，何必低调？你应该骄傲！

一个人的成熟跟年龄有时并不固然地成正比，在磨炼中行走的人必定比同龄人走得又快又稳。经历两年疫情的严酷考验，35 岁的张虎贲已然成长为一名真正的勇士。

这是一群什么样的勇士？

张虎贲的答案是：真正的勇士，激生勇气并传递勇气。

东胜蒙古公司的 66 名员工，心系祖国，心系油田，心系家人，每个人都有故事和闪光点，每个人都了不起！

胜利东胜人就该有这样的骨气、志气、勇气，一身红工衣穿梭在戈壁，一颗赤诚心永远向前进。

2022 年伊始，央视新闻《中国之声》栏目微信版播出：2021 年哪个瞬间最触动心怀?

回首坚守蒙古国的 900 多个日日夜夜，“个人英雄主义”与“集体英雄主义”在他们身上前所未有地统一起来，一个人像一群人，一群人就像一个人。两年多的坚守挑战身心极限，逆境中的奋斗方显英雄本色，驻蒙员工们走过的每一步都很坚定、很踏实!

张虎贲在微信朋友圈感言：我的 2021 年总结，始终满含理想，始终热泪盈眶，2022 年再出发!

眼下，疫情仍在全球肆虐。对于张虎贲和同事们来说，新的一年仍是挑战。征途漫漫，唯有奋斗。未来的路还很长，只要方向对了，就不怕路远。

下雪了！矗立于黄河入海口的油城沉睡在幸福的雪里。

此刻，宗巴音的战友们在忙什么呢?

2022 年，我们都要好好的。

失眠的人

“兄弟，请把你的后背放心地交给我。”

——张遵强

在那么深的夜里，有一个人醒着。张遵强忙到深夜，张伟利和林文杰发来消息：强哥睡了吗？聊会儿？

除了工作之外，他们聊得更多的是家长里短。

张遵强的手机总是24小时开机。因为长期失眠，他的眼圈暗沉，露出疲惫之色。

张遵强最擅长的是：思虑多而细密。

在张遵强的想象中，在蒙古国坚守的同事们就是冲锋陷阵的战士，在异国他乡承受着工作与生活的双重压力，只要大家愿意把后背交给他，他必须对得住这份信任，义不容辞地给予更多的理解和支持，尽全力解决好家里的事，安顿好大后方，让战友们没有任何后顾之忧。

张遵强的微信名是“强哥”，同事们也就习惯了这个称呼，有的同事叫了很多年后才知道，其实强哥比他们年轻。多年的患难与共，让他们之间结成了亲如兄弟的情谊，是同事，更是战友。

张遵强军人出身，2000年从部队复员转业到东胜公司原驻北京办事处工作。

2017年，张遵强兼管东胜蒙古公司的境外公共安全等国内的协调工作。

2021年1月，张遵强任东胜蒙古公司党支部副书记，负责外事、商务、境外公共安全等协调工作。

13年的严厉军队训练，使张遵强养成了细密、周到、耐心的工作作风，一个彻头彻尾的完美主义者，事事都要求自己做到最好，面面俱到。

爱人忍不住问他，有必要这样细吗？你天天想这么多累不累？

可张遵强认定，不管是一个家庭还是一个公司，如果人人都能把事情想到位并多替他人着想，工作就好做多了。

2014年7月19日夜，张遵强从北京出发，坐长途客车经二连浩特出关，这是他第一次去东胜蒙古公司驻地宗巴音。

天亮时，睡眼惺忪的张遵强往车窗外一瞧，唯有满目黄沙。草原在哪儿呢？司机提速，车在一条“搓板路”上颠簸，坐车的人五脏六腑都在颤动。

一走进乌兰巴托办公室，张遵强敏感地觉察出有种莫名的紧张气氛，他悄悄问张伟利：没感觉出来吗？你有些焦虑。张伟利一愣，说话的语速慢了下来。

张遵强明白，商务工作事无巨细，乌兰巴托的同事们心理压力有多大。从此，一有空，他就和同事们聊聊天。虽然分工不同，但是大家为了同一个目标各安其职、同舟共济，这是东胜蒙古公司的光荣传统。

2019年7月12日，东胜蒙古公司被中国石化定为中国石化蒙古国境外公共安全牵头协调单位。

张遵强适合并热爱这份工作，他想做得更好，努力往好处做。在工作衔接过程中，他往前多走一步，战友就能少走一步。他最喜欢的氛围是：大家各司其职又团结一致，好多事就容易了。

2020年1月28日，蒙古国政府开始采取限制出入境措施。东胜蒙古公司编制应急预案及疫情防护临时管理规定。

2020年春节后，东胜公司要求员工居家隔离，张遵强回不了北京的工作岗位，待在济南的家中。忽然从忙碌的节奏里停下来，他连睡了三天安稳觉。

2020年2月14日，蒙古国宣布全面关闭中蒙间的航空、铁路客运口岸。

东胜蒙古公司实行国内外两班倒休假制度，疫情一来，驻蒙员工原定正月初九回国休假的计划落空。

2020年4月29日，中国石化集团公司国际合作部召开“视频巡检亚太地区机构项目疫情防控会议”，中国石化集团公司人力资源部召开“中国石化海外人力资源管理网络视频会议”。

张遵强又开始失眠了，密切关注疫情防控动态，两个月没下楼的他和驻守蒙古国的同事们保持密切联系，焦急期盼疫情过去。

2020年8月，东胜蒙古公司“复工复产”绿色通道完成各项批准手续，33名滞留国内的员工做好了回蒙的准备。

通过中国石化总部协调，张遵强协助林文杰联系好了待出国人员的疫苗接种事宜。

2020年8月30日清晨，东胜公司举行了简短而庄重的欢送仪式，一辆承载着无数期待的大巴车驶上征程。时间紧迫，大家在北京一次接种两针疫苗后连夜赶往二连浩特。

2020年9月3日，东胜蒙古公司员工经由二连浩特—扎门乌德口岸安全入境蒙古国。

与此同时，另33名驻蒙员工回国倒休的日子迫近，张遵强加紧联系内蒙古疫情防控指挥部，通过各种渠道打听信息，运作回国事宜。

同事们纷纷询问：有消息了吗？

2020年10月，通关的消息仍如石沉大海，张遵强感到微信群里的气氛越来越凝重，越来越发怵：怎么回复才不让大家难过呢？

张遵强又睡不着了，一宿一宿地想辙。可路在哪儿呢？

2020年12月25日，中国石化集团公司召开境外项目疫情防控工作视频巡检会，了解境外项目在药品、物资储备以及防疫措施等方面的情况。

每到两地开视频会的日子，张遵强就提前半小时调好设备，急切地等待战友们上线。每回看见大家，他心里都很是激动，因为平时微信聊天时谁也不好意思视频。

东胜公司党委悉心安排，党群工作部春节前开展的一系列慰问活动一路绿灯。

走访中，让张遵强异常感动的是，不愿给公司添任何麻烦的家属们说得最多的一句话是：没有什么事，放心吧。

张立新去蒙古后，得知张立新的妻子邵亚丽预产期临近，张遵强再三嘱咐，无论何时去医院都要打电话给他！

东胜公司工会特地指示党群工作部安排女工到邵亚丽家里陪伴照顾。孙舒雅和闫芳带着菜到邵亚丽家报到，帮助她做家务，安度预产期。

2021 年初，国务院国资委规定海外项目必须储备至少 10 天用量的防疫药品。

东胜蒙古公司按惯例在二连浩特照清单采买，其中有三种新药市面根本买不到。接到蒙古项目经理张虎贲的电话，张遵强问遍了药店、省市医药公司、中国石化集团国际合作部，终于在国资委的微信群里找到了清肺排毒颗粒的采购途径，他想方设法寄到蒙古项目驻地。

2021 年 1 月到 6 月，张遵强、侯炳祥、梁玉利三人必须每天登录中央企业远程医疗平台打卡，详细上报东胜蒙古公司的各种疫情防控情况。

一次性接种两针疫苗到底有没有效果呢？ 2020 年 9 月回蒙的 33 名员工能不能补打疫苗？

张遵强心里没数。为此，他加入中国石化国际合作部专门设立的疫苗接种群寻求答案，没人能答复。从国药集团打听到国家疾控中心，张遵强问遍了专家，仍没有得到确切的说法。直到看见国家卫健委发布的《新冠病毒疫苗接种技术指南》(第一版)，张遵强一直揪着的心方才安稳了些，他立即告知东胜蒙古公司的同事们，尽快按照规范方式补种疫苗。

在全球疫情蔓延的大背景下，人们的生活模式悄悄改变着。

2021 年春节前，东胜蒙古公司决定给驻蒙员工发放春节补贴，就要过小年了，公司汇款迟迟未到，为了让员工家属过好春节，张遵强拿出积蓄代发了 49 名员工的补贴，汇到每个人的银行卡里。担心有误，他挨家挨户打电话落实收款情况，好多家属看到外地号码不接电话，他又一条一条发短信说明。

张遵强想，在公司领导大力支持下，只要同事需要，他就尽可能提供帮助并做到最好。力所能及地为同事们解决好家事，让他们安心海外工作，这是对公司不可或缺的贡献。遗憾的是尽管只能暂解燃眉之急，但他仍旧无怨无悔地做自己认为该做的事。

在蒙古国的700多天，李军忘记了打电话这回事，手机号被通信公司注销了。眼看回国在即，这怎么办？很多重要的手机App都是用国内号注册的。

张遵强又忙起来，通信公司被他的执着劲儿感动，破例给予恢复开通。

张遵强最纠结的是：想得过多。

张遵强的原则是，做一个有情有义、有温度的人，做人做事要到位，暖人心，让公司越来越团结。只要是公司的事，都是他该做的事，都不遗余力地去做好。

李山问张遵强：你最近是不是比原来忙了好多？

忙忙碌碌的张遵强笑起来。每天要忙的琐碎事太多，作难的事也太多。

夜色渐深，油城灯火阑珊。打算下班回家的张遵强，忽然发现忘了带车钥匙，他快步跑回办公室，坐下喝了口水，却不知不觉地睡着了。

人生最幸福的事是睡个安稳觉，在久违的梦里安顿一颗疲惫的心。

此刻，张遵强的朋友圈一片空白。

他的微信签名是：天空中没有翅膀的痕迹，而我已飞过……

此刻，2022年在希望中悄悄到来。

他希望，驻守蒙古国的兄弟们平平安安。

他希望，国内的亲人们健健康康。

他希望，孝敬的林文杰不再难过。

他希望，张虎贲在家的时候多陪陪女儿。

他希望，独自带俩娃的张立新妻子一切都好。

他希望……

青年员工车宜恒在《惟愿》中写道：“精攻之心不改，四海兄弟皆安。履方致远情深，石油城阙归盼。”

这是胜利人的共同心愿。

心中的旗帜

“信仰是我们攻坚克难的动力。”

——高云

在胜利油田东胜公司的驻蒙员工们心中，飘扬着一面鲜红的旗帜，它象征着尊严与信仰、团结与光明。

在这面旗帜引领下，他们在蒙古国戈壁滩上书写下一部坚韧不拔的奋斗史。

在这面旗帜指引下，他们在疫情大考中交出了一份合格的答卷。

考验

1966年出生的高云，家乡在内蒙古乌兰察布市，汉族，中共党员。

参加工作前，高云有一份亮眼的成绩单：

1989年毕业于中国地质大学（武汉），获学士学位。

2002年毕业于大连理工大学管理学院，获工商管理硕士学位。

2008年毕业于中国地质大学（北京）地信学院，获博士学位。

2012年从中国地质大学能源学院博士后工作站出站。

参加工作后，高云有一份丰富的职业经历：

1989 年至 1991 年在胜利油田物探公司工作。

1992 年至 1996 年在胜利油田大明集团工作。

1996 年，有朝气活力、有创新精神的东胜公司是高云向往的地方，在“精攻”精神感召下，高云通过考试招聘进入东胜公司，先后担任过东胜牛庄公司书记、东胜兴东采油管理区书记、东胜鑫联采油管理区书记、东胜信远采油管理区书记。

2019 年初，高云担任东胜蒙古公司法人代表、党支部书记、副总经理。

蒙古项目是胜利油田唯一的海外勘探开发项目，高云重任在肩。

东胜蒙古公司宗巴音驻地气候恶劣，春秋沙尘暴肆虐，酷夏沙熟鸡蛋，寒冬洒水成冰，严峻的生产生活环境考验着驻蒙员工的意志力，没有足够的支撑很难在那里坚守工作。

东胜公司蒙古项目大事记：

2019 年 8 月 5 日至 20 日，东戈壁省宗巴音开始持续降雨，形成洪涝灾害。

地势低洼的查干油区陷入一片汪洋，沙漠戈壁竟然成了水鸟的栖息地。

查干油区的进井路被阻断，油井被迫停产。

为了尽快恢复生产，高云、张虎贲和同事们光脚沿“湖”行走一天，深一脚浅一脚地蹚水寻找泄洪点，终于摸准了水位、方向、地势，他们连续奋战一个月，开渠排涝、垫高路基。

2019 年 9 月 6 日，东胜公司党委书记李山会同油田有关处室领导赴蒙古项目检查指导工作。

李山要求蒙古项目继续认真研究合同及蒙古国法律法规，切实做好境外投资风险评估，将经营的风险降低至最低点；切实做好境外公共安全管理，支持地方基础建设带动当地经济发展，加强属地用工支持地方就业，带动当地文化发展，促进中蒙文化融化，共享发展成果，要将经济效益、社会效益、人文效益经营至最高点。

2019 年 10 月 16 日，胜利油田召开抗击台风“利奇马”总结表彰会，东胜蒙古公司被评为“抗洪先进单位”。

2019年12月11日，东胜蒙古公司2020年年会在乌兰巴托召开。参加年会的高云，原定2020年春节后回国休假，因疫情暴发中蒙边境闭关，留在了东胜蒙古公司，与同事们一起坚守。

2020年，东胜蒙古公司迎来最艰难的时期，蒙方员工居家防护，中方员工需要"以一当三"，承担超额的工作量。

疫情防控第一位，生产也决不能耽误。

高云组织留守党员开会研究，重新调整了方案，动员、优化、组合、调派合适人员到原油运输、锅炉房、销油等重要岗位，使生产运行畅通无阻。高云、张虎贲、李军、侯炳祥、李健等5名党员身先士卒，参与巡井、巡线、锅炉房装卸煤、集油站栈桥销油罐装等重要工作。

2020年3月初，在国内员工无法返回的情况下，高云组织留守员工成立作业项目组。选谁当组长呢？

高云找石油工程主任师李军谈话：管理层里数你最懂作业，国内员工啥时候进来还没确定，现在需要抢上作业扶躺井，你来组织运行，我们全力以赴支持，抽调哪些人员合适，你来挑！

大局意识强的党员李军接受了任务，他迅速筹划，挑有作业证的员工组成了两支四人的"攻坚作业队"。新作业车没人会用，在李军的带领下，他们通过远程求教学会了操作技能。

据统计，从2020年1月到9月底，东胜蒙古公司临时组建的"攻坚作业队"共完成了30口井的作业任务。

2020年5月，因为疫情影响，宗巴音生产基地锅炉房用煤告急，尽管晚上气温仍低至零下10摄氏度，高云和大家商议后，仍决定停生活区供暖保生产。高云告知驻守乌兰巴托办公室的张伟利购买煤炭。

两天后，张伟利多方筹措，从乌兰巴托买到了1000吨煤，联系火车专列运到了宗巴音生产基地。卸煤地点离锅炉房一千米远，高云带头劳动，大家用铲车、翻斗车、铁锹等工具装卸了三天，终于解了燃眉之急。

高云心里有不可动摇的信念：关键时刻必须统一思想，不能因为特殊情况让工作打折扣，不能影响工作耽误生产，必须想尽一切办法确保生产经营各项指标圆满完成。

2020年，东胜蒙古公司持续开展了优化增效、创新增效、提质增效的创新实践，依靠多层次科技兴油，保障地质“龙头”战斗力不减。扩大战果，持续推动老井恢复工作，提升长期盈利能力；多维度机制创新，保障运行机制安全高效；健全成本管控体系，为经营管理提供抓手。

2021年，东胜蒙古公司将17项成本分解细化至责任人，做到人人肩上有指标，岗岗都是创效单元，激发全员成本优化的动力。东胜蒙古公司以价值创造为考核导向，实行“经营绩效＋风险管控责任”考核制度，以年度成本指标作为考核项目，制定了月度考核目标，覆盖考核主体，实行月度考核、季度兑现，激发了员工的潜能和工作积极性。

2021年，东胜蒙古公司党支部努力克服境外孤军作战、疫情下人员长期不能回国休整等困难，结合境外党建实际情况做好员工思想动态分析及心理疏导，提升队伍凝聚力和战斗力，为实现疫情防控零感染，安全生产零事故，绿色环保零污染和全面完成各项工作任务提供有力保障。

境外党建受环境限制，不能大张旗鼓地开展，针对境外企业人员分散的特点，东胜蒙古公司党支部和来自胜利油田的施工单位建立“联合党支部”，自觉接受中国驻蒙大使馆党委领导，落实中国驻蒙大使馆党委指示，因地制宜地开展党建工作。联合党支部创新了方式方法：一是“三会一课”和生产运行会、安全管理会、经营分析会一起适时召开，既规避了环境限制，又促进了党建与生产的结合；二是充分利用网络资源，建立了“网络党支部”，把“支部建在网上，党员连在线上”，大力发挥“互联网＋”这一载体，有效利用国内外各级组织机构的相关网络资源，积极开展学习党史活动。

2020年疫情发生伊始，东胜蒙古公司没有因为身处境外且蒙古国本土病例为零而掉以轻心，为了严格措施筑起防火墙，隔绝新冠病毒保员工健康，第一时间成立了疫情防控小组，及时制定了应急预案，制定了防控措施，不断更新完善并严格执行。

2021年，东胜蒙古公司持续加强了疫情常态化防控工作，对重点场所、重点人员、重点环节实施动态监控和闭环管理。同时，在疫苗一针难求的艰难情况下，高云安排林文杰积极协调疫苗，最后通过蒙古国矿业与重工业部和国防部特批，为员工第一时间打上了国药疫苗，也是在蒙中资企业第一家先注射疫苗的单位，为疫情防控提供了有力的保证。

当时，全国320多万人口的蒙古国累计确诊病例数为439622例，占全国人口的13.74%，累计死亡病例2031例。在蒙古国疫情肆虐的形势下，东胜蒙古公司的各项严控措施，保障了中蒙员工的身体健康，疫情防控安全稳定，继续保持了疑似病例为零，确诊病例为零的底线。

经历两年多的境外坚守，员工们身心俱疲。心理健康是各级党组织最牵挂的事情之一，蒙古项目联合党支部始终把员工身心健康放在首位，党员干部们深入班组与员工同劳动、聊家常，深入了解大家面临的困难，积极开展现场心理疏导，有效化解情绪"堵点"，及时为员工排忧解难，从而缓解了负面情绪、稳定了军心，使员工队伍始终保持高昂的斗志和良好的精神面貌。

为了进一步促进团结稳定，蒙古项目联合党支部开展了"三心"活动，做到"四必谈"，收效显著。"三心"活动就是通过班子成员相互交心、共同暖心、实现聚心，使摩擦和矛盾都及时化解在萌芽状态，党员干部之间互相帮助、相互支持，小事讲风格，大事讲原则，遇到困难必谈、发现情绪低落必谈、发生矛盾必谈、重大工作安排必谈，坚持领导班子带头示范，在思想碰撞、观点交锋中，相互启发、共同提高、统一思想、凝聚共识，打造团结和谐的坚强战斗堡垒。

蒙古项目联合党支部倡导以"家和共赢、艰苦奋斗、自强不息"为内涵的"戈壁文化"，使之成为中蒙员工共同的行为准则，以企业文化建设为载体，培育家国情怀，助力日常生产环节，让中方员工弘扬中华文化、传递人文关怀，使蒙方员工感受中华文化、感受中国友谊。

蒙古项目联合党支部提出的"责任先于自由、义务先于权利、和谐高于冲突"的价值观，在企业管理制度上得到严格落实，在实际生产中得到大力宣扬，慢慢得到了蒙古员工的认可，弘扬了中华民族艰苦奋斗的优良作风。

为了丰富员工的业余生活，蒙古项目联合党支部组织员工开展篮球比赛、棋牌赛、趣味游戏、徒步爬山、户外野炊等活动，既冲淡了思乡之苦，又增进了中蒙两国员工的团结友谊。在重要的传统节日举行集体庆祝仪式，在春节前为员工采购保暖衣物等，在海关关闭生活物资无法运达的情况下到500千米外的乌兰巴托采购生活用品，保障员工生活，营造家的氛围，传递组织温暖。

答卷

疫情是一场出人意料的“大考”，东胜蒙古公司党支部书记、法人代表高云是怎么填写这份“答卷”的？

东胜蒙古公司副总经理、海外项目管理主任师林文杰在题为《红旗飘扬在戈壁滩上》的报道里深情地记述了东胜蒙古公司党支部书记、法人代表高云的事迹。

2019年12月，东胜蒙古公司党支部书记高云从国内返回蒙古国宗巴音生产基地，此时的他无论如何也不会想到再次回国的时间竟然是2022年的1月，他在蒙古连续坚守了760多天，度过了三个元旦，两个春节，四个年头。

2020年11月，蒙古国出现第一例本土病例，疫情随即快速蔓延。至高云书记离境那天，蒙古国全国范围内已累计确诊406118例，约占全国总人口的13%，而东胜蒙古公司却像狂风骇浪里的一座安全岛，实现了零报告、零感染，生产经营安全平稳运行的好成绩。

自2020年初疫情暴发以来，东胜蒙古公司密切关注蒙古国国家权威部门、主流媒体发布的相关信息，及时了解蒙古国政府、乌兰巴托市、东戈壁省疫情防控的政策及措施，成立了以党支部书记高云为组长的境外疫情防控领导小组，按照中国石化总部、胜利油田、东胜公司“海外防疫”的要求，积极做好中蒙员工疫情防控工作。身为东胜蒙古公司疫情防控第一责任人，高云身知责任重大，容不得半点懈怠和疏忽大意。

众所周知，接种新冠病毒疫苗是有效阻断疫情传播、防止感染的重要途径和防控手段，在蒙古国也是如此。2021年3月，蒙古国第2波疫情强势来袭，尤其是乌兰巴托的疫情形势瞬间恶化，病毒开始快速蔓延，而此时蒙古国刚刚启动了疫苗接种计划。3月26日，东胜蒙古公司宗巴音生产基地的33名留守中方员工和57名蒙方员工陆续接种了来自中国的新冠病毒疫苗第一剂，及时为中蒙员工的防疫安全增添了第一道保障，而东胜蒙古公司也成为蒙古国矿业与重工业部送疫苗至厂矿现场的第一家中资企业。

现在回忆起来，这批疫苗来之不易。

“林副总，请来我办公室一趟。”

听到高云书记喊自己“林副总”，林文杰心里咯噔了一下，他知道领导喊他“林副总”的时候就是又有重要任务要交代了。

“蒙古国政府开始疫苗接种计划了，当然，将会优先给他们的医护人员、警察和应急部门的工作人员接种，但是我们公司有没有机会买到国产疫苗，为中蒙员工尽快接种呢？你关注、调研一下，只要来路正，哪怕是价格高一点也没有关系。”

听到任务，林文杰没有丝毫的犹豫，马上表态将尽全力协调国产疫苗，他知道，高云书记一直关注着蒙古国的疫情形势和相关信息，一直关注着中蒙员工的身体健康，员工越早一天接种疫苗，身体生命安全越早一天能得到保障。

在高云书记的亲自指导和参与下，东胜蒙古公司陆续联系了蒙古国国家紧急状态委员会、卫生部、矿业与重工业部和矿产石油局，在联系的过程中经历了很多艰难和碰壁，但高云书记没有气馁和放弃，甚至每天都要过问疫苗消息，给相关人员鼓舞打气。终于得知矿业重工业部部长戈·云登非常重视疫苗的接种工作，部里正在协调卫生部和国防部，计划 2021 年 3 月底从南戈壁省开始对采矿工人接种疫苗，疫苗为中国国药集团生产的新冠病毒灭活疫苗，疫苗来源为 2021 年 2 月 23 日中国政府无偿援助给蒙古国国防部的新冠病毒疫苗，但东胜蒙古公司生产基地所在地东戈壁省没有列入计划。

此时的高云书记坐不住了，他说：“走，穿戴整齐，咱们去见见云登部长，一次不行就两次，两次不行就三次，精诚所至金石为开，一定要为员工在第一时间接种上国产疫苗。”

终于在高云书记等东胜蒙古公司领导的不懈努力和奔走之下，因为东胜蒙古公司与矿业重工业部一直保持着良好的关系和疫情期间的大力配合，戈·云登部长同意可以单独派出一个疫苗接种小组专程至东戈壁省东胜蒙古公司宗巴音生产基地为没有接种过疫苗的中蒙员工现场接种第一针疫苗，且疫苗免费。而此时的乌兰巴托却疫情肆虐，外出随时都有感染的风险。但高云书记认为：“虽然现在疫情严重，感染风险大，但为了疫苗和兄弟们的健康，这个险值得冒！”

2021 年 3 月 26 日，由蒙古国国防部军医组成的疫苗接种工作组携带中国产疫苗如期来到宗巴音生产基地，在高云书记的统一指挥下，东胜蒙古公司提前协调好了宗巴音体育馆作为接种场所，并制定了详细的疫苗接种工作方案，按照相关部门“接种自愿、严格审查”的原则，为没有接种过疫苗且符合接种条件的中蒙员工完成了第一剂疫苗注射。工作组对东胜蒙古公司在人员组织、现场引导、场馆布置、设施配备等方面的工作提出了高度表扬，并表示将按计划如期再赴宗巴音接种第二剂疫苗。

高云书记知道，接种疫苗相当重要，但如何做好、做细、做实疫情常态化防控工作更重要。他不断叮嘱相关管理人员一定要未雨绸缪地布置各项疫情防控工作，一定要加强疫情防控的宣传工作，一定要持续加强对重点场所、重点人员、重点环节的动态监控和闭环管理，一定要提前进行防疫物资、生活物资的采购和储备，而且特别嘱咐随着蒙古国政府及民众防疫意识与防控措施的降低，随着各项社会经济活动的放开及大型聚集活动的开展，东胜蒙古公司蒙方员工疫情防控思想和行为有可能会越来越懈怠，甚至对东胜蒙古公司严格的管理措施产生不满，一定要加强对蒙方员工的思想引导、行为管理和纪律处分。

东胜蒙古公司在蒙的 12 名管理层员工全部都是中国共产党党员，作为党支部书记，高云始终知道自己责任重大，他要带好这支队伍，把蒙古项目联合党支部打造成坚强的战斗堡垒。

他对党员干部们说：“我们都曾在党旗前举起右拳宣誓，我们都赓续着中国共产党人的精神血脉，我们要有理想，有信念，有担当，有作为。面对疫情持续的挑战，面对孤立无援的困局，越是环境恶劣，条件艰苦，困难重重，我们越要彰显党员干部的先锋模范作用，同舟共济，做到生产经营和疫情防控的双胜利。”

他对全体员工说：“没有战胜不了的疫情，没有克服不了的困难，没有完成不了的任务！”

高云书记的这些话语，提振了人心，凝聚了力量，使东胜蒙古公司在疫情期间爆发出了强大的战斗力。

2021 年 7 月，中国驻蒙古国大使馆党委通过外交渠道向中国石化集团公司党组发出表扬信，高度赞扬东胜蒙古公司在疫情期间所做出的贡献和为在蒙企业做出的示范，东胜蒙古公司党支部被中国驻蒙古国大使馆授予“优秀党组织”称号。同时，胜利油田党委连续两年授予东胜蒙古项目党支部“优秀党组织”称号，高云获得“2021年胜利油田优秀党务工作者”称号。

身在千里外，谁人不思乡？

2020年2月，高云书记在蒙古国坚守岗位，而他的妻子和孩子却一直在中国疫情最严重的地方——武汉。那时候的他不仅要承受异国的孤独，承受戈壁寒冷的冬季，承受加倍的工作，还深深牵挂着国内亲人的安危、牵挂国家疫情。而随着蒙古国疫情的愈演愈烈，加上长达2年不能回国，国内的亲人、东胜公司的领导和同事们更加牵挂他，在蒙古国坚守的时间越长，双向的思念就越深。

但高云书记知道他不能流露过多的思乡之苦，他要让这支队伍保持昂扬的斗志和稳定的状态，哪怕是在晚上一遍遍地看妻子与孩子的视频录像和照片。

2021年春节前，中国驻蒙古国大使馆组织了两次中国公民回国，东胜蒙古公司员工也未能获批回国，一位大使馆的领导说：“越是在困难和特殊的情况下，你们央企越应该承担起维护稳定、安稳人心的责任。”虽然东胜蒙古公司有这份责任和担当，但也意味着高云书记等中方人员还要继续在蒙古国坚守，继续承受疫情的风险，继续承担更大的精神压力，继续付出更多的艰苦努力，尤其是作为东胜蒙古公司“一把手”的高云书记更是如此。

如何能在境外疫情肆虐、员工长期不能回国、工作量加倍的困难形势下做好员工的思想动态分析和心理疏导，使员工保持稳定的情绪，使队伍保持旺盛的士气呢？

高云书记曾经说过：“要善于从小事情中发现大道理，要善于从小细节中发现大逻辑。”

高云书记也说过：“有些大事情可以通过几个小事情来实现，有些大问题也可以通过几个小转移来化解。”

员工的思想稳定不是喊喊口号就能实现的，尤其是在异国他乡。东胜蒙古公司的主要领导要有发现员工思想或情绪问题苗头的能力，并且有能力通过各种办法化解。

高云书记要求将员工的身心健康放在首位，能“将心比心”理解中方员工长时间荒原坚守的各种极限，要求管理层员工下基层，到一线，从细处入手，与员工同劳动、聊家常，及时化解员工的各种困难和问题，尽最大可能调整好员工的精神状态，通过润物细无声的小事情来化解员工思想不稳定的大问题。

每年春季，东胜蒙古公司都会组织中蒙员工植树。

2020 年 4 月在一次管理层会议上，有人提出来今年是不是可以少种一些树或者不种了，一是疫情期间大家没有心情种树，二是树苗难买，三是最近工作量大。

高云书记说："绿色代表希望，我们还不知道什么时候能回国，种树可以给我们这些坚守的人种下希望！现在蒙古国还没有发现本土病例，疫情防控压力相对较小。一是可以绿化环境，二是蒙古国政府环保的要求，三是越是大家没有心情做日常工作之外的事情的时候，越是他们的心理可能出问题的时候，这个事情需要重视。在种树的过程中，大家集体行动，挖坑的，浇水的，说说笑笑中可能缓解了压力，把大家的情绪调整到积极的方向上来了。"

除了种树，种菜也是东胜蒙古公司员工的拿手好戏之一。公司大院内有员工自己改扩建的蔬菜大棚，采油队、集油站也有自己的小菜园，而员工们种菜的热情不仅来自业余消遣时间的乐趣，也来自高云书记的支持和种植比赛，当然种的好的是有奖励的。虽然劳作也很辛苦，但是员工们有了一个打发时间的渠道，少了胡思乱想的时间，多了一点小小的收成，也多多少少增加了生产基地的蔬菜供应，而且吃着自己种的菜，更多的是享受自己的劳动成果，甚至是享受一种情感寄托，所以这些在戈壁滩上种出的蔬菜真的很珍贵。

高云书记的故事还有很多，譬如说，在蒙古国疫情重灾区的乌兰巴托直面疫情风险，保住了全体员工零感染，带领商务和财务人员与蒙古国相关政府部门协调业务、谈判合同、处理纠纷，目标明确、逻辑清晰、斗智斗勇……

但我更愿意讲述他的这些小的故事，因为正如高云书记所说的"从小事情里看大情怀"，通过这些小事，更能让我感受到他是一个有血有肉、有情有义的智者。

疾风知劲草，就像高云书记一样，东胜蒙古公司的每一名员工都在用坚守和付出践行着"不忘初心、牢记使命"的誓言。在严寒酷暑的戈壁滩上，在疫情肆虐的蒙古国，蒙古项目联合党支部这面红旗，迎风不倒，高高飘扬；蒙古项目联合党支部这个坚强堡垒，定会砥砺前行，不断取得新成绩，为祖国"一带一路"倡议贡献力量，为中国石化国际形象增光添彩！

自疫情暴发以来，66 名中国员工在疫情肆虐的蒙古国硬核坚守，最长的连续坚守达到 900 余天，最短的也有 700 余天。他们士气高昂，干劲儿十足，两年来稳产原油 10 万吨，守住“零感染”油气生产阵地，取得了疫情防控和产量效益双战双胜，受到当地政府和驻蒙使馆的一致认可。

在远程交流中，高云的西北口音给东胜公司领导们留下了深刻印象。疫情期间，东胜公司主要领导嘱咐高云，作为党支部书记，你要做好思想开导工作，树立好党员形象，疫情防控比什么都重要，保证职工生命健康安全是第一位的，要改善伙食让大家吃好，吃好了不想家。

东胜公司领导评价，高云的责任感不仅体现在对职工的关心上，更重要的是对项目的生产运行状况、合同谈判等多方面的总体把控上，坚持党性原则，勇于担当作为，临危不乱、从容淡定。

越是环境恶劣、条件艰苦，越能彰显党员干部的先锋模范作用。在严酷疫情笼罩下的戈壁滩，东胜蒙古公司的每一名党员都在用自己无私的奉献和坚韧的精神，践行着共产党“不忘初心、牢记使命”的誓言。

2021 年，东胜蒙古公司圆满完成了上级下达的生产经营任务和各项工作目标，被胜利油田党委授予“优秀基层党组织”荣誉，蒙古项目联合党支部在这场疫情大考中交出了一份优秀的答卷。

在疫情席卷全球的特殊时期，“超期服役”的高云站好了离任前的最后一班岗，带领留守员工们坚守了 760 多天，没耽误一项生产工作，没停一口井。

2022 年 1 月 15 日，通过东胜公司党委的组织协调，高云和同事从乌兰巴托出发飞到德国法兰克福转机，于 1 月 18 日下午抵达上海机场，回到了阔别已久的祖国。

一面鲜红的旗帜，飘扬在高云和驻蒙员工们的心中。

东胜蒙古公司法人代表、党支部书记、副总经理高云说，无论走到哪里，祖国在心中，党在心中，这是驻蒙员工们攻坚克难、勇往直前的力量源泉。

方向对了，就不怕路远

“方向对了，就不怕路远。”

——李山

“东胜公司蒙古项目应该是‘结果子’的时候了！”李山说。

2017 年，由李山担任总策划及总导演、以东胜蒙古公司为蓝本创作拍摄的微电影《一路向北》在中国金鸡百花电影节上斩获优秀作品奖。

2020 年，李山坐镇指挥拍摄的电视片《境外“疫”战》获得胜利油田党委组织部、党委宣传部颁发的胜利油田第 28 次党员教育电视专题片评比二等奖。

2021 年，东胜蒙古公司员工境外战“疫”的事迹在人民网转播，驻蒙员工们在 2021 年的中国石化网络春节晚会上集体亮相，受到国家关注。

东胜公司蒙古项目这棵扎根戈壁顽强生长了 20 年的树，果实累累。

抚今追昔，拥有国际化的人才、先进的管理模式正是成就蒙古项目的根源。

2003 年，东胜公司蒙古项目改成公司化运行，时任东胜公司政策条规部主任的李山组织设计完成了蒙古项目的组织架构、制度建设。多年来，他密切关注着蒙古项目的成长。

至今，许多规章制度不过时：三权分立的机构设置，总经理主管全局，商务部、财务部、生产部互相支持，这种框架结构维持了东胜蒙古公司成立早期的有序运行。

蒙古项目是胜利油田唯一的境外勘探开发项目，从项目诞生到2010年的产量高峰，走过了一段稳定的发展期。

2014年，国际低油价寒冬期到来，东胜公司蒙古项目又站在了十字路口：到底该关井停产还是坚持下去？今后的路往哪儿走？

为此，时任东胜蒙古公司总经理孙永权和同事们两天两夜没合眼，时任东胜公司副总经理的李山逼着他们做经济评价，最终提出了围绕“宁愿少亏损也是一种创效”的系列举措，从而保住了蒙古项目。

李山对蒙古项目倾注了太多心血：如果当初选择了关停井，如今想要恢复可就难了！

2015年12月14日至16日，2016年蒙古项目年会在东胜蒙古公司宗巴音生产基地召开，时任东胜公司副总经理李山、中国石化发展计划部境外油气项目合作处孔自超副处长等参加年会，签订年会备忘录及2016年工作计划与预算。

蒙古项目的未来一片光明！参与过编纂《东胜公司开发志》的李山很是自豪。

东胜公司蒙古项目大事记：

2018年12月16日，时任东胜公司党委书记李山、副总经理吴伟一行先后来到宗巴音老油田、宗东1-2注水站、宗东1井太阳能、查145井场、援建宗巴音幼儿园、集油站销油栈桥视察指导工作。

李山对东胜蒙古公司“简单、实用、安全、高效”的生产管理模式表示肯定，并对东胜蒙古公司提出三点希望。

第一，要有“合作开发，互利共赢”的意识，作为境外公司要深入研究合同和蒙古国法律，寻找到双方最大公约数，画出最大同心圆。

第二，要有“功成不必在我，建功必须有我”的胸怀，努力克服酷暑、严寒、沙尘暴等恶劣自然条件，扎根戈壁主动作为，为东胜公司的发展贡献力量。

第三，要有“不忘初心、牢记使命”的责任感，哪里有石油哪里就有我的家，要在艰苦的环境和岗位上磨炼成长，锤炼出一支国际化人才队伍。

东胜蒙古公司负责人表示会严格按照东胜公司的要求，合作上产、技术上产、效益上产，按照 97PSC 产量分成合同和蒙古国法律做好安全、环保、生产、经营、商务等工作。

怎么把蒙古项目做好？怎么把东胜蒙古公司做强？能不能在蒙古国广阔的戈壁滩上把项目做大？这是李山多年来一直在思考的问题，他有一个宏大的梦想。

人才，是成就一切梦想的要素。

东胜精攻石油开发集团股份有限公司在创立之初就确立了方向：精益求精、攻坚必胜！

东胜公司从来不靠管理枷锁拴人，而是引领年轻人自动自发创造价值，将胜利精神根植于心，个人的价值被充分尊重，通过东胜蒙古公司这个平台干事创业、成就人生。

2018 年 10 月 10 日，时任东胜公司党委书记李山主持了“蒙古纵横油田市场项目”暨“东胜青年戈壁行”活动启动仪式。

“方向对了，就不怕路远。”

方向决定前途，道路决定命运。从东胜公司的第一口井出发，东胜公司的青年们定下新的路标，未来尤为可期。

在复杂的国际大环境下，东胜蒙古公司作为独立生存的单元在海外扎根，长成一棵枝繁叶茂的树，它是怎样经历住历史考验的？

2019 年，东胜公司政工主管师许雷背上行囊一路北上，第一次赴东胜蒙古公司生产基地，为他的成果总结寻找答案。这次蒙古行深深感染了许雷，他写下“出塞勇士闯疆土，不忘初心精攻行”的诗句。学石油工程的许雷查阅过许多关于蒙古项目的资料，他发现，蒙古油田正好处在克拉玛依油田和大庆油田的同纬度地区，“北纬 45 度”对这个年轻人充满了吸引力。

在李山的指导下，由许雷和林文杰提炼完成的“国际油田高效开发运营管理模式的探索与实践”获省部级现代化管理成果一等奖，引起了中国科学院专家教授的关注。

2021 年，胜利油田海外项目管理高级专家李山分别与林文杰、张虎贲、张伟利签订了师徒协议，他对年轻人寄予厚望。

李山的心中，有一座山。

李山认为，人才的成长必然要经历一个从量变到质变的过程。

李山强调最多的是个人品质："一定做好管理工作，如果国际项目出问题，影响很大！个人代表的是东胜公司、胜利油田、中国石化集团公司的形象，必须尊重当地风俗习惯，依法合规、践信守诺！业余时间多又跟国内脱节，平时要多学习，提升个人素养……"

2013 年，在东胜蒙古公司坚守多年的蒙古项目基地经理韩鹏云调回了国内工作，孙永权代理基地经理。长期在蒙古戈壁工作，与国内同行的差异越来越大，孙永权的心里起了波澜。

李山鼓励他：在蒙古好好干，英雄在哪儿都有用武之地，大丈夫在世当有所为，有朝一日你能成就不一样的自己。

孙永权做事踏实可靠，工作能力超群，一摊子事儿交给他打理再合适不过。

这是信任的力量，催人奋进，无难不克。

2017 年 12 月，东胜蒙古公司年会在乌兰巴托召开。看到乌兰巴托办公室里沙发一角露出来的棉絮，东胜公司党委书记李山批评孙永权："我们代表国际形象，这样的办公条件不丢脸吗？今天买不上沙发，我就不回去了！"

东胜蒙古公司总经理孙永权不好意思地解释：咱省点儿是点儿对吧？

李山感叹：先生产后生活——老石油人艰苦创业的精神竟然在"70 后"的孙永权身上传承至今。

如今，扎根蒙古国 15 年的孙永权成长为胜利油田十大杰出青年、中国石化的劳动模范、东胜公司首席专家。

2021 年 4 月，林文杰任东胜公司海外项目管理主任师。

李山和林文杰为凝聚着他们多年心血的东胜蒙古公司有个光明的未来殚精竭虑。

外交无小事儿！李山特别注重中国公司的形象，再三叮嘱林文杰，对外交往一定要有原则性、不卑不亢，待人真诚、与人为善。外交关系处理是一门复杂的学问，要有时间和空间概念，在国外项目上，我们不可能独得所有利益，唯有互利互惠，才能实现共赢共享。

重要的历史必须被铭记。李山给林文杰布置了一个重要任务：写东胜公司蒙古项目大事记。在收集整理2001年签署97PSC产量分成合同以来的项目成长历程中，林文杰收获很多。

境外项目考验着商务、财务、行政人员的能力，一念之差结果不同，有时候你认为做对了，其实做错了。

李山主管蒙古项目后，给了身处复杂商务环境的林文杰原则性指示：做事要有的放矢、目标性要强，要有随机应变的能力，要有前瞻性的眼光，能预见事情的发展趋势，做出准确的判断和安排，才是优秀的商务人。

人生有很多条路，路上有很多未知的险境。李山的关注鼓励，坚定了林文杰前行的心。

一个人心中有梦想、有追求、有目标、有方向，就没有成不了的事。东胜公司通过组织培养人、环境造就人，吸引着更多年轻人勇往直前。

在中国石化党校餐厅里，李山看到电视新闻里正在播放张虎赉的竞聘录像。张虎赉说：我之所以有机会得感谢组织，不是因为我能……

李山是内蒙古赤峰人，草原长大的他，血液里奔腾着一匹桀骜的马——刚健、明亮、热烈、高昂、升腾、昌盛，马的精神正是华夏民族的主体精神。

张虎赉是通过"赛马机制"海选出的第一批人才，东胜公司采取大海捞针的办法选拔培养有水平的年轻人，张虎赉通过竞争上岗脱颖而出，在30名年轻人中排名第一。他善于学习、努力工作、无私奉献、扎根基层、热爱石油事业的品质，被组织看重并委派到蒙古项目历练，凭着卓越的管理才能带出了一支能征善战的铁军。35岁的张虎赉年纪最轻、"资历"最浅，却在蒙古国的两年疫情坚守中不辱使命，成长为2021年中国石化的30名优秀共产党员之一，这得益于东胜公司在储备人才上的深谋远虑。

"前浪"看得远、看得高，才能让"后浪"站在自己的肩膀上往下走。

如今，回首东胜蒙古公司现任总经理张虎赉走过的路，李山甚感欣慰。

"来吧小伙儿，我看看你怎么样了，理发了吗？"

李山接到东胜蒙古公司总经理张虎赉的电话，欣慰之情溢于言表。

2020 年初，东胜蒙古公司的上产规划做好了，疫情也来了。

两年疫情期间，李山逼着张虎贲交出一张合格的答卷："必须保证全员零感染，一定要在防疫到位的前提下坚持生产！对不起你们了，把你们放出去，却没能把你们接回来。"

张虎贲经受住了考验，他提交的生产和防疫并重方案在不断的修改中推动东胜蒙古公司平安度过了最艰难的时期。

东胜蒙古公司之所以代表中国石化胜利油田走出国门采回油来，有两个根本原因：一是团体的力量是整合优势兵力集体作战的结果，东胜公司通过机制、体制、技术创新攻克了勘探开发难关；二是有走出去实现梦想的情怀，胜利人想证明自己，展示一下勇闯国际市场的能力和精神，并非只为创造效益，而是敢想敢干，想把以前没有干成的事业干成！

精神是有能量的，东胜公司推行的"五信"激发员工成长、成熟，"信仰、信心、信任、信念、信服"的精神力量无坚不摧。

2021 年冬，东胜蒙古公司新任党支部书记兼法人代表姜东波去蒙古国的路上，李山填词《江山如画，重回戈壁滩》相赠：

久有鸿鹄志，重回戈壁滩。千里来寻故地，旧貌尚依然。四季干旱少雨，伴有沙尘肆虐。寒冬蒙古地，荒凉连成片。防新冠形势间不畏难，屹立春秋风雨还要坚守数年。天道精心运筹，方敢策马扬鞭。家国情怀难，何惧容颜改，要背凯歌还。

姜东波感叹："厉害呀！"

尤记得 2005 年，李山在蒙古国的戈壁滩拍下姜东波满面红光的年轻笑颜。

如今，姜东波越长越像戈尔巴乔夫了，他的发顶形同孤岛。

两脚踏遍尘世路，唯独知音最难求。有知音相伴，路不难行。

2021 年 12 月，胜利油田海外项目管理高级专家李山致电二连浩特市市长，商议疫情下的销油问题。

新的一年，东胜蒙古公司也将采用最先进、新颖的管理模式，勾画更美好的未来。

2022 年就要来了。未来要来而奋斗不止，心中有梦的人何惧远方！

牢记使命，不忘初心

“能在这样的集体里工作，我很自豪。”

——吴伟

2018年，吴伟担任东胜公司副总经理，主管蒙古项目。

东胜公司是胜利油田第一家走向海外的油公司，东胜蒙古项目是中国石化、胜利油田、东胜公司的标志性项目，其海外影响价值和对国家的贡献不可小觑，它的命运牵动着中蒙两国人民的心。

2018年12月13日至14日，蒙古项目2019年年会在乌兰巴托召开，中国石化集团公司国际合作部孔自超副处长及东胜公司党委书记李山、副总经理吴伟等参加年会，签订年会备忘录及2019年工作计划与预算。

参加这次联席会议，让吴伟感触很深：小小的国际项目走出国门，代表的是中国人，是中国石化集团公司，是胜利油田，参与其中的每一分子都不能给祖国丢脸、给中国石油人丢脸。

蒙古项目宗巴音生产基地的员工们是怎么生产、生活的呢？吴伟充满好奇。

2018年12月15日，东胜公司党委书记李山、副总经理吴伟一行到宗巴音生产基地检查指导工作。

从蒙古国首都乌兰巴托出发，500千米的路程，越走越荒凉。在一望无际的戈壁滩中，宗巴音镇孤寂而落寞。依稀可辨的车辙向远方画出一道道灰白的曲线。

走进生产基地的小院子，眼前的一幕让吴伟热泪盈眶：身着红工衣的驻蒙员工们在列队迎接，手里托举着一面鲜艳的五星红旗！

在远离祖国的海外，在每个人心里，都飘扬着这热烈的红，它是我们的尊严和信仰，是骨气和骄傲，是光荣和梦想，更是我们前进的动力和希望！

环境考验人，也能造就人。戈壁本没有路，驻蒙员工们一步一个脚印地走出了一条条路，戈壁巡井、栈桥销油、修车修路、作业电焊，每个人都是多面手，都是了不起的战士。

驻蒙员工们常年在荒无人烟的环境里工作生活，各方面压力都很大，大家的精神面貌怎样呢？

吴伟留心观察，个个神采奕奕，每个人的眼神里都闪着光芒。

多年来，东胜公司党委给予东胜蒙古公司员工全方位的支持，有坚强的后盾保驾护航，他们走出的每一步都不会踉跄。

在宗巴音生产基地，吴伟对东胜蒙古公司多年来在异国他乡取得的成绩表示肯定和赞赏，并对东胜蒙古公司未来几年的发展规划提出了四点要求：

第一，要坚持安全生产、标准化操作，从提高员工操作技能上降低安全风险；

第二，要立足注水开发、夯实稳产基础，要抓住每个区块的主要开发矛盾，有的放矢提高效益产量；

第三，要加强工况管理，加强多轮次作业井治理，加强长效投入，千方百计延长检泵周期；

第四，要凝聚职工队伍，要提供平台让中蒙员工都能与公司共成长，让中蒙员工都有主人翁意识，找到归属感。

“归属感”，正是驻蒙员工团结作战的动力和根源，“精益求精，攻坚必胜”，能在这样的集体里工作是件多么自豪的事！

在严酷的国际大环境下，同样遭遇低油价的东胜蒙古公司，是如何生存下来的呢？

2019 年 8 月，谭小平一行决定到东胜蒙古公司考察。

2019 年 8 月 19 日，时任东胜公司总经理刘小波、副总经理吴伟陪同中国石化集团公司国际合作部副主任谭小平一行 4 人到达乌兰巴托。

考察团先后与蒙古国矿业重工业部部长、矿产石油局局长进行会谈，表示了国家“一带一路”中蒙共建发展的诚意，以及中国石化国际合作“坚定推动公司国际合作的决心”，表明中国石化将进一步深化国际化布局，加快国际化经营步伐，促进更多核心业务走出去、走进去、走上去，不断推动打造世界一流企业取得新进展，表达了对蒙古国新的合作区块的愿望。

同时，双方针对东胜公司蒙古项目 97PSC 产量分成合同执行情况，就双方分成比例的调整、资源税、费用等变更情况进行了沟通，确保蒙古国新石油法施行后原合同权益不受到大的冲击。

2019 年 8 月 21 日，他们一行至蒙古项目宗巴音生产基地进行实地调研考察。考察团此行的目的是“以小见大”，胜利油田以小小的蒙古项目作为一个新起点，走向海外勘探开发市场。东胜公司政工主管师许雷苦熬两天一夜提炼总结出一份详尽的项目成果报告。吴伟代表公司作了题为《不忘初心使命　发扬精攻精神　实现东胜蒙古项目高质高效发展》的工作汇报。

东胜公司是胜利油田四家陆上油公司中最早成立的，面对的是比较差的资源品位以及难动用储量，都是难啃的硬骨头，东胜公司的创立使命就是攻坚克难。蒙古国的油藏区块资源品位差，属于贫油盆地，蒙古项目却顽强地走过了 20 年的开发历程，同时带动钻井、作业、测录、物探、油建、电力等兄弟单位外闯市场，为胜利油田挣回可观的经济效益。

吴伟在宗巴音生产基地会议室站着汇报了四个小时，介绍了蒙古项目的来龙去脉和运行情况，展示了东胜蒙古公司管理及运作模式上的创新创效优势。

当讲到勘探开发和产量的时候，谭小平一行很感动，请吴伟坐下讲：您站着，我们坐着都不好意思了！

吴伟坦言：我站着才能把蒙古项目说清楚！

为了取得更多信任、赢得更多支持，让中国石化决策层放心地把新项目交给东胜公司，吴伟竭尽全力。

此次汇报，使中国石化对东胜蒙古公司有了更深刻的认识。东胜公司党委精挑细选派到蒙古项目的管理者都是多面手，人人具有独立作战的能力，业务精湛、坚韧不拔，凡事亲力亲为，代表中国人的形象，令人刮目相看。

他们自力更生、艰苦奋斗、砥砺奋进、笃行不怠的精神感染了在场的每一个人。

东胜蒙古公司之所以这么成功，是因为东胜人的血脉里流淌着“精攻”精神：一专多能，一人多岗，以一当十，攻坚克难！是因为扎根海外的驻蒙员工传承了舍小家顾大家、艰苦奉献的胜利精神！

在宗巴音生产基地，考察团一行被驻蒙员工独立自主、单兵作战的场面深深震撼！

考察团围绕东胜蒙古公司的存量如何发展，增加井位投资，怎么创新应用新技术以及下一步发展方向等方方面面展开了热烈探讨。

东胜公司蒙古项目受到谭小平副主任的高度评价：

蒙古项目是“小而美”的国际项目，小在规模，美在认同。

蒙古项目的管理模式有亮点，在精神打造和文化引领上独树一帜，蒙古项目的多年实践使中蒙两国在石油能源开采上实现了企地融合、合作共赢，这是可喜的局面。

蒙古项目孜孜以求的坚守、从小到大的启示具有重要意义，为中国石化走出去、走进去、走上去做出了十分积极的贡献。

蒙古项目以效益为中心，走出去要把油拿回来，在国家能源中起到中小石油项目国际合作的“桥头堡”示范作用。

走过20年风风雨雨，小小的蒙古项目靠着强大的抗风险能力，挺过一个又一个难关。

截至2021年，蒙古项目已为祖国拉回87万吨原油，赢得了国内外的高度认可，这是对国家战略能源的贡献，是对中国石化为国献油的贡献。

吴伟心中有一个夙愿：“1961年发现胜利油田，2001年开拓海外市场，我们这代人没有经历过艰难的创业史，却经历了励精图治的创新史，总结蒙古项目 20 年的艰辛历程，给后代留下一笔宝贵的精神财富，意义重大！”

“东胜精攻石油开发集团股份有限公司”的“精攻”理念正是胜利精神的集中体现：“精攻”的内涵是“精益求精，攻坚必胜”。坚，有技术的坚，有商务的坚，有环境的坚，有生活的坚。精，是精研的精，是精通的精，是精心的精，是精神的精。

东胜蒙古公司的员工们遇到困难从不绕着走，而是迎难而上，在“精攻”中实现自我超越。

张虎贲在零下 30 摄氏度的销油栈桥上啃馒头喝冰碴儿水的情景定格为一张照片，感动了许多人。在海拉尔长大的吴伟深知那种酷寒，胜利人艰苦创业、以油为家的情怀在张虎贲这个“85 后”的年轻人身上体现得淋漓尽致。

驻蒙员工们喝过地沟水、睡过大通铺，承受过冬夏温差 100 摄氏度的酷暑严寒，经历过沙尘暴、低油价、疫情的洗礼，没有强烈的家国情怀，很难经受住那么多艰难的考验。

在海外闯市场，东胜蒙古公司的外闯员工们精益求精的工作态度和攻坚必胜的精神操守备受钦佩，高度的认同感拉近了中蒙两国人民的心距。

小小的蒙古项目，为中国石化集团公司开辟海外项目做出了良好示范。作为“一带一路”倡议的践行者，担负使命走出国门、走向世界，承上启下、继往开来，东胜蒙古公司肩上仍有沉甸甸的责任。

2018 年到任之初，吴伟就在心中描绘了一幅壮美的蓝图：如果年产量能上 8 万吨，每年就能创造至少 8000 万元的经济效益，蒙古项目争取三年后上产到 10 万吨……

理想很丰满，现实很骨感。深受疫情影响，东胜蒙古公司当初部署的上产计划一再推延，至今仍难实现。

对于未来，东胜公司勘探开发区域布局的规划师吴伟充满信心：东胜蒙古公司不仅盘活了宗巴音油田，而且找到了 2500 万吨新储量，未来的 20 年发展可期。

东胜蒙古公司与蒙古国签了 40 年的勘探开发合约，还有 20 年的开发征程要走，后面的路还很长，唯有时刻牢记使命，不忘初心。

2022年的春天，就要来了。

吴伟信步走上天桥，油城已点亮万家灯火。

在遥远的蒙古国东戈壁省，有个名叫宗巴音的石油小镇，一群身着红工衣的胜利人，正走在通往春天的路上……

东胜公司政工主管师许雷写下《戈壁行》向驻蒙员工们致敬："黄沙漫天誓同心，戈壁行走二十年。精攻砥砺筑油梦，玉壶盼迎勇士还。"

尾声：同心筑梦

回望历史，在严酷的国际大环境下，小小的东胜蒙古公司凭什么能够成功生存下来？

东胜蒙古公司之所以成功，正是因为它具备了三大要素：一是有艰苦奋斗的思想；二是有精简高效的作风；三是有科学的管理机制。

驻蒙员工之所以能在国外坚守下来，正是因为他们具备了能吃苦、能战斗的胜利精神！东胜蒙古公司现任总经理张虎赉正是在特殊的生存环境下，在良好的文化氛围和机制中塑造出的一名优秀职业经理。从隆冬的滴水成冰，到盛夏的飞沙走石，作为东胜蒙古公司总经理，张虎赉带领他的团队，一次次克服工作中的“严寒酷暑”：在低油价的冲击考验下，做到了逆势盈利；在疫情肆虐的异域蒙古，守住了“零感染”底线；在缺乏援助的艰难困境中，实现了产量稳增，成功坚守住了胜利油田唯一的境外石油开发项目。在张虎赉身上，人们看到的是每个坚守“特殊阵地”的胜利人为国找油的影子。

东胜公司蒙古项目大事记：

2003 年 6 月 28 日，首批分成原油经扎门乌德—二连浩特口岸铁路运输回国，这也是中国石化系统第一批海外分成原油。

2017 年 6 月 27 日，中国石化集团公司炼油事业部、发展计划部、联合石化公司、石科院、燕山石化、沧州炼油厂与东胜蒙古公司召开销油协调会。

蒙古项目虽小，层次却高。

蒙古项目的销油协调会是多方会谈。

蒙古项目的商务活动常与中国驻蒙古国大使馆、蒙古国政府官员打交道。

蒙古项目是中国石化集团公司于 2007 年列为国际合作部直管的海外项目，每年委派代表参加东胜蒙古公司的年会。

蒙古项目的新一年投资计划，是由胜利油田转呈国际合作部报投资计划部审批并下达。

蒙古项目借鉴国际化企业管理模式，拥有相对独立的经营运作权，这是在国家深化经济体制改革进程中形成的特有的国际范儿。

迄今，蒙古项目已为国家运回 87 万吨分成原油。

东胜公司蒙古项目大事记：

2011 年 5 月 23 日，援建宗巴音石油公园剪彩仪式。

2015 年，恢复宗巴音植被 6000 平方米，种树 6000 余棵。

2018 年 3 月 7 日，东胜蒙古公司总经理孙永权与东戈壁省省长 T.Enkhtuvshin 签订支持地方发展“共同合作合同”。

2018 年，出资援建幼儿园，改造宗巴音医院暖气管线，配合紧急情况局出动人力物力拖运、挖埋牲畜，帮助当地政府开展防疫工作。

2019 年 8 月 24 日，蒙古国石油管理局代表及老石油工人到宗巴音 1 号井观摩。

2019 年 8 月 26 日，帮助宗巴音重新维修的游泳池在东戈壁省“那达慕”大会首日正式投入使用。

2020 年 12 月 25 日，东胜蒙古公司获得蒙古国矿业重工业部“社会责任执行者优秀企业”表彰，蒙古国矿业重工业部网站、人民日报海外版、胜利新闻均有报道。

2021 年 11 月 28 日，向由蒙古国大呼拉尔议员德力格尔赛罕、恩和图布新联合倡议的应对疫情“教育部门电子化转型”捐资用于购买笔记本电脑。

如今，东胜蒙古公司不仅在国家层面形成了良好的口碑，更在蒙古国声名远播、家喻户晓。

小小的蒙古项目，具有国际化视角，肩负着强烈的社会责任感积极融入蒙古国当地发展，在践行国家的“一带一路”倡议中做出了贡献，成为中蒙两国人民的友谊载体。

小小的蒙古项目具有特殊意义：说它小也足够小，规模不如采油管理区；说它大也足够大，关系到方方面面的博弈。

胜利油田海外项目管理高级专家李山这样评价：“东胜蒙古项目虽小，却有大格局！”

2021 年 5 月出版的 2020 中国石化国际形象建设案例集《同心·筑梦》收入了胜利油田东胜公司《戈壁滩上的那抹石油红》《在“宗巴音”遇见最好的你》《英雄情结与戈壁企业文化》三篇文章，成为同心抗疫、社会责任、跨文化融合的典范。

这是一枚有分量的“果子”。

20 年来，积极响应国家“一带一路”倡议，蒙古项目为中蒙两国人民搭起友谊的桥梁，赢得良好的国际声誉，实现了真正的合作共赢。

20 年间，从风云变幻的国际环境里生存下来、从低油价的严酷考验中站起来、从两年战“疫”中挺过来，东胜蒙古项目顽强地走到今天，是真正的攻坚必胜。

20 年中，蒙古项目与胜利油田内外众多兄弟单位共谋发展，为中国石化外闯海外市场积累了宝贵的经验，成长为“小而美”的国际项目，是真正的不辱使命。

20 年漫漫征程，把个人、企业与国家的命运紧密相连，最大限度发挥自己的作用，每一位年轻或曾经年轻的筑梦人都是英雄！

开辟油田，栽种铁树，驻蒙员工们在戈壁滩上书写下一部坚韧不拔的石油史，蒙古项目的每一位参与者既是追梦人，又是圆梦人。

戈壁滩的风匆匆刮过，听不到成吉思汗的万马嘶鸣，却听到了胜利人内心的回声——同唱一首歌，合奏最强音！

看过去，风雨砥砺，青春如歌！

展未来，奔腾不息，岁月之河！

始于 2000 年的那场石油梦已经做了 20 年，胜利人还将同心筑梦到明天……

归去来兮

马祥民

去东胜公司采风归来，耳畔响起了一支歌，一首诗。

“长亭外，古道边，芳草碧连天，晚风拂柳笛声残，夕阳山外山。天之涯，地之角，知交半零落，人生难得是欢聚，唯有别离多。长城外，古道边，芳草碧连天，问君此去几时还，来时莫徘徊。天之涯，地之角，知交半零落，一壶浊酒尽余欢。今宵别梦寒。”

心灵碰撞，情感交织，不知不觉竟流下一把老泪。

走出国门

虽然已过了爱做梦、爱幻想的年龄，但是当黎勇接到去东胜蒙古公司的消息时，一颗平静的心竟如投石入水，激起层层涟漪，脑海里不由自主升腾起一幅幅激动人心的画面。

金戈铁马，一生征战，所向披靡，纵横欧亚大陆，影响了世界历史进程的大英雄成吉思汗的壮怀激烈；天苍苍，野茫茫，风吹草低见牛羊的诗情画意；还有牛羊肉的香味，马奶子酒的香味，芳草萋萋、野花幽幽的香味，让其如痴如醉，沉浸在美好的遐想之中。

虽是司机，却没出过远门，更不要说出国了。所以，黎勇对这次出行充满了好奇和期待。

2019 年 11 月 24 日，从东营出发，坐火车到北京，然后从北京坐长途汽车到二连浩特，从二连浩特出关入蒙古国。到蒙古国海关后，再坐东胜蒙古公司接人的汽车去驻地。

寒冬季节，万木萧瑟。草早已枯萎，蛰伏在地，任严寒肆虐，车轮碾轧，人畜践踏，期待着来年。那些掉光叶子的树，好像被扒光了衣服，在寒风中抱着紧缩的身子瑟瑟发抖。只有松柏，还在顽强地绿着，展示着坚韧和不屈。

向北，向北，越是向北，离家越远，越是寒冷和荒凉，荒凉寒冷得超乎想象。

从蒙古海关扎门乌德到驻地，还有 200 多千米路程。那条路不是修出来的，而是被车轧出来的。地上除了泥土就是风化的碎石，高低不平，起伏不定，典型的“搓板路”。一路奔波，一路跋涉，黎勇虽然很疲惫，但是在这样的路上，不仅不能闭目小憩，而且要提高警惕，防止被颠起来磕碰了脑袋。

除了接他们的两辆车，一路上没有任何车辆，远远地只看到一个散落着蒙古包的村庄。颠簸了 3 个多小时，傍晚时分终于到达驻地附近。道路两旁一下子出现了许多坟头一样的土包，难道是墓地不成？他大为不解。

那一个个土包不是坟头，而是当地生长的一种叫酸葡萄之类植物的杰作。这种植物长出地面之后，被风沙掩埋，就继续生长，露出地面，然后又被掩埋，又继续生长，直到风沙掩盖不住，并把那些掩盖自己的风沙固定在周围，像一个个沙丘或坟头。黎勇心中不由自主地生出些许敬意。

黎勇无论如何也想不到，这一次出国，从跨出国门的那一刻起，就注定了他和他的领导、同事们要经历很多、忍耐很多、付出很多、奉献很多，成为一生中难以忘怀的经历。

黎勇所在的单位是东胜蒙古公司，东胜蒙古公司管理着蒙古国的宗巴音、查干两个油田，他去的地方是蒙古国东戈壁省一个叫宗巴音的小镇，他的身份是东胜蒙古公司拉油队队长。

在蒙古语里，宗巴音的意思是“东方美丽富饶的地方”。遗憾的是名不副实。这里地处沙漠戈壁，夏季炎热，地表温度高达 55 摄氏度，冬季严寒，最低温度达零下 45 摄氏度，工作生活的艰苦程度可想而知。

跨过国门的那一刻，黎勇有些失望。在他的印象中，走出国门是一件很庄严、很神圣的事。没想到办完了相关手续，就这么轻而易举地过去了，连点仪式感都没有，总感到有些缺憾。

从 2001 年算起，胜利油田东胜蒙古公司的员工，也像那些耐得住风沙、盐碱、干旱、酷暑、严寒的植物一样，已经扎根蒙古宗巴音油田 20 年了。黎勇到东胜公司才 3 年，没想到这一去，就是 2 年。

东胜蒙古公司管理的宗巴音、查干油田共有 183 口油井，60 口水井，像散落的星星一样，分布在戈壁、大漠上，黎勇和同事们所承担的任务，就是把 183 口油井生产的油，从单井拉到集油站，经脱水处理后，再装上火车，运回国内销售。

准确地说，183 口油井所生产的并不全是原油，而是掺杂了不少水分，这一现象或许可以用“油水不分家”解释。黎勇他们所拉的就是这些油水混合物，分量自然比原油增加了许多，他们拉油的任务，也随之“水涨船高”。

井点多、距离远、路况差，拉油工作又苦又累。茫茫戈壁大漠，其实没有路，也到处是路，只要能跑得动，只管开足马力跑就是了，保证没人管你，也不存在违反交通规则之说。

如果你认为，这样就可以为所欲为的话，那就大错特错了。特别是装满了油水混合物的重车，大的 25 吨，小的十八九吨。如果不选准路线，就会陷到里边，出来非常困难。救援是一件很麻烦的事，每台车都有固定的油井和拉油路线。所以拉油一定要选重车跑过的路，不能也不敢随便跑。

即便如此，陷车误车现象仍时有发生。因为风沙过后，所有道路就都没有了。黎勇他们只能凭着自己的印象，重新轧出一条路来。万一出现偏差，同样会导致陷车。

疫情发生后，车队人手紧张，如果井上的油不能及时拉出来，就会导致罐满停井，给公司造成重大损失。黎勇亲自顶上，领着兄弟们起早贪黑抢时间拉油，最多的时候，他一个人一天拉了 40 车。

在大伙共同努力下，两年期间，没出现一起罐满停井事故，能做到这一点，实属不易。

黎勇是个老实人，他告诉我：自己原先在胜利油田油气集输总厂上班，来东胜蒙古公司为的是多挣几个钱。但“君子爱财，取之有道”，干好工作是天经地义的事，否则，工作的“饭碗”就不能端牢。所以他不想别的，只想尽力把工作干好，给单位、家人和自己有个交代。

做自己该做和能做的事，做就做好，做到极致或无人超越，平凡中的伟大、普通中的卓越就在其中了。

既然选择了远方，自当风雨兼程。黎勇不懂诗也不写诗，他自己就是一首诗。

千里之外

“古道，辙痕，夕阳，远去了，曾经的金戈铁马，岁月风霜，大漠驼铃声碎，呼啦啦依然是天风浩荡，牧歌悠长。思悠悠，戈壁滩上，留下多少神奇的传说。情殇殇，瀚海深处，多少英雄，沙尘里埋葬。一队队客商行旅，一幕幕历史断想，一路向北，心驰神往。黄河入海的地方，西北望，遥远的瀚海戈壁，大漠苍凉，何惧沙尘暴虐，呼啦啦走来了，一路高歌，旌旗飞扬。东胜人，走出国门，勇闯国际石油市场。天苍苍，野茫茫，家国情怀，责任担当。任说年少轻狂，我为祖国歌唱，一路向北，风景在路上。”

这首歌的名字叫《一路向北》，是东胜公司为勇闯蒙古市场的员工们创作的一首壮歌。歌声里飘扬着一种豪迈，一种苍凉，一种信仰，还有一种远古的空旷及昂扬向上的力量，支撑和鼓舞着他们，一往无前，义无反顾。

我必须把这支歌一字不落地记录下来。否则，就是对创作人员及东胜蒙古公司员工的大不敬。

一路向北就是“跳出胜利，发展胜利”；一路向北就是利用国际、国内两种资源，占领国际、国内两个市场；一路向北就是向前进、向前进，朝着胜利的方向。耳畔似有战马嘶鸣，金戈作响。任何困难也不能阻止他们的脚步，任何障碍也不能使他们犹豫彷徨。

2020 年初，蒙古国发现新冠肺炎确诊病例。2 月 14 日，蒙古国全面关闭中蒙两国间的航空、铁路客运口岸，外边的人进不去，里边的人出不来。不仅东胜蒙古公司甚至整个蒙古国，成了一个现代版的“围城”。

蒙古国的春天依然被寒冬霸占着。风不管这些，沙尘暴不管这些，它们已经早早地来了，而且频频光顾，搅得周天寒彻，一片狼藉。

“大风起兮云飞扬。威加海内兮归故乡。安得猛士兮守四方！”刘邦的《大风歌》，已被传唱两千余年，流传甚广。在蒙古国，当大风刮起的时候或沙尘暴来临的时候，无论如何都找不到《大风歌》里的感觉，那种威力和气势，也是《大风歌》无法比拟的。

一场疫情，一个封关指令，一场突如其来的变故，给东胜蒙古公司带来了意想不到的困难、考验和磨难。同时，也在东胜蒙古公司员工心中刮起了一场沙尘暴。

自然界里的沙尘暴是短暂的，最长不过一天一夜。沙尘暴过去后，天空格外蓝，星星格外亮，站在沙包上，好像一伸手就能把星星或云彩抓下来。这里离天很近，离天堂也近。站在蒙古高原，可以与上帝对话，与蓝天、白云、星星近距离接触，那感觉真好。但再好的感觉也不能抵挡心中的沙尘暴。

夕阳下，落日里，一个个沙丘或沙包，在阳光映照下，闪耀着金子一样的光芒，格外祥和、宁静，美得让人不忍，也带来无限遐想。

家里的她好吗？孩子好吗？爹娘好吗？还有亲友、领导和同事们都还好吗？疫情什么时候才能过去？归家的路在哪里？何时才能回家？何时才能见到妻子、孩子、爹娘、亲人？一个个问号被慢慢放大，占据了整个大脑、整个世界、整个天空。

闯外部市场的员工已经习惯或适应了居无定所、四处漂泊的生活。他们有自己的初心使命、责任担当，工作总得有人去干，任务总得完成，走出去是他的命、他们的工作，也是没办法的办法。养家糊口，尽忠尽孝，是责任也是义务。

如果自己不去，让别人去，那就是推脱和逃避。义不容辞，舍我其谁，才是正理，才叫男人。

候鸟一样到点就走，到点就回，聚少离多成了生活常态和规律，并逐渐被家人接受。这是默契，也是无奈的默许和认可。这样在感情上和给人的印象里显得有些平淡甚至淡漠，其实那是一种假象。就像冰山下的岩浆、反应堆内的核变。

疫情的出现，打破了他们的生活规律和工作秩序，回家变得遥遥无期。区区 1000 多千米，竟成了天涯路，那一道国门竟成了不可逾越的鸿沟，牵挂和思念就多了起来，加剧了起来。

员工担心家人，家人更牵挂他们。那些心宽体胖、头一沾枕头就呼呼大睡的人，也尝到了失眠的滋味。那种思念之苦、牵挂之苦，比平时增加了何止千百倍。明知道这种牵挂、担心、焦虑、思念是多余和无用的，但依然痴心不改、一以贯之地“多余”“无用”着。

东胜蒙古公司员工又是明智和通情达理的，他们知道新冠肺炎疫情在全世界暴发是个不争的事实，是全人类的灾难，这种情况谁都难以改变，所以就坦然接受这个现实，加强防范，并做好长期准备。

虽杳无归期，但他们坚信：东胜公司不会忘记他们，胜利油田不会忘记他们，祖国不会忘记他们。祖国永远是温暖的怀抱、坚强的靠山。公司一定会竭尽全力，让他们回去，回到亲人身边，回到祖国怀抱。坚定的信念、坚强的决心，支撑和激励着他们在异国他乡，顽强地坚持着、奋斗着。

新冠肺炎疫情像风沙一样在蒙古国蔓延。截至 2021 年 12 月，蒙古国累计确诊 388872 例，确诊人数占全国人口总数的 12%。东戈壁省累计确诊 20284 例，东胜蒙古公司所在地宗巴音小镇是重灾区，累计确诊 779 例，超过总人口的 50%。

雇用的蒙古国员工全部居家隔离，中方员工一半滞留国内，不能轮岗，33 名中方员工就扛起了平时近 200 人的工作量，一个人要顶五六个人用。这种情况出现了五六次，每次一周左右。

白天巡井、取样、化验、倒油，晚上录资料、做分析、报数据、巡管线，每天只能睡三四个小时，这种干法无异于拼命。钢铁也有疲劳的时候，何况人呢？长此下去肯定吃不消。

经过与上级部门和蒙古国有关政府部门多方沟通联系，东胜蒙古公司从当地雇用了 119 名蒙古员工。这些员工分成两拨，两个月轮换一次，一律在公司居住，实行封闭管理。每次轮换之前，先在公司指定的地点隔离 14 天，做 2 次核酸检测，符合用工要求才安排上班。否则，就地解雇。

2021 年 3 月，东胜蒙古公司党支部书记高云从电视里看到中国向蒙古国国防部捐赠 30 万剂疫苗的消息，就主动和中国驻蒙古国大使馆、蒙古国国防部、卫生部、矿产与重工业部、东戈壁省联系。在多方支持下，宗巴音生产基地留守的中方员工 33 人、蒙古员工 57 人于 3 月 26 日，接种了第 1 针国产疫苗，东胜蒙古公司成为驻蒙古国首家接种疫苗的中资企业。

同时，东胜蒙古公司严格执行我们国家制定的卫生防疫标准、措施，守住“零感染”防疫底线，成为疫情重灾区的防疫典范和“安全岛”。

2021 年 9 月 24 日，中方员工和蒙古员工，完成了第 3 针疫苗接种。接种第 3 针疫苗，本来是件好事，没承想给张虎贲带来了一场可怕的惊吓。

2021 年 9 月 26 日，张虎贲被电话告知：给他们接种第 3 针疫苗的医生被确诊患上新冠肺炎，陪着一起来公司的翻译已经被隔离了。他的脑袋一下子大了，要是万一……他简直不敢往下想。

兄弟们跟我出来，在异国他乡打拼，冒着那么大风险，拼死拼活地干活，为的是什么？如果连他们的健康和安全都保证不了，我这个当经理的该如何向上级和组织交代，有何颜面见他们的家人？

为最大限度减少风险，经反复考虑，张虎贲最后决定把医生接到公司给员工注射疫苗。这个想法按理说没有错，但智者千虑，必有一失，没想到问题出在医生身上，接种疫苗的医生竟成了传染源和确诊者。

这真是天大的笑话。如果这件事情是真的，要不要告诉员工？如果告诉了会出现什么情况？下一步工作该怎么做？生产怎么运行？一系列问题像山一样压在心上，让他喘不过气来。

情急之下，张虎贲把负责安全和防疫的工程师侯炳祥找来商量对策。两人从下午五六点钟，一直到夜里12点多，也没商量出一个满意的办法，最后决定：等到明天，把事情的来龙去脉弄清楚再说。

那天晚上，国内各大新闻媒体正在直播孟晚舟回国的消息。作为一名中国人，这是一件非常值得高兴的事，但他怎么也高兴不起来。张虎贲躺在床上，眼睛睁得大大的，怎么也睡不着。

第二天，他了解到，那个医生是在给他们打完疫苗之后，参加一个聚会被感染的。张虎贲长出了一口气，心中的一块石头随之落地。

袜子上的虎牙

一抹黄沙，平展展地铺在地上，没有一棵树、一棵草，没有一点杂色，纯净得让人窒息，苍凉得让人敬畏，这就是他们管理的宗巴音和查干油田。不知是为了还以颜色，还是为了证明自己不容小觑，宗巴音和查干正在用一种不可抗拒的力量，诠释着远古，诠释着洪荒，颠覆着他们不切实际的幻想。

一个电焊工，穿着厚厚的工衣，戴着一双长及肩膀的专用手套，安全帽上方顶着一个长长的铁管，身子弯曲成虾的形状，斜躺在地上，一只手拿着面罩，一只手拿着焊枪，正在焊接一个管线接口。

几个“红工衣”正在小憩，竟躺在地上睡着了。有的头枕安全帽，弯着腰，侧着身；有的把工衣掀起来遮住头和脸，四仰八叉，平铺在地上，像一个“大”字；有的双手交叉，垫着头，用安全帽扣在脸上。

一个员工头戴安全帽，脸上像涂着油彩，身上的衣服已分不清底色，从上到下一身油污，只是牙齿还透着洁白，证明自己是一个鲜活的生命。

一条穿着红工衣的腿，一只趿着拖鞋的大脚，脚上穿着一只说不上是黑是灰的袜子。最扎眼的是袜子上有道长长的口子，所幸已经被缝上，针线所到，像虎口之牙，颇有些狰狞；又像一道“伤疤”，诉说着艰难，承载着难忘岁月。

那“虎牙”之所以醒目，除了犬牙交错外，还因为是用白线缝的，无意间暴露了主人的笨手笨脚，非男人“杰作”莫属。

犬牙交错的“虎牙”，一下子使我想起了家乡孩童穿的“老虎鞋”。眼里就有一层水雾弥漫，不为那鞋，只为那袜子和袜子上的“虎牙”。

如果不是亲眼看到这些视频和照片，无论如何都不敢相信这是真实的故事。而这些真实的故事，就发生在东胜蒙古公司员工的身上。他们吃的苦、受的累、遭的罪，或许已超过国内外同行。

蒙古国的电力设施像一个体弱多病的老人，动不动就出毛病，一遇上刮风、下雨、打雷、沙尘暴等天气，肯定会停电。尤其是春季，刮风多，沙尘暴多，遇上刮风就停电。越是这样越要赶快开井。员工们上去，刚把井开起来，屁股还没坐稳，又停电了，还得赶紧再上去。一晚上折腾好几次。遇上这种情况，就甭打算睡觉，而且这种现象经常发生。

到了冬天，气温降至零下二三十摄氏度，滴水成冰，哈气成霜。一碗热水泼向空中，瞬间成冰，形成的冰花就像燃放的烟花，晶莹剔透，绚烂无比。

由于生产的原油含蜡高、凝固点高，原油加温至关重要。为避免管线穿孔、刺漏或堵塞，每 2 个小时就要巡一次井，而且必须步行，每一口井、每一个井站、每一条管线都要巡到。

这种情况下，甭说干活儿了，光巡井就够受的了。穿着皮靴和羊皮大衣，带着加绒安全帽，除了眼睛、鼻子、嘴巴，整个脸捂得严严的，即便如此，一圈转下来，依然被冻得透透的。回到驻地还没缓过来，就又该出去了。

但他们的心是热的，血是热的。于是，那寒冷的冬天就有了温度。再多的磨难，也不能动摇他们的意志，泯灭他们干事创业的激情。

在东胜蒙古公司注水、采油、集输、销售、原油拉运、油水井作业、地面工程等，所有工作都得自己干。特别是地面工程，每年输油管线、注水管线的焊接，还有穿孔补漏，工作量非常大。公司只有 3 名电焊工，全是中方员工。一天到晚几乎没闲着的时候，天天像照片或视频里那样侧着身子躺在地上，一手拿着面罩，一手拿着焊枪干活。光这种姿势就够难受的。换成其他人甭说一天，连十几分钟都受不了。

小憩的时候，累得躺在地上就能睡着。天当被，地当炕，在异国他乡的荒漠上，他们虽然躺着，但依然高大。像顶天立地的汉子，在天地间书写着大大的“人”字，诠释着无悔人生。但他们又是血肉之躯，时间一长，积劳成疾，3 个人的腰都不好。

那边天气冷，零下三四十摄氏度，在外面干活儿时间长了，就会造成伤害。但公司的绝大部分工作量都在野外，致使部分员工关节不好或患有别的疾病。

为改善这种状况，东胜蒙古公司专门从国内购买了一个汗蒸房，下班后，员工们都可以进去蒸一蒸，疏通经脉，促进循环，改善身体状况，也是对职工的安慰和激励。

因经济欠发达，东胜蒙古公司所需的生产物质，全部要从国内购买，再加上通关、报批、交税、长途运输等，不仅费时费力，而且成本居高不下。

井场上的水泥基础，用量大费用高。一个水泥基础件，从国内运到现场，总费用是 2.2 万元人民币。为降低成本，他们先是改为购买半成品，费用降至 5000 元人民币；接下来又改为购买原材料，自己加工制造，费用又降至 2000 元人民币。

疫情期间，海关被封，原材料进不来，只好另想办法。后来他们发现当地有一条废弃的飞机跑道，是早年苏联人为备战修的。就按照尺寸将其切割下来，当水泥基础用，一分没花就解决了问题，他们的付出是大量辛勤劳动。

夏天，他们头顶烈日，冒着酷暑，在高温下安装太阳能，为储油大罐加温，一个月就可以节约上万度电。

蒙古的冬天寒冷又漫长，不管是生产还是生活都离不开取暖。取暖离不开烧锅炉，烧锅炉离不开煤炭。夏天刚来临，他们就要为过冬做准备。分两次，先后在当地购买了 1600 吨煤。

买煤是一回事，运煤又是一回事。运煤有两个渠道：一是汽车运，可直接拉到锅炉房，省力省事，但价格较贵；二是火车运，先运到赛音山达火车站，再自己用车往回倒，费时费力，但价格便宜，算下来能省 2 万块钱。

赛音山达是蒙古国东戈壁省的省会城市，离驻地宗巴音小镇 40 千米。负责公司安全工作的工程师侯炳祥等人，就带着 20 来人赶到赛音山达，先把煤从火车上卸下来，再倒到翻斗车里，运到锅炉房。先后用了 5 天时间，才完成了这项“倒煤”任务，灰头土脸，一身煤灰，就是对他们的奖赏。

区区 2 万元钱，确实算不了什么，但每一分都浸着他们的汗水，名义上是省的，实际上是他们干活儿挣的。说起来是公司效益，实际上是他们的血汗钱。每一分都是责任和担当，每一分都是忠诚和奉献。

除此之外，他们还自己进行大罐清理，自己进行蒸汽锅炉检修，轮换着进入锅炉内部清理炉管等。虽然脸黑了，身上脏了，但心里有阳光，脸上有笑容，再苦再累的日子就有了甜的滋味。

那张袜子上长着虎牙的照片，是张虎贲拍的。2021 年夏天，他去一个基层队检查工作，看到一名员工穿着这种袜子，就问他：袜子坏了，自己补的？员工告诉他：袜子磨透了没法穿，就把它和鞋垫缝到一起。

张虎贲很感动，就用手机给那个员工拍照，员工很不好意思，不让拍。张虎贲就劝他：不要紧，我只拍你的脚和袜子，不拍你的脸，放心吧。员工只好同意，所以才有了这张照片。

回到公司，张虎贲立即召集班子成员开会，非常动情地说：是我工作不到位，对不起兄弟们。因为咱们管得严，不让大家出去。这么长时间，又回不去，才导致这种情况。

经过讨论，大家一致同意，从 2020 年 6 月开始，每 3 个月给员工发 3 双袜子、2 条内裤，秋天再发 2 身秋衣秋裤。

唯有艰难，方显勇毅；唯有磨砺，始得玉成。

知道了事情原委，那袜子上的虎牙就不再狰狞，反而有些可爱，当然亦不乏勇敢、豪迈和威风。

菜地春色

东胜蒙古公司的蔬菜大棚和种植的菜地，是大漠中的一景。从异国他乡，千里之外，为那片荒凉带来了春天。

疫情暴发前许多年，不要说小镇上的百姓，就连蒙古国外交部部长、矿产与重工业部部长、东戈壁省省长等政府大员来东胜蒙古公司视察，也曾顺便来此参观，品尝

“舌尖上的中国”。

控制疫情，保持一块净土，实现“零感染”，是东胜蒙古公司的底线目标，也是祖国、胜利油田、东胜公司和亲人对他们的希冀与厚望，再加上宗巴音镇又是疫情重灾区，东胜蒙古公司就以此为由，谢绝了所有外来人员的参观。

蔬菜大棚和菜地种植的菜依然绿着，绿得鲜活水灵，蓬蓬勃勃；绿得自信阳刚，坚韧挺拔；绿得坦然自若，大度从容。于是，就有了主人的风骨、主人的情怀。

中国历史源远流长，文化博大精深，先人在造字时，竟把鱼和羊合在一起，取名曰“鲜”，带有明显的美食特征。

民以食为天，食以鲜为美。鱼乃水中之物，羊乃陆地之物。水滋养着陆地，陆地守护着水流。鱼和羊本来风马牛不相及，但先人造字时，偏偏把它们放在一起，就有了不同寻常的味道，尤其在餐桌上。蒙古高原，鱼是稀罕之物，羊肉应有尽有。但再好的食物也不能多用，不宜天天吃。

其实那大棚和菜地之菜，更离不开一个“鲜”字，鲜嫩、鲜活、鲜艳都是用来形容蔬菜的，那蔬菜也因为一个“鲜”字，而越发娇嫩可爱，让人垂涎欲滴。

对中方员工来说，蔬菜之“鲜”，还在于能补充体内的维生素，让那常食蔬菜之“鲜”的人，营养均衡，身体健康，鲜活水灵。其实蔬菜就是饮食中不可或缺的“绿宝”。

东胜蒙古公司员工初到蒙古时，对那里的一切都感到新鲜、好奇。时间一长，就麻木了，或者说习以为常了。吃羊肉亦是如此，吃上两周就够了，但环境使然，又不得不吃。

也许是天天吃羊肉的缘故，再加上缺少蔬菜和维生素的摄入，有的员工身上起了荨麻疹，一起就是一大片，痒得难受。夜里痒得难以入睡，好不容易睡着了，还经常被“痒痒”弄醒。身上挠出了血还不管用，不吃抗过敏的药，就痒得睡不着。还有的烂嘴角，口舌生疮，舌头溃疡。

东胜蒙古公司员工私下里把他们居住的地方称为“苦寒之地”。从 11 月到来年 4 月，冬季达半年之久，而且非常寒冷。一年四季好像只有冬夏之分，夏季和冬季温差特别大。夏天沙漠里气温最高可达 55 摄氏度，冬季最冷的时候可达零下 45 摄氏度，最大温差达上百摄氏度。夏天晒秃噜皮，冬天冻成棍。而且干旱少雨，人烟稀少，蒙古是世界上人口密度最小的国家。

风大得邪乎，一座座堪当地标的沙丘，一场大风刮过，一夜之间竟消失得无影无踪。沙漠里很容易迷失方向，基本上没有固定的标志物或参照物。早年在东胜蒙古公司工作过的老员工说，至少要生活半年，否则找不着北。

沙尘暴来时，遮天蔽日，就像一堵墙一样，直直地推过来、倒过来、压下来，两米之外看不清东西，大罗神仙见了也唯恐避之不及。风吹沙走，碎石乱飞，停在外面的汽车，被砸掉漆或砸出细小的坑是常有的事。

遇到这种情况，就得用衣物把口鼻捂起来，赶快双手抱头，冲着来风的方向，脸朝下就地卧倒，还要不时活动身体，抖落身上的沙尘，否则就会被流沙掩埋。虽然我没有见到过这种情况，但听他们一说，心中亦不乏恐惧之感。

恶劣环境下，那些“野火烧不尽，春风吹又生”的野草都难以生长，更不要说娇嫩的蔬菜了。所以，就有了在那里种菜“比养牛羊还费力，比养孩子还困难”的说辞。

蒙古的蔬菜主要从中国进口，先是从中国国内运到二连浩特，再从二连浩特运到乌兰巴托，最后从乌兰巴托卖到全国各地。经过长途运输，多次转运，那些蔬菜就不再新鲜。而且运过去的蔬菜必须抗折腾、能存放。否则，蔬菜就会烂掉坏掉。

为补充维生素，增强身体免疫力，东胜蒙古公司在力所能及的情况下，采取多种措施和办法，为员工购买当地生产的沙棘饮料，从国内邮寄水果罐头，服用补充维生素的药品等，但缺乏维生素的现象，依然时有发生。相比之下，最简单、经济、实用、快捷的措施，就是增加蔬菜供应，多食用富含叶绿素的蔬菜。

“自力更生，艰苦奋斗”“有条件要上，没有条件创造条件也要上”是石油人的优良传统。这个传统不仅国内适用，国外同样适用。鉴于上述情况，东胜蒙古公司员工通过各种渠道，从国内买来蔬菜种子，利用原先的大棚和菜地，大力种植蔬菜，或许这也是一种“大生产”运动。

夏天，每个基层队都有自己的蔬菜种植基地，公司还组织开展蔬菜种植比赛，利用多种场合，定期或不定期地进行蔬菜种植经验交流。

冬天到了，因地制宜，集中力量，种蔬菜大棚。在如此艰苦、恶劣的条件下，种植蔬菜大棚，一点不亚于管理油水井。大棚建筑结构既要保暖，又要适合供暖，还要坚固耐用，经得起大风、沙尘暴的袭击及大雪带来的压力；还要改造土壤，浇水、施肥、防治病虫害等，可谓“一言难尽”“甘苦寸心知”。

除专人打理外，还要集体发力。一旦需要，全体员工就利用空闲时间，帮助翻地、种菜、拔草、间苗。每个人都尽心尽力，小心翼翼，生怕磕着、碰着、伤害着它们。用菜地主人的话说，就像“伺候老婆过月子”或“照顾刚刚出生的孩子”。

心中的喜悦之情，可以从脸上和眼神里看出来。那种喜悦和爱的背后，深藏着“碾不碎、化不开”的情感，还有“剪不断、理还乱”的思绪。不知不觉间，那情感和思绪已系成千千结。

蔬菜大棚或菜地里，西红柿举着红灯笼，辣椒摇着小旗，黄瓜拿着手杖，菠菜拍着巴掌，芹菜挺着身子，生菜摇头晃脑，一派春天气息，一幅丰收景象。它们用自己的方式，向心目中的英雄和恩人致敬，同时也为他们祝福。

大棚面积有限，造价很贵，种植的蔬菜品种有限，产量也高不到哪里去，用句通俗易懂的话来说，就是“打牙祭”，甚至可以说不够塞牙缝的。

很大程度上，那些菜就是一种象征和情感寄托。长在蒙古，根在中国，心在中国，它们也是旅居海外的游子，有着浓浓的家国情怀、中国情结。

与其他菜品相比，吃自己种的菜，享受自己的劳动成果，就有一种很强的成就感、幸福感，其味道也大不一样。虽不能唇齿留香，却能让人感到意犹未尽，回味无穷。

“试问岭南应不好？却道：此心安处是吾乡。”苏东坡在900多年前写的《定风波》中的几句词，其意不言自明。

蒙古虽为异国他乡，但那里有一份沉甸甸的责任。东胜蒙古公司要做的工作就是：不负国家、胜利油田和东胜公司所托，管好宗巴音和查干油田，多创效益，多做贡献。

既需要安心扎根，也需要忠于职守，积极奉献。这本身就是传承中国文化，建设“一带一路”，扩大影响，树立形象，广结善缘，广交朋友。如此才能开辟一片新天地，创造一片新业绩，也是给祖国、人民、胜利油田、东胜公司和亲人献上的一份大礼。

你若不离不弃，我便生死相依。这是菜对人的誓言，也是人对菜的承诺。

领着员工玩

不仅要领着员工玩，而且要好好地玩。张虎贲做出这个决定，是痛苦的、意想不到的，也是必需的和义无反顾的。一定要让员工玩得开心，玩得高兴，玩得忘乎所以，如果能“乐不思蜀”更好。

按惯例，员工出国两三个月就要倒一次班，长也长不到哪里去。但一个、两个、三个、四个、五个、六个“两三个月”过去了，回家还遥遥无期。何时才能归去？他心里没数，员工更是。

员工们对张虎赍非常信任，他们坚信：只要能回，他肯定会让我们回的，哪怕他自己不回。基于这种信任，尽管心里非常焦急，但谁也不说那个话，更不提那个事。这种默契，好像事前商量过一样。就连说话的语气和表情，也极力表现得“正常”。这就是理解、信任，也是一种善良。

当他们自认为表现“正常”的时候，就已经有些不正常了。他们是男人、家里的顶梁柱，上有老下有小，里里外外，许多事情要仰仗他们。他们思念家人，家人也思念他们，甚至有过之而无不及。

国外毕竟不同于国内，万一有个三长两短，家里怎么办呢？每当家人在电话里或视频时询问他：什么时候回来？他们要么避而不谈，要么含糊其词，要么说句“快了”糊弄过去。但心里早已翻江倒海，五味杂陈，如何平静得下来？

在中国地图上，那个依黄河、临大海的城市叫东营，东营是胜利油田的发祥地，胜利油田有个东胜公司，东胜蒙古公司中方员工的家在东营，工作单位是东胜公司。虽然黄河拐了那么多的弯，但黄河拐不到这里。虽然这里的沙漠像海一样辽阔，但没有海的波涛、浪的汹涌。一望无际的漫漫黄沙，还有沙尘暴，让人望而生畏。

这里的地表是平的，但到处都是沙丘。一场风刮过，道路没了，沙丘没了，但别的地方会长出新的沙丘，却长不出路。那路必须在原有的基础上重新推出来，沙丘却此消彼长，就像他们的乡愁和对家人的思念。

对此，张虎赍心知肚明，自己何尝不是如此。

公司管理很严，明确规定：在国外一律不许喝酒。下达禁酒令，必定事出有因。一是出于安全考虑，怕员工喝多了惹是生非；二是出于感情考虑，出门在外，想家是不可避免的，怕员工“借酒浇愁愁更愁”，伤情必伤身。

按照胜利油田内部管理序列，东胜蒙古公司是个科级单位。就是这样一个在胜利油田名不见经传的单位，在蒙古国却有很大影响，享有很高声誉。

前些年，蒙古国外交部部长、矿产与重工业部部长、东戈壁省省长等官员曾先后来公司造访。从这个意义上说，东胜蒙古公司协调处理的关系，或多或少也涉及国家间的外交关系。当然，在重大问题处理上，他们肯定会向上级部门和中国驻蒙古国大使馆汇报，并征得同意。

公司雇的外籍员工，基本上是当地人，相互之间态度友好、关系融洽。蒙古员工有时还热情邀请中国员工到家里做客。有个蒙古员工的妻子还突发奇想，用捡的矿泉水瓶子盖了一个储藏室，夏天用来放东西，引得他们常去观看。

这些都是疫情之前的事情，时隔不久，竟成了珍贵的“自由”和珍贵的回忆。

驻地宗巴音镇有个酒吧，没有菜肴，光卖酒。中方员工就感到很惊奇：没有肴，光喝酒，有什么劲，还不把人喝醉了。

一方水土养一方人，一个地方有一个地方的风俗习惯。当地人就这样在里面喝酒、唱歌、跳舞。当然醉酒也是惯常。

一场新冠肺炎疫情，把他们的工作秩序、生活节奏全打乱了。工作苦些累些不可怕，可怕并难以忍受的是孤独和心灵的寂寞。毕竟都是男人，而且多是虎狼之年，每个人身上或多或少都有野性或生物性。在旺盛的荷尔蒙与多巴胺作用下，脾气容易暴躁，情绪容易波动或失控，这是正常的生理和心理现象。关键在于疏导，在于分散注意力，让那些被压抑的、不稳定的和有负面影响的情绪，通过正常的渠道发泄出来。

特殊时期，这是一项非做不可和至关重要的工作。

2020 年 3 月，蒙古国封关后，张虎贲就敏锐地意识到了这个问题，有目的地组织员工开展篮球、拔河比赛。为增加趣味性和生活乐趣，还组织开展了烤羊肉串比赛和套圈活动。

驻地周边有黑山、鼻子庙、石林 3 个比较有名的旅游景点。黑山、鼻子庙比较近，部分员工曾去过。石林景点比较远，距离 200 来千米。如果在国内，200 千米根本不算事，因为都是柏油路和高速路。在蒙古国就不同了，路况不好，交通不便，去石林景点单程就要 4 个小时。如果不是单位组织，统一派车，就是想去也去不了。有的员工在公司待了 11 年，也没去过石林。

东胜蒙古公司员工分期分批，把 3 个旅游景点玩了个遍。疫情期间，景点几乎没人，也不收门票，碰到外人，他们就提前避开，离得很远，确保安全。一圈下来，大伙儿高兴了好长时间，这是过去连想都不敢想的事。

于是，就有员工提议：以后还请领导带着我们玩。张虎贲满口答应：只要大伙高兴，我一定。那玩就多了些许内涵和意义。

张虎贲是聪明睿智的。他的聪明睿智表现在方方面面，当然也包括在玩上。除上述活动之外，他还别出心裁地从国内购买了潍坊风筝，组织大家开展放风筝比赛。

当沙漠里的风把风筝吹起的时候，他们的心也随之飞向空中，或许家乡的亲人能看得到。

员工们还踏着漫漫黄沙，跑到野外很远的地方，看黄羊、野驴、野兔、灰鹤、大雁。累得精疲力竭的时候，玩得忘乎所以的时候，是否就能忘记或淡化那“一怀愁绪，几年离索”。

落日黄昏，大漠腹地，有一个孤独的身影，那是张虎贲在思考。

“风味午餐”

真不知道这类事情是经历得太多，习以为常，不愿意往心里记，还是因为别的原因，包括张虎贲在内的 7 个亲历者，都没有说出那一天的具体时间。但这一天已被定格在历史时空中，已经被拍摄在手机里，已经被记录在文字中。

2020 年 12 月的一天中午，气温零下 30 摄氏度左右，在四五米高的栈桥上，在给拉油列车装油的施工现场，东胜蒙古公司的 7 名党员干部正在用午餐。

吃饭是生命的必需，一日三餐雷打不动。一生中要吃好多饭，但很少有人看到那样的午餐。那顿午餐，足以让东胜蒙古公司的领导和员工们上热搜。不为别的，就为那份情怀，那份使命与责任担当。

真正是“天苍苍，野茫茫”，但没有草，没有牛羊。因为那是冬天，那里是沙漠，沙漠里不长草，不长草的地方不可能有牛羊。就是有，那些牛羊们也忍受不了那种寒冷。

茫茫天地间，浩荡寒风里，他们用粗糙的和被冻得有些麻木及颤抖的手打开了保温饭盒，拧开了壶中热水，但这点温度实在少得可怜，远远不能抵御那风，抗拒那冷。

于是，那饭还没入口就冻硬了，那水还没喝就成冰坨了。请记住他们7个人的名字：张虎赉、侯炳祥、刘岗、刘新宇、李军、邢国才、梁玉利。7个人都是党员、干部和管理层。

过去这些都是一线员工干的活儿，但疫情期间，人手严重不足，他们二话不说，亲自披挂上阵。

因疫情封关，原油销售停滞，东胜蒙古公司精心规划原油库存，避免罐满停井，加强与蒙古国海关、铁路等部门的沟通协调，先后联系了10余次。

精诚所至，金石为开。他们的诚心、耐心和热心，终于感动了“上帝”，使紧紧关闭的海关之门，终于打开了一条缝，恢复了销油通道。装满原油的火车，得以在通往中国的铁路上仰天长啸，一路高歌。

拉原油的火车共42节，每节一个罐，每个罐55吨，装一列火车需2天时间，10天或两周装一次。装车前，先要搭梯子、接管子、拧盖子，还要测量每一个油罐的空高；装完油之后，还要统一给每个油罐打铅封等。

技术含量不高，费力不大，但耗费时间长，责任重大，安全第一。

“高处不胜寒”的感觉，他们早就领略过，也想找个背风的地方、向阳的地方、温暖的地方，哪怕温度高一两摄氏度也好，但现场的情况告诉他们“不能，不行”。

蒙古高原的风，不但劲道，而且非常刁钻。只要不被冰雪覆盖，不管干的湿的、粗的细的，不管是沙土还是沙子，一概照“吹”不误。无论“躲”在什么地方，均不能幸免。其他事还好说，吃饭就不一样了，应尽量找一个风沙刮不到，或沙尘比较少的地方，于是就选择了那里。

也想坚持一下，再坚持一下，回到住地，回到食堂或者宿舍，吃得暖和一点、舒服一点，但不可能。不吃饭身体受不了，越饿越冷，手脚越不听使唤。不但影响工作进度，而且容易出现事故。冷就冷吧，冻就冻吧，“两害相较取其轻”，也是明智之举。

虽没有“风萧萧兮易水寒，壮士一去兮不复还”的悲壮，但活儿不等人，时间不等人，凑合吃吧，能吃多少吃多少，吃多少算多少。

那么恶劣的环境，那么艰苦的条件，照片上的他们依然笑着，笑得那么开心，那么灿烂。天地之高远，胸怀之广阔，情感之丰富，心态之阳光，足以感天动地。

当我看到这幅照片时，心中就有些不忍，眼睛发红，鼻子发酸，声音哽咽。

那场“风味午餐”不仅是一种现实，更是一种情怀。风的味道，冷的味道，冰的味道，生活的甜酸苦辣，人生的百味，已在其中。

能品尝到这种滋味，体验到这种感觉，夫复何求。人生就有了诗意，工作就在远方。于是，笑就灿烂，哭就嘹亮，歌就悠长。那幅照片是东胜人在异国他乡永恒的骄傲。

在微信里，我还看到过张虎贲发的3幅照片，是东胜蒙古公司员工两年来，年复一年，月复一月，日复一日，循环往复，几乎一成不变的饮食。

无须弄清楚一日三餐的具体内容，但一定要记住一日三餐的饭菜数量和品种。

第一幅照片：两个包子，一份鸡蛋肉丝汤。第二幅照片：两块羊排，一片面包，一碗糊糊。第三幅照片：一小碗糊糊，一个馒头，一份胡萝卜炒粉条，一份洋葱炒鸡蛋。据说，有时还会加一份橄榄菜。

不是舍不得花钱给大家买好吃好喝的，而是因为闭关。在整个蒙古国都是这个样。就是再有钱，也买不到青菜和水果。蒙古国不产蔬菜，几乎全部从中国进口。封关后，黑市上的西红柿，一个卖到八九元人民币。

蒙古国的钱币叫蒙图，蒙图与人民币比价是：1元人民币约等于400蒙图。这样的价格，普通家庭自然吃不起。就是这样的天价西红柿，也已经没有了。宣布封关之后，乌兰巴托的蔬菜一下子就被抢了个精光。

羊肉倒是不缺，但一日三餐顿顿吃羊肉，换谁也早就吃够了。即便这样，也得强吃硬吃。每天出那么大力，干那么多活儿，要保持足够的体力，离开肉是不行的。话又说回来，想吃别的也没有。看似玩笑，实则非常真实。

长期吃肉，缺少蔬菜，导致员工缺乏维生素，出现嘴角和舌头溃烂现象，但没有一人抱怨，没有一人说吃得不好。这种精神和境界，不能不让人敬佩。

谈及此事，张虎贲眼睛潮湿了：“感谢兄弟们的理解，让他们跟着我吃苦了。”声情并茂，情真意切。

为解决这个问题，他及时跟东胜公司汇报，从国内买来了善存多维元素片，分发给员工，按时服用。员工嘴角和舌头溃烂的现象得以缓解。

生命的神圣

一双粗糙的大手，一只手里拿一枚鸡蛋，那鸡蛋竟自己动了起来。有一种声音从里面传出，尽管那声音很轻，但非常清晰，而且富有节奏。“啪、啪、啪”一阵声音响过，那蛋壳就破了一个洞，随着洞的扩大，可以看到一只小小的、尖尖的喙，在啄那蛋壳，蛋壳破损的程度在加大，速度在加快。

不等那洞完全破开，里边的生命就迫不及待了，先是把头挤出来，接着挤整个身子。于是，那蛋壳就被彻底挤破了。挣脱了蛋壳的束缚，一个活脱脱的小生命就此诞生。

小生命毛茸茸的，颜色有些发黄。也许是初来乍到的缘故，它对这个世界感到陌生，对粗糙的大手感到陌生，对那双充满了惊奇、惊喜和慈爱的眼睛感到陌生。于是，就怯怯地叫着，怯怯地看着，那模样煞是可爱。

甭说孵小鸡，过去东胜蒙古公司连鸡都没养过。没想到一场疫情，竟带来这么多变故，发生了这么大变化。

疫情隔离使他们变得敏感和好奇。过去的司空见惯或视而不见，现在竟成了新大陆；过去的微不足道，现在就能引起足够重视。过去从来没有的念头，也一股脑冒了出来。于是，有人提出养鸡，并得到一致赞同。

养鸡，说起来简单，做起来难。2020 年，东胜蒙古公司从当地买了几十只小鸡。那些刚孵出来的小鸡，既不能渴着、热着，也不能饿着。

夏天的太阳毒，如果没有遮挡，很快就能把小鸡晒死、渴死。喂小鸡要用小米，有时买不着，就用馒头屑或面包屑替代。还要防止老鼠、蛇、老鹰、黄鼠狼对小鸡的伤害等。

小鸡长到一定程度，还要给它们垒窝。鸡窝四周还要做好防护，防止偷鸡“贼”侵入。冬天寒冷，还要给鸡窝里安暖气，否则，就会被冻死。

一开始没经验，几十只鸡就活下来十几只。鸡长大后不舍得杀，就养着下蛋。随之又萌生了鸡生蛋、蛋生鸡的想法。于是，连鸡蛋也不舍得吃了，几乎全省下来孵小鸡。

说来也巧，公司有一名员工，在老家时曾孵过小鸡，这下派上了用场。他们因陋就简，土法上马，自己动手做了个加热棒，在旧塑料箱里放个塑料袋，里面加上水，把加热棒放到水里，上面再铺上软柔之物，然后放上鸡蛋，一个“孵化器”就做成了。

孵化器要保持恒温，温度为 40 摄氏度。从张虎贲发的照片上，我细数了一下，那些鸡蛋不多不少正好 28 个。“鸡，鸡，二十一”这话一点不假，到第 21 天，小鸡们就破壳而出了。2021 年，他们先后孵了七八批小鸡，鸡的数量也由 10 来只增加到 100 多只。

单调、枯燥和寂寞的日子，铅一样沉重，浆糊一样黏稠，铁锈一样斑驳，每个人心里都沉甸甸、空落落的。这些小生命的降临，给显得一成不变的日子带来了喜悦与感动，给趋于麻木的情感带来了鲜活与生动。

下班之后，尽管非常疲惫，员工们也会拖着沉重的身子三五成群聚在一起，看几只小鸡在树阴下、草丛里觅食，一边看一边发出各种议论和感慨，有时候看小鸡的人甚至比小鸡还多。

把弱小的生命捧在手里，那些五大三粗的汉子，那些意志坚强得像钢一样的汉子，那些表情冷峻得像铁一样的汉子，那些平日里流血流汗不流泪的汉子，一下子就柔软了许多，心里暖暖的，眼睛柔柔的，动作轻轻的，生怕磕着碰着，像对自己的亲人或孩子一样，身上泛着母爱。

有时他们还会把小米、馒头屑或面包屑放在手里，让小鸡啄自己的手，甚至含在嘴里，让小鸡啄自己的嘴。那小鸡也是承受不起的生命之重。

小鸡有公有母，等它们长得大些，就利用公鸡爱斗的习性，先抓住一只小公鸡，往另一只小公鸡面前一凑，做出挑衅的架势，另一只小公鸡的斗争欲就被激发了出来。再把手中的小公鸡往前一怂，另一只就会冲上来，与之一决高下。尽管被怂的小公鸡没有任何挑衅的意思，但架不住另一只小公鸡公然挑衅，只好奋起迎战。转眼间两只小公鸡就斗在一起。

有人鼓掌叫好，有人呐喊助威。那些小鸡争斗得性起，受到干扰，精力一分散，斗志没了，于是无心恋战，草草收兵，这场因人而起的“战争”，就会在一片遗憾或欢笑声中，宣告结束。

小鸡能生存下来，非常不易，员工对它们自然呵护有加。

工作的艰辛，生活的艰难，也时刻考验着员工。两年来，东胜蒙古公司的 33 名员工中，有 3 人成了未曾谋面的爸爸，有 8 人成了老人离世时，未曾在身边尽孝的“不孝之子”。

睹物思人。看到小鸡就不由自主想起家中刚刚出生的孩子，想到离去的老人和小时候的自己，埋藏或压抑在心底的愧疚与痛苦，就像狂风搅动的黄沙，铺天盖地而来，把整个人淹没了，吞噬了。

怕被别人听见，也为了顾及面子，就一个人找个没人的地方，或跪在沙包上，冲着南面，冲着黄河入海口的方向，“扑通”跪地，撕心裂肺，号啕大哭。那哭声像草原狼的嗥叫，那眼泪在沙漠里砸出了一个个坑。

心中的丰碑

现实生活中，我们见过各种各样的碑，却没见过心中的碑，更说不清心中的丰碑是什么样子。采访东胜蒙古公司员工后，我对心中的丰碑有了初步印象。

心中的丰碑是丰富多彩的。有有形的，也有无形的，林林总总，各式各样。如一栋房子、一辆汽车、一个公园、一个游泳池、一所学校或幼儿园，一台电脑、一只口罩，还有文化、理念、习俗、饮食等。

与别的小镇相比，宗巴音是幸运的，幸运得超出了他们的想象。破旧的蒙古包变成了宽敞明亮的砖瓦房甚至楼房，还看上了电视，家里有了小汽车，几乎家家有在东胜蒙古公司上班的人员，工资收入比国家公务员还高。这是东胜蒙古公司进驻宗巴音小镇 20 年，给小镇带来的巨大变化用“翻天覆地”形容也不为过，也可以说是“东胜福音”。

宗巴音小镇有个公园，名叫“石油公园”。公园的建成是早年东胜蒙古公司的一个创意，也可以说是一个“杰作”。利用苏联遗弃的一个井架，把它围起来，周围栽上树，就成了公园。

沙漠里栽树非常不易，能活下来的树更不易。公园里的树是清一色的榆树，树不算多，但骄傲地活着。这也不能怪谁，整个宗巴音镇就没有几棵树，而且都是榆树。只有榆树才能在这里活下来，其他的树种栽上两年就死了。

与国内相比，宗巴音的“石油公园”足够简陋，但绝对是小镇的一道亮丽风景。

特别是夏天，每天都有人光顾。孩子们嬉戏，青年男女谈情，老人散步。政府官员来小镇公干，也会到此转转。

那公园和井架就是一座丰碑，代表着中国，代表着东胜，代表着中国人的形象。

宗巴音小镇还有个户外游泳池，在“石油公园”附近。据说是当年苏联军队在这里驻扎时修的，已废弃了很多年，像一个墓坑或大地的伤口。2019 年，东胜蒙古公司捐资 40 多万元人民币，对其进行修缮。修缮后的游泳池，焕然一新，碧波荡漾。投入使用那天，国家议员还与东胜蒙古公司领导一同出席了剪彩仪式。

一池碧水辉映着蓝天白云，装点着浩瀚大漠，美得扎眼，美得赞叹，美得流连忘返。全镇的男男女女、老老少少，无不笑逐颜开，交口称赞。从此，整个夏季的游泳池里，一天到晚洋溢着欢笑，荡漾着笑脸。

游泳池带给大人孩子的欢乐和幸福，无法用语言表达、用文字形容。游泳池还是一种奢侈，奢侈得让其他小镇望尘莫及、望洋兴叹。

在此之前的 2018 年，东胜蒙古公司还出资 70 多万元人民币，为宗巴音镇修建了一所幼儿园，是宗巴音镇最具特色和最好的建筑之一。

幼儿园的孩子知道是中国人援建的。每当有身穿红工衣的中国员工从门前路过，他们就挥着小手，露着笑脸打招呼。虽语言不通，但那份真诚足以让人心动。

疫情肆虐期间，东胜蒙古公司依然坚持每年两次为宗巴音镇的学校、幼儿园捐书、捐助学金。

宗巴音镇是疫情重灾区，为阻止疫情蔓延，学校放假，幼儿园关门，所有人全部居家隔离。

2021 年，学校放假后，学生居家隔离，教育系统开设线上教育课堂，让学生在家里接受线上教育。但绝大部分学生家里没有电脑，线上教育形同虚设。东戈壁省两名国家议员就向东胜蒙古公司求援，请他们予以资助。东胜蒙古公司就想方设法，克服种种困难，从国内采购，分别捐赠了 45 台笔记本电脑和 10 台台式机电脑，解了燃眉之急。

同时，东胜蒙古公司捐赠 3000 万蒙图，约合 6.8 万元人民币，为当地医院购买口罩，协助政府机构建立道路检查点、提供物资援助，全力支持抗疫工作。

大风过后，宗巴音镇通往外界的道路被“刮”得无影无踪，东胜蒙古公司就动用大型机械，把被“刮”跑的道路重新“找”回来。类似的事情，不知发生了多少次，连他们自己都记不清了。

作为中石化在蒙古国唯一的石油公司，在自身防疫非常吃紧的情况下，还承担着滞留在蒙的中方施工单位人员的防疫管理任务。其担当和作为，足以让人感动。

“国之交在于民相亲，民相亲在于心相通。”生活在同一个地球村，居住在同一片蓝天下，既然风月同天，就应守望相助。如果这个世界上没有了爱，那将是一件非常可怕的事。

心中的丰碑源自爱，成长于善，见之于行，是一种灵魂的崇高、道德的超拔。

心中的丰碑可以生长，可以继承，也可以心口相传。幼儿园的孩子为什么知道幼儿园是中国援建的？为什么对穿红工装的中国员工那么友善？答案不言自明，是幼儿园老师教的。那幼小的心灵里就有了一颗“丰碑”的小苗，伴着岁月渐渐长大。或许他们还会告诉自己的孩子甚至孩子的孩子。

心中的丰碑还来自对中国文化、理念和行为的尊崇。没有比较就没有鉴别，在与中国员工长期交往中，蒙古国员工从中国员工身上发现了许多值得学习的东西，比如文化、理念、礼节，还有勤奋、节俭、理性、节制等，并产生了崇敬。耳濡目染，不知不觉已提高、进步许多，生活方式和行为方式发生了巨大变化。

在雇用的蒙古国员工中，有一个调度长，夫妻两人都在东胜蒙古公司工作，学会了重视对孩子的教育培养，学会了节约，学会了攒钱为孩子买房。3 个孩子都考上了大学，毕业之后都留在首都乌兰巴托工作。

许多蒙古国员工的孩子，也都考上了大学；勤俭节约，建起了楼房，买上了小车，酗酒现象也少了许多。

种瓜得瓜，种豆得豆。送人玫瑰，手留余香。种下善因，必有善果。东胜蒙古公司员工在如此险恶的情况下，能够做到零感染和全身而退是一个奇迹，或许也是善果。

回家啊回家

树绿了又黄了，草枯了又荣了。孩子，你已经出生了这么长时间？爸爸怎么还不来呢？这是东胜蒙古公司副经理张立新的妻子邵亚丽的念叨，也是大女儿的困惑。

在立功授奖仪式上，张立新的立功证书是妻子代领的。在 23 名回国倒休人员中，没有张立新。15 个月前，张立新离家赴蒙古时，邵亚丽怀孕刚 4 个月。如今大女儿已经 9 岁了，小女儿已 1 岁了，张立新还在异国他乡。

大女儿坐在妈妈身边，小女儿在妈妈怀抱里，香甜地睡着了。或许她正在做梦，那梦一定很美，梦中的她笑得很甜。但她不会梦见爸爸，她不知道爸爸是谁。

公司员工刘永刚的女儿大学毕业，已参加工作，与爸爸的感情一直很好、很深。爸爸出国后，她一直很想念爸爸、担心爸爸，就申请加了张虎贲的微信。在给张虎贲的微信中，她亮明身份，直接发问：我是群聊中“东胜蒙古大家庭”中刘永刚的女儿，你什么时候放我爸爸回家，我爸都连续 4 年没回家过年了。

女儿是爸爸的贴身小棉袄。孩子的发问是一种孝心，说明孩子大了，懂事儿了，敢为爸爸出头露面、仗义执言了。

大人们老说“可怜天下父母心”，其实儿女之心同样难能可贵。看了这条微信，张虎贲的心情很复杂，可以说喜忧参半。喜的是孩子有孝心、有主见、有胆量、敢说话；忧的是眼前的疫情，身上的责任。

孩子的微信不一定代表大人的想法，但起码是一个征兆和提示，无疑给他增加了巨大压力。回不了家是没办法的事，但一定要把兄弟们照顾好，不能出现任何差池，否则就对不起他们，无颜见他们的家人，无颜见江东父老。

压力巨大，心中的苦处和痛处更多。但他是东胜蒙古公司的主要领导，是大家的主心骨，他的一举一动甚至一个表情、一个眼色，都是对大家的心理暗示，会造成很大影响。无论遇到多大困难和压力，都不能轻易往外说，也不能把情绪轻易表露出来。

压力归压力，痛苦归痛苦，越是这样越要打起精神，鼓足干劲，咬紧牙关挺住，高举红旗向前。因此，他要求自己：无论遇到多大困难和压力，士气不能低，干劲不能小，标准不能降。

员工的工作要做，员工家属的工作也要做。只要把事情说清楚，把道理讲明白，相信他们能够理解。

想到这里，张虎贲给孩子回了一条微信：“孩子你好，你爸爸经常和我说起你，去年工作找得很好，业绩也很好，你是他的骄傲。你的爸爸是公司最优秀的员工，他是你的榜样。希望你在以后的工作中向他学习，永争第一。因为疫情凶猛，两国不开关已经有一年时间，这是两个国家政策的原因。我们也想早点回去，但是要服从国家政策管理。希望你给你妈妈和亲属们解释清楚，请他们理解。我们在这里，是为了不给国家添乱。等国家政策允许，公司一定安全地组织大家回家，与你们团聚。请你们放心，我们在这里过得很好。过年了，祝你们阖家幸福安康。”

情真意切，让人泪目。有这样的领导是员工的福气，也是员工家属的福气。

两年了，东胜蒙古公司的 33 名员工无时无刻不在思念祖国，思念家乡，思念亲人。祖国、家乡、亲人也时刻牵挂着他们。

东胜公司、胜利油田、中石化集团公司等各级领导，通过多种渠道向上反映情况，请求上级有关部门出面，争取让他们早日回国。国资委、外交部、中国驻蒙古国大使馆、中国驻伊朗大使馆与相关国家反复沟通，多方协调，积极工作，为东胜蒙古公司员工回国创造条件。

有志者事竟成，苦心人天不负。在多方积极奔走和努力斡旋下，2021 年 11 月 21 日，张虎贲带领 22 名同事踏上了回家的路。

700 多个日日夜夜的思念，蛊虫一样啃噬着他们的心。当得知回国消息时，真的是“初闻涕泪满衣裳”“漫卷诗书喜欲狂”，恨不得一步跨到亲人身边。

回家真好，但回家的路很曲折、很艰难，甚至超出了人们的想象。1300 千米的路程，历时 50 天，从蒙古国首都乌兰巴托转伊朗首都德黑兰，从德黑兰至广州，途径 3 个国家 6 个城市，行程 13530 多千米，先后在乌兰巴托、广州分别隔离两周，从广州到东营后，又隔离了两周，核酸检测共计 18 次之多。

“人是被逼出来的，在那种情况下，换了谁都会这样做。”张虎贲这样给我说。

近乡情更怯，不敢问来人。特别是在东营隔离期间，让他们刻骨铭心地体味了“咫尺天涯”“欲见不得”“欲罢不能”。

世界那么大，俺只想回家。毕竟回来了，两年都坚持下来了，再坚持一下又算得了什么。一这样想，心就坦然了许多。是的，我们每个人都生活在概念里。

坚持考验着信念和意志，坚持彰显着顽强和力量。任何坚持都不是徒劳或无效，任何努力都是在向成功和胜利迈进，命运永远不会亏欠任何一个在坚持中，不断努力奋进的人。

聚是一团火，散是满天星。东胜蒙古公司员工在油价暴跌，绝大部分涉外石油行业停产或巨额亏损的情况下，连续多年净现金流为正，创造了可观的经济效益。蒙古项目堪称中石化集团公司“小而美”的海外项目典范。同时，拉动了石油工程、技术、产品、服务、人员等方方面面的创业创新创效，可谓功莫大焉。

东胜蒙古公司积极融入“一带一路”建设，架设友谊桥梁，拓宽视野，扩大影响，打造品牌。在境外公共安全、国际商务、安全生产等方面获得了蒙古国政府矿产部、中国驻蒙古国大使馆、蒙古中华总商会的认可和赞扬，树立了中石化集团公司和胜利油田良好的国际形象。公司先后被蒙古国矿产与重工业部授予“社会责任执行者”荣誉称号，被蒙古国东戈壁省授予“优秀企业”称号。东胜蒙古公司党支部被中国驻蒙大使馆授予“2020 年优秀党组织”荣誉称号。

祖国，您的孩子回来啦，也给您带回了一份答卷。

在本书杀青之际，为了东胜蒙古公司原油销售事宜，张虎贲和他的同事、东胜蒙古公司党支部副书记张遵强等已奔波在去二连浩特的路上。

三十一次赴归

任真

序：一张卡片

一天一张日历，中国石化胜利油田东胜蒙古公司安全工程师侯炳祥妻子王立凤已经撕了整整两年。如果每一张是一只蝴蝶，舞着思念和期待的翅膀，这就是 730 只蝴蝶。2021 年 12 月 20 日，王立凤停下了撕日历，她的丈夫回家了。两年前的今天，侯炳祥踏上了去往蒙古国的征程，没想到 2 个月一次的倒休变成漫长的两年。

下面是我采访侯炳祥后，跟他要的中国蒙古出入境护照上的日期，他写在一张卡片上，用手机照了相，微信发给我的，简略收录在了下面。卡片不大，简洁明了，却蕴含了侯炳祥自 2012 年 12 月 4 日到 2021 年 11 月 22 日九年的三十一次远赴蒙古、回归祖国的沉甸甸的情感和奉献，也是所有蒙古项目部胜利东胜人的一个小小的见证。

序号	中国→蒙古	蒙古→中国
1	2012-12-4	2013-1-30
2	2013-2-19	2013-5-4
3	2013-5-28	2013-6-21

续表

序号	中国→蒙古	蒙古→中国
4	2013-7-5	2013-10-7
5	2013-11-7	2014-2-10
6	2014-3-12	2014-5-22
7	2014-6-17	2014-9-14
8	2014-10-13	2015-1-2
9	2015-1-26	2015-2-10
10	2015-2-28	2015-5-8
11	2015-6-2	2015-8-18
……	……	……
31	2019-11-20	2021-11-22

何为赴？赴在汉语字面上是投身进去，把生命和时光都投身于一份事业中。侯炳祥在去蒙古之前，从来没有出过国，也从来没有到比黄河口冬天温度低 20 摄氏度～30 摄氏度的地区去工作过，这一切都是挑战，践行着投身进去的本意。何谓归？归宿归还。在侯炳祥的聊天中，我一再观察他提到回家时的神态，他还恍然带着在蒙古想念家人的样子。第一次开始回家，把自己还给故乡，飞机降落在东营机场时，心怦然一跳，这是到家了；再后来，一进入国境，二连浩特就是家了。可 2019 年疫情的暴发，原本 1300 千米的回家路，他们走了 50 天，途径 3 个国家 6 个城市，行程 13530 多千米，历经 3 次隔离，18 次核酸检测。坚守海外两年，对家的思念浓缩在这 50 天的行程中，离家越近，思念越浓稠。

一

侯炳祥的人生经历过油田改革阵痛的巨变。1994 年 7 月，侯炳祥毕业于青岛科技大学，分配到胜大集团有机化工总厂，一直到 2006 年 4 月，经过十二年的努力学习，他已经到达高级工程师的级别。可 4 月 19 日胜大化工的改革分流一下子把他推到选择路口，停止还是继续前行？是到一个跟自己化工积累无关的空闲岗位，还是到离家较远的采油一线继续通过努力发挥自己的特长？他选择了从头开始，被分配到东胜高青分公司一个叫常家镇许官村旁边的小站，从普通采油工岗位重新起步。侯炳祥认定只要不断学习，努力工作，自己就能在岗位上发挥积极的作用。2006 年下半年，他干过销油岗、采油岗和集输岗，调整了好几个岗位，但他一直保持不断学习进步的冲劲，干一行爱一行。由于他掌握生产知识快，再加上大学和三产实践的化工底子，2006 年底就竞岗成为技术员。2007 年 9 月，侯炳祥东胜集输岗技术比武第一名。2008 年 1 月，侯炳祥担任了站长。幸福是奋斗出来的，只有不断奋斗的人，才能不断看到成功的曙光。

2010 年，侯炳祥成为集输技师。现在回忆起来，一切都成了美好的回忆。是啊，他在工作空闲的时候就拿起书本，到工作现场再次深入认识流程，在泵房里聆听机器的轰鸣。有时，为了弄懂一个比较复杂的流程，他能在休息空闲时蹲在机器旁，不搞明白不罢休。累了，到旁边的田埂上漫步，听听蛙鸣，听听庄稼哗啦啦的响声。有时，就觉得石油的流动声和庄稼的生长声息是一种声音，是收获者在大地上勤劳运行的声息。

后来，到了蒙古项目部，他才知道，高青的田野是多么繁茂和可爱。

二

人生再次转折。因为侯炳祥是一个业务熟练的联合站站长，东胜蒙古项目部需要这么一个人才。领导找他谈话的时候，他是犹豫的，因为没有出过国，听说蒙古条件差，还冷。家里孩子还在上学，爱人也很忙，无法照顾周全，等等。但就像他第一次从胜大分流到东胜时一样，面对新的挑战，他接下了，人生也因此有了不一样的新风采。

2012 年 12 月 2 日，侯炳祥拖着爱人王立凤帮着收拾好的大小行李，棉衣棉鞋一宗，小孩姥姥做的秋衣秋裤、加厚棉衣，满满的都是紧密的针脚。侯炳祥不让送，怕看见爱人孩子的眼泪。爱人送到楼下，他就拖着亲人的关怀默默走着；爱人又送到锦华七村后面的北一路等着单位接送的车。天气已经有些冷了，风吹着一些落叶在脚边旋转，真有一点壮士赴远行的味道。车开了，招了招手，他没敢回头。同行的三人，都不说话，默默地看着窗外飞驰而过的景色，路上的树影在唰唰地后退。单位早就把一些手续处理好了，到东营飞机场，不久就登机了。在飞机盘旋拉升的瞬间，他不由自主地向窗外看，家乡越来越小能收进心中了，像一个瓦片，冲撞了心怀中的泪海，还是忍下了，没有让泪水流出。

到了二连浩特，温度一下子低了，从东营的零上 7 摄氏度到零下 15 摄氏度，棉衣都穿上了。二连浩特是个新兴城市，常住人口不足 4 万。如果没人告诉你这是个准地级市，你会把它当成个镇子，一个普普通通、冷冷清清，宛立于孤独深处的村镇。这个每天接受风沙洗礼的城市，被风耗干了尘土，变成了荒漠戈壁。一年里有 180 多天刮五级以上大风，最低温度零下 40 摄氏度。最美人间四月天，这里的草甸子还枯黄在冬的记忆里。但就是这个小城，却因其特殊的地理位置——北邻蒙古国、俄罗斯，成为与深圳一起开放的重要口岸城市。

二连浩特像这个城市的阳光一样，简简单单、敞敞亮亮，粗粝率真，历史的痕迹仿佛被风沙过滤了一般，只剩下干干净净的城，稀稀疏疏的人。

沿着主街道往正北方向走，就能看到国门。庄严的国徽镶嵌在红色的“中华人民共和国”七个大字正上方。祖国的北大门前，一个戴防风眼镜、穿荒漠迷彩、全副武装的士兵在界碑旁将日夜不停的风沙站成了屹立不动的军姿。再往北走几百米，就可以看到蒙古国的国门。

过了国门就到蒙古国了，侯炳祥第一次踏入了异国的土地。戈壁砾石路很颠簸，可以叫作搓板路，车也有些漏风，当时感觉越向前走越荒凉也越冷，脚有些麻木了。因为车外冷风和带起沙尘的原因，窗子是紧闭着的，上面是一层薄薄的沙尘，所以看不清外面的景象，大家也是一路沉默。这辆车奔跑在空旷的路上，很孤单，又是第一次离祖国越来越远，侯炳祥当时感觉自己好像坐在一个下沉的煤矿车里，下坠，越来越深；奔赴，越来越远；投身，越来越沉默。

2012 年 12 月 4 日，开始熟悉工作。侯炳祥再次提振精神，迎接挑战。蒙古国东戈壁省宗巴音镇，这里是侯炳祥再次出发的地方。如果不亲自身处在那个环境里，谁都体会不到蒙古国戈壁的生活到底有多么艰苦。在千里之外的异国他乡，外闯员工面对的不仅是恶劣的天气、饮食文化的差异和语言的障碍，还有对老人无法尽孝的遗憾和对妻子儿女无法陪伴的愧疚，艰难程度常人难以想象。可是，在采访侯炳祥时，他总是谈起单位的工作和大家，很少说起自己的事，一仔细探问，就起身倒水转移话题，笑意殷殷，不愿自夸。

转眼就过年了，这是侯炳祥第一次在外国过年，也是他这一生中最有印象的一个春节。他们在项目部驻地与蒙古员工一起举行了联欢晚会，员工自我报名唱歌，蒙古员工的马头琴和舞蹈，灯光明亮，气氛热烈，这些简单的娱乐活动掩盖了胜利东胜职工想家的愁思。只是当手机里传来爱人女儿的问候时，侯炳祥沉默了，把问候存在手机里，舍不得删掉，看了再看，特别是在半夜醒来的时候。有时候，他还会默默地仰望星空，是啊，有一颗星叫东营。

回家的路很长，说起来侯炳祥有了一些感慨。因为签证问题，他晚走了，独自一人回家的。到了二连浩特，就到街上买了许多礼物。二连浩特安静且寂寞，从早到晚没有灯红酒绿，没有喧嚣的音乐，没有打折、跳楼价的叫卖，更没有奇装异服、色彩斑斓。这里寂静得像座空城。偶尔可以看到蒙古国的吉普车，破旧变形的帆布棚里装满各种货物寂寞地驶过空旷的街道。街道两旁的小店大多卖一些牛肉干、奶制品，还有各种包装的巧克力，花花绿绿的包装，一些看不懂的符号。店主戴顶毛茸茸的蒙古尖顶帽子，小辫子拖在脑后，用流利的普通话介绍这些来自俄罗斯和蒙古国的商品，如数家珍。

到北京下了飞机，大雾，飞机到不了东营。侯炳祥只是淡然地说，到了八王坟车站坐上回东营的车，大半天的时间都在路上，一路都是薄雾。他说得很轻松，但可以想象，一个孤单的人，独自打的，拖着箱包礼物，在雾蒙蒙的大街上穿行。在车站，孤单地坐在长椅上，没有熟悉的人。上了车，客车不能开快，离开北京的黎明，几乎是一整天的慢行。我问了一句：你看路上风景的变化了吗？从寒冷走向春天。他笑了笑说：全是雾，再说路上犯困。回家的路对许多漂泊者来说，基本上是困意沉沉的，恍恍惚惚，悠悠荡荡，一会想起亲人，一会好像又忘了，车外是呼呼的风声，内心是呼呼的时光。沿着渤海岸，一路奔向黄河口，一路抵达那盏温馨的灯。

回到家，孩子不知道，已经睡了，是爱人悄悄开门接下行李。第二天，孩子看见爸爸的欢笑让侯炳祥感到有些欣慰也有些忧伤，孩子是多么渴望父爱啊！

三

这些年，来来往往，侯炳祥最大的感受就是，一回到锦华，就骑着车去看路边的花，东城的湖，超市的人。

只要爱人一喊，让侯炳祥买菜，他就特别痛快地答应，又特别慢地回家。爱人：你这么长时间干啥了？看人去了。

我们一起聊到了东二路的迎春花，人渡河路的蔷薇，翠湖的槐花，锦华公园的二月兰，等等。

这些年，来来往往，侯炳祥终于可以抽空看看二连浩特，这个代表祖国和故乡的小城。二连浩特国门，内蒙古自治区锡林郭勒盟二连浩特市友谊路，是中国与蒙古国边境的重要通道，被誉为“祖国的北大门”。目前，二连浩特国门也是一处景区，共分为几个部分，有火车纪念广场区、国门参观区、界碑参观区等多处景点。游玩国门有两种方式，可步行前往，也可乘坐摆渡车。国门距离景点近 3 千米，建议乘坐摆渡车，国门横跨铁路，共 4 层，长 71.4 米，宽 13 米，高 21 米，建筑面积 2406 平方米。拾级而上，站在国门顶层向北俯瞰，蒙古边城扎门乌德火车站大楼具有俄罗斯建筑风格，具有民族特色的小木楼和草原风情的蒙古包群尽收眼底。通过高倍望远镜，蒙古边城扎门乌德可以一览无余。二连浩特有“恐龙故乡”的美誉，这是一处国家级地质公园，出土大量白垩纪恐龙化石，位于二连浩特东北 9 千米外的盐池附近，核心面积近 30 公顷，主要有恐龙科普馆、矿物晶体馆、伊林驿站遗址博物馆，还有最为重要的恐龙化石埋藏馆。它不同于众多恐龙乐园，是在出土的遗址上修建起来的，是一个综合性的展馆，集科普、参观、遗址保护等功能于一体。它已经是国家 AAAA 级景区，夏季来草原旅游，大多数游客不会错过这里的。草原上布满奇石林，这本来就是一个奇迹，而且这些奇石与草原的土壤、生态有着非常大的差异，给游客的感觉就像是天外来客，让人不得不怀疑，过去这里到底生活过怎样的生物？是地壳变迁导致恐龙灭绝，还是海洋干涸形成了这里的盐湖？总之，充满神秘色彩。据懂石头的讲，这里的奇石非常具有观赏和收藏价值，有的甚至专程来这里旅游，只为见识这里的奇石。

四

其实，我和侯炳祥的交谈，大多被他带走了，说着工作奉献之外的事情，如这两年的滞留不归。他不谈生产中困难、低温、停电开井这些事情。他说，这些留给那些好同志去表现。

有一次，我们谈起吃饭。二连浩特市有一个“王记饺子馆”，老板、食客、服务员全是汉人，吃汉食，说汉话，邻桌一个三四岁的小女孩倚在椅子旁吮着手指头冲我憨笑，杨柳青年画儿一般，有着纯粹而鲜亮的美好。饺子是牛、羊肉馅，个大、多汁、多肉，像灌汤包。盛菜的盘子也大，菜堆得像小蒙古包。酸菜鱼做得地道，觚大如脸盆，鱼绵软，汤酸香、微辣，吃得大家浑身冒汗。烩菜里的小豆角、细米线、羊肉被烂糊糊的土豆泥和在一起，可作主食。还有酱牛肉、拌莜面、凉调青菜，口味与内陆没啥两样。每次被派回为驻地买生活物资时，侯炳祥如果有点空，就到这里寻找家乡的那种味道。

终于，我和侯炳祥谈起了艰苦的环境和奉献。这一次两年，经过了两个四季，如4月，国内正值春光明媚的温暖时节，但在蒙古施工的职工们却苦不堪言。四五月份正是蒙古国沙尘暴多发期，沙尘暴一刮就是好几天，严重时风速达24米/秒，能见度只有5~6米，吹得人睁不开眼、喘不上气。为了不耽误生产，职工就戴上墨镜和口罩。当地昼夜温差大，夜晚气温会降至零下20摄氏度，早上出来还穿着全套棉装。到了中午，火辣辣的太阳烤得人汗流浃背，晚上却又要开着发电机取暖。由于水土不服，有的职工身上起了很痒的小疙瘩；因为缺乏维生素，职工们都出现了口腔溃烂，手上掉皮。在那里，除了牛、羊肉，其他食品主要依赖进口。一个月时间才能从二连浩特购买到少量的蔬菜，偶尔吃上一次西红柿炒鸡蛋，职工们就高兴得像过年一样。因为营养不良，大部分职工的双手连续脱皮，平均每人都要掉上1斤多肉。但是，全体职工没有叫苦喊累，以极强的凝聚力和拼搏精神，凭借强烈的事业心和责任感，忍受着难熬的寂寞和对家乡亲人的思念，始终以饱满的热情，在各自的岗位上坚持工作，克服了各种在国内想象不到的困难。30多人在外雇蒙古职工不在的情况下，坚守并保证了产量和效益，不容易呀！接着，他又开始转移话题，再次撇清了自己！

我们谈到了驻地的小院的绿色，他兴致来了，就会去二连浩特买树苗，每天都要默默地浇水，也经常用手掌默默丈量树长高了没有。他说起这些绿树，也顺口聊起了遮天蔽地的沙尘暴，他们全体职工为了生产安全，顶着沙尘上井，回来看见这几十棵绿树，就是一种安慰啊！

我问：都有一些什么树啊？

他答：院子里是榆树，外面有红柳和沙棘。对了，还有我们的蔬菜大棚，我们种了家乡菜。他说着说着，有些自豪的样子。

可是，我知道，当疫情封锁时，他们全体职工吃不到菜，只有库房里有限的土豆和洋葱。他说得很淡然，我听着很沉默。春秋沙尘暴，夏季大高温，冬天零下 30 多摄氏度，许多苦在他们心里都不是苦，而是奋斗者昂扬的斗志和快乐。

小跋

再次回到“三十一次赴归”这个题目，回到胜利东胜人不断地离开和归来。一个职工，以侯炳祥为例，1300 千米来回是 2600 千米，三十次是 78000 千米，加上两年后的归来路，走了50天，途径3个国家6个城市，行程13530多千米。按他的说法，这是一种成长，是他的一种成长。

东胜蒙古项目部，从 2001 年出发，到 2021 年，二十年是一种什么样的开拓和跋涉？在历经怎样的拼搏和奉献之后，在历经怎样的割舍和阵痛之后，在历经怎样的困难和挑战之后，才走到成就事业的今天？这是所有胜利东胜人的成长历程，也是胜利人外部市场漫漫征途的一小段难以忘怀的铿锵征程。

我们回家

王晓静

北风又叫嚣了一夜，挟持的沙子与碎石砸在门和窗户上，坚硬锐利的质地透出锲而不舍的坚持。这是蒙古国戈壁的冬季最惯常的形态。石油基地上能应战的生命已经不多了。落叶被吹得七零八散，青草早做了降兵，垂着枯瘦萎靡的脸，除了上百口油井被封印在戈壁，还有 66 条生命。与以往不同，他们应战的方式不再是鼾声此起彼伏，而是全体静默着，等待着，这无声的力量汇成一股险流激湍，像利剑刺破沉重的黑夜，在沸腾的戈壁滩冲撞着。

要回家了！在中国驻蒙古国大使馆、中国驻伊朗大使馆、中石化集团公司和胜利油田的多方协调努力下，东胜蒙古公司首批 23 名干部职工就要回家了！ 700 多天的坚守啊，守得云开见明月。

一

2019 年冬天，东胜蒙古公司总经理、党支部副书记张虎贲带队踏上了去蒙古国的征程。2020 年初，突如其来的新冠肺炎疫情蔓延全球，世界很快陷入黑暗时刻。蒙古国关闭国门。疫情残忍地切断了倒休人员的回家路。原本两个月一次的倒休被迫终止，大家被困在异国他乡，这一困就是整整两年。

所有计划都被打乱了，如何应对疫情？如何保证职工不被感染？如何安抚职工情绪？如何保证生产？所有问题排山倒海般向张虎贲扑来，打得他措手不及。

紧闭的蒙古国国门关住了人，却关不住心，回家的强烈愿望让驻守异国的员工们心里沉甸甸的。“想家”的话谁也不敢挂在嘴上，害怕一说出来就破防，就引起共鸣。情感一旦宣泄将如洪流猛兽，谁能降伏得了。

等待他们回家的亲人又何尝不处在水深火热的煎熬中呢！日复一日，年复一年。

张虎贲的女儿张艺馨只要想爸爸了，就对着小仓鼠有说不完的悄悄话，或者一个人在书房里静静地画画。文静又腼腆的孩子用自己的方式记录着对爸爸的思念和爱。爱人孟令伟更是把对丈夫无限的怀想和爱恋融进对女儿柔情而绵长的爱里。女儿两岁之前，孟令伟在青岛市黄岛区一个工作站里做博士后，张虎贲则在东营工作。身处两地的夫妻，常常因为各自忙工作，一年下来相聚的时间很少。张虎贲每次离开妻女都依依不舍，心怀愧疚。孟令伟内心剧烈挣扎后，决定辞掉工作，把家搬到东营，一边专职在家带女儿，一边守着丈夫。

二

爱人牺牲事业，做起了张虎贲坚强的后盾，没有后顾之忧的他，全身心投入工作。被困在蒙古国的整整两年时间里，没有一名员工出现大的情绪波动，生产井然有序。

对于东胜蒙古公司副总经理张立新的爱人邵亚丽来说，节和年的感受里掺进了许多恐慌、委屈、无助，以及母体在突发状况下应激反应时本能表现的坚韧和顽强。这种感受从 2020 年腊月十八深夜，她在朋友于姐的搀扶下爬进车里，在羊水破了的惊慌失措中驶向医院的路上就开始了。冰冷的待产室里，胎心监护仪发出的慌乱的“嘀嗒”声是那样突兀和尖锐，撕裂的疼痛感令身体缩成一团，抽搐着，像冬天夜晚里一只无家可归的小猫。她的意识渐渐开始模糊。

“家属呢？家属在哪儿？过来签字了。”走廊里隐约传来护士的声音。邵亚丽慢慢睁开眼睛，她下意识地拍打着铁床。值班护士走过来，俯下身凑近她。“于姐……快去……于姐签。”护士会意地快步走出待产室。

走廊里，朋友于姐正战战兢兢地握着笔迟迟不签字，她在等待大夫最终的决定。“接生过那么多孩子，从来没遇上让朋友签字的。”护士说着，为难地看看于姐又看看手术单。“产妇说可以，就让她签吧，没有别的办法了。”两个护士小声嘀咕着，彼此交流了一下眼神，然后冲于姐点点头。于姐颤抖着手在手术单上签下了自己的名字。直到邵亚丽被推出产房，她的腿都是软的。

接到妻子邵亚丽电话的时候是 2020 年腊月十八夜里 9 点 25 分。那晚的情景，张立新一辈子都不会忘记。邵亚丽的声音里充满惊惧和无助。“立新，羊水破了，怎么办，怎么办？我就想见见你，我想你守在我身边。”说完，她就泣不成声了。妻子求助的哭音，让张立新的喉头一下哽住了，他迅速平复心情安慰着：“放心，不要紧张，不会有事的，我马上给小于打电话，让她送你去医院。我们的孩子一定会顺利出生，你也一定会平安无事的，相信我，有我在什么也不用怕。”

安排好妻子生产的事，张立新焦急地开始在屋里转圈。夜色深沉得墨一般黑，窗外的风声更紧了，风沙扑打着外墙和窗户，锲而不舍的纠缠加重了他的烦躁和气恼，心里一股无名火直往头顶蹿。他想：我这是怎么了？怎么这么沉不住气？不能让情绪牵着走。他长长舒了口气，然后俯下身一连做了几十个俯卧撑，直到累得瘫在地上爬不起来。

其间，不时有电话打进来，每次他都像溺水的人抓住水草一样抓起手机，可每一次都是和工作有关的事情。失落和莫名的恐惧混合发酵，他的心膨胀得只剩下一个空心。

2021 年 1 月 30 日子时，一声婴儿嘹亮的啼哭划破寂静的夜空，张立新的二女儿筱婉出生了。被推出产房的邵亚丽用尽全身力气抓住于姐的手：“快……给立新打电话……报平安。”

女本柔弱，为母则刚。在丈夫远行蒙古的岁月里，为了一双女儿，邵亚丽用单薄的肩膀扛起一个家。她说：“我不奢望立新能时常陪在我身边，我什么活儿都能干，什么苦都能吃，我就希望他在国外好好的，别想家，别生病。”

有妻如此，一生何求。张立新说：“亚丽是值得我用生命去呵护和珍惜的人，等到回家的那一天，我会把她们娘仨紧紧抱在怀里，说一声，我最爱的人，你们受苦了。”

清冷的月光淡淡地穿过驻地疏离的枯木，碎了一地。张立新站在窗前的黑暗里对月遥想，2022 年春天就要回家了。

三

2021 年 11 月 21 日，暂别继续留守在蒙古国的 43 名员工，张虎赉带领 22 人坐上回家的航班。

回家的路，曲折幽深，鲜花在密布的荆棘里绽放。从乌兰巴托到伊朗首都德黑兰，再从德黑兰飞往广州。3 个国家如过眼云烟，50 个昼夜心潮澎湃，13530 千米云和月，心早就飞进黄河入海口宽厚温暖的臂弯里。在飞往广州的飞机上，张虎赉含泪写下：世界那么大，我只想回家。

2021 年 12 月 20 日，侯炳祥的妻子王立凤停下了撕日历。700 多个日夜等待里，思念已化作半头白发，她紧紧握住丈夫的手，未语泪先流。

700 多个日夜等待里，孟令伟已学会坦然面对，她灿烂地笑着奔向丈夫，弯弯的眼睛充满阳光，张虎赉一把将妻子抱进怀里。

700 多个日夜等待里，有的亲人再也等不到了，他们只能在两个世界里相望着，遗憾着，思念着，互诉衷肠。

对于依然驻守在蒙古国的员工，回家的路还很长。张立新将继续“看着”女儿哭，女儿笑，女儿咿咿呀呀学语，踉踉跄跄走路，女儿一天天长大。这将是一段多么漫长又甜蜜的等待啊！

心系漠北

宋金娜

2021年底，东胜公司党群工作部提交了一份工作报告，这份颇有分量的报告记述了各级党组织在两年疫情期间的积极作为。

东胜蒙古公司于2003年在蒙古国注册成立，以东戈壁省宗巴音镇为生产基地，蒙古项目是胜利油田目前唯一的海外石油勘探开发项目。

2020年1月30日，因新冠肺炎疫情影响，蒙古国全面关闭中蒙间的航空、铁路客运口岸，中国石化胜利油田东胜蒙古公司的33名员工只能固守一隅。700多个日日夜夜，东胜公司党委前后两届领导班子始终心系海外员工，以信心点燃希望，以爱心稳固后方，以初心为国献油，以决心平安返程，通过积极联系协调各方力量，最终确保疫情防控期间蒙古公司"零"感染，生产相对平稳，33名驻蒙员工顺利回国。

疫情暴发后，东胜蒙古公司员工队伍稳定受到三方面客观因素影响。一是海外文化风习的差异，蒙古国国家体制、社会制度和意识形态与我国差异较大，加之自然环境恶劣、社会发展落后、社会治安情况不良，员工活动范围受限、文化娱乐生活较少、生活单调枯燥。二是疫情感染的风险，蒙古国疫情防控较为薄弱，全国确诊病例达到近13%，宗巴音镇达到50%，员工面临着极大的被感染的风险。三是家庭生活的缺失，员工长期远离亲人朋友，对亲人缺乏照顾，在坚守期间，他们错过了 3 名新生儿的降临和 8 名亲人的离世，思乡情绪较重，在感情上得不到支持。

东胜公司党委直面这些问题，主动出击，采取了有力的保障措施。

树信心：当好境外防疫的压舱石

2020 年正月初六，远在蒙古国的东胜员工感觉年味中弥漫着一丝焦虑。就在一个星期前，1 月 23 日凌晨，武汉疫情防控指挥部发布 1 号通告，10 时起机场、火车站离汉通道暂时关闭，武汉“封城”了！

中国国内疫情发生后，东胜公司第一时间成立了境外疫情防控领导小组，密切关注国家疫情防控部门发布的信息，与中国驻蒙古国大使馆进行联络，及时把国内状况通告东胜蒙古公司。东胜蒙古公司按照党委要求，第一时间成立了疫情防控小组，编制应急预案，未雨绸缪采购口罩、消毒液等防疫物资。

一周过去了，按原定计划，驻蒙中方员工已经开始打点行李，准备轮换，但中国驻蒙古国大使馆一个电话，打乱了原定计划。

“喂，东胜蒙古公司吗？刚接到蒙古国外交部通知，1 月 30 日，即今日起，蒙古国暂时关闭与中国所有往来口岸，请你们及时通知所有中方人员，做好队伍稳定工作……”

这意味着东胜蒙古公司国内休假人员无法正常返回蒙古，正在蒙古国新春值班的 33 名中方员工也无法轮换，将继续坚守阵地，但坚持多久，是个未知数……

蒙古国防控级别和措施不断升级。2020 年 2 月 12 日，蒙古国宣布取消白月节传统庆祝活动；2 月 14 日，全面关闭中蒙间的航空、铁路客运口岸；2 月 23 日，蒙古国全面封城。

2020 年 3 月 10 日，蒙古国东戈壁省确诊首例新冠肺炎病例，距离东胜蒙古公司驻地宗巴音只有 30 多千米。东戈壁省宣布全省无限期封闭交通，宗巴音封锁道路，建立检查点，要求居民不得外出，居家防护。3 月 10 日至 16 日，首都乌兰巴托再次封城……

得知驻蒙员工身处危机的消息，东胜公司党委从定期开展疫情防控视频连线，变成了每天督导，指导东胜蒙古公司做好常态化疫情防控工作。此时，东胜公司党委定的主攻方向是："稳字当先，树立疫情可控的信心，同时把防疫工作做实做细往前推，争取让海外的兄弟们也早日打上防疫针！"

在中国石化集团公司、胜利油田、东胜公司等各级党组织的高度关注下，东胜蒙古公司迅速启动疫情防控应急预案，加强门禁管理，对全体人员流动情况和身体状况进行动态监控，及时按要求逐级向东胜公司、胜利油田、中国石化国际合作局疫情防控领导小组汇报。

2020 年 3 月中旬，中国"内防扩散、外防输入"的硬核措施，有效控制了国内疫情发展，各地陆续开始复工复产。

"喂，高书记，告诉你个好消息，中国援助蒙古国的第一批抗疫物资将于 3 月下旬到位，咱们争取让兄弟们也打上防疫针！"

经过多方协调，3 月 26 日，高云书记带领中方员工在蒙古国注射了第一剂疫苗，东胜蒙古公司成为蒙古国第一家注射疫苗的中资企业。

"当针头扎进胳膊的时候，我感觉的不是疼痛，是幸福、是自豪、是踏实！"高云作为驻蒙员工接种疫苗第一人，跟大家分享着感触，得到了大家的一致认同。

疫情期间，非禁忌症员工接种率达到 100%，3/5 的员工已完成第四针接种。

2020 年 4 月 8 日，武汉解封，中华大地一片生机盎然，鸟语花香。而那时国外疫情呈加速蔓延态势。这每时每刻都牵动着东胜公司党委的心弦，在没有回国渠道的情况下，东胜公司党委组织国内心理疏导方面专家，定期给在蒙员工展开线上工作，对稳定队伍、人员心理起到了巨大作用。

东胜蒙古公司自身疫情防控站稳脚后，按照东胜公司党委要求，广泛团结防疫最大合力，积极协助当地政府和民众，宣介防护知识，捐赠防护物资，彰显了企业大爱，赢得了当地政府的高度赞扬。

2020 年底，东胜蒙古公司党支部被中国驻蒙古国大使馆评为"优秀党支部"。

献爱心：确保海外员工后院安稳

"老吾老，以及人之老；幼吾幼，以及人之幼；天下可运于掌。"

2020 年 6 月，中国驻蒙古国大使馆组织了两架次从乌兰巴托到呼和浩特的包机，但公司轮换人员无法到位，现有人员无法回国。

蒙古国为了降低疫情对经济的影响，在中蒙两国外交部门的协调下，2020 年 7 月在二连浩特口岸开通了“绿色通道”，部分中资企业通过二连浩特口岸陆续进入蒙古。

2020 年 8 月 31 日，东胜蒙古公司副经理张立新随其他同事出征蒙古国，准备替换已经坚守了 8 个多月的同事们。

此时，他的妻子邵亚丽已经怀孕四个月。邵亚丽母亲去世很早，父亲远在外地，婆婆于 2018 年去世，公公身体不好。大女儿张静一刚上三年级，丈夫去了蒙古，家里的一切都要靠自己。

出发前，张立新做好了不能如期回家的准备，陪妻子买好了婴儿用品和服装。到了蒙古，透过手机屏幕，他还是一遍遍叮嘱，掩饰不住内心的担忧。

东胜公司党委了解到他们的困难后，及时组织员工轮流来家里帮忙。孩子出生前后，又帮着联系待产和产后护理事宜，直到老家亲戚赶来接手照料。

2020 年 11 月，蒙古国本土疫情大暴发，处于失控的边缘，中蒙双方口岸开放、人员流通再次受阻。与此同时，中石油大庆塔木察格公司联系中石油总部组织包机，但是由于包机条件不符，最终没有成功。张立新等可轮换回国的人员只能继续驻守。

2021 年 1 月 29 日，张立新一夜未眠。第二天中午，微信传来母女平安的消息和宝宝的照片，他才松了口气。对他来说，远隔千里的东营又多了一个魂牵梦萦的亲人。

两年疫情期间，驻蒙员工们迎来 3 名新生儿降临的喜讯，也收到 8 名亲人离世的噩耗，但驻蒙员工队伍始终保持大局稳定，因为他们知道：后方，有组织的力量；家人，有组织的照看。

两年期间，东胜公司党委当好“娘家人”和“贴心人”，真心实意打造周到全面的后援队伍。通过组建志愿服务队，帮助照顾东胜蒙古公司员工家属，解除他们的后顾之忧。员工家属生育二胎无人照顾，服务队第一时间靠上，联系月子中心入住，家属出月子中心后，服务队组织有育儿经验的女同志，上门收拾家务、照顾孩子。员工家属生病，服务队协调申请国内就医绿色通道，安排家属住院就医事宜。员工子女升学考试，服务队按时接送孩子顺利进入考场，做好他们的后勤保障工作。

公司把员工当家人，员工亦把公司当成家。东胜公司党委千方百计保护驻蒙员工的人身安全，想方设法保障他们的心理健康，用情用力做好他们的后方支援，给予最多的关怀服务。

虽然孤悬海外，但是他们并不孤独。

守初心：矢志不渝为祖国献石油

为最大限度减少人员流动，东胜蒙古公司决定“134 名当地雇员放假居家隔离 7 天，每天 2 次报体温”，留守的 33 名中方员工在做好个人防护的前提下，承担起平时近 200 人的工作量。

新形势意味着新挑战。此时，各级党委成为东胜蒙古公司攻坚克难的坚强后盾。

在内部封锁、外无援兵的情况下，东胜公司党委要求驻蒙党员发挥好先锋模范作用，调动员工群众积极性，结合实际开展好群众性岗位创效活动。

在党员的带领下，驻蒙员工利用废旧套管及苏联遗留的机场跑道水泥板焊制抽油机基础 81 套，累计创效 121 万元；利用小井距共用变压器，优化调整上电工程 41 井次，减少投资 463 万元；自主完成宗巴音油田整体管输工程 2 万多米，节约投资 200 多万元，年节约拉运、加温成本 120 万元；道路维修、地面工程、上机上罐、内倒外销、油水井维护作业均自主完成，节约费用 800 多万元。累计创效 1700 多万元。

受疫情影响，原计划的新井和措施工作量均无法实施，东胜公司党委组织专家人员讨论分析，迅速调整工作策略，优化注水井 8 口，增加水驱储量 120 万吨；摸排并恢复长停井 25 口，年增油 4000 多吨。针对查干油田压裂后注水水窜，单井含水高产的问题，优选 8 个井组，开展“氮气泡沫驱调一体技术”试验，累计增油 4500 吨，区块自然递减降低 20%。

2021 年 1 月 15 日，中国驻蒙古国大使馆组织 4 批共计 503 人回国，以疾病在身、家有重大事情的人员为主，每个单位只有几个名额。东胜公司党委知道这个消息后，第一时间联系东胜蒙古公司主要负责人，但高云书记和张虎贲经理两人的回答如出一辙，都是让需要的同事回国，我们在这里坚守，请公司党委放心。已经一年多没回家的其他同事也表示，让兄弟单位需要治疗的员工回国治疗，我们顶得住！

驻蒙大使馆得知东胜蒙古公司无一人撤离，依然选择坚守的事迹后，充分肯定东胜蒙古公司发扬央企担当精神，做出了疫情防控、队伍稳定的表率。

表决心：不惜任何代价带你们回家

2021 年 6 月，蒙古国对韩国、日本、土耳其、美国等几个国家通航，东胜公司党委立即寻找转机回国机会。

中国防疫部门对经第三国回国有着明确的要求，但是能够中转回国的几个国家都有着各种各样的问题，不具备回国的条件。例如，回国前做核酸检测，韩国首尔不具备；法兰克福要求 24 小时内必须飞机衔接；等等。东胜公司党委没有放弃希望，指导东胜蒙古公司积极协调各方，寻找回国机会。

2021 年 9 月 19 日，在东胜公司“心系海外 · 云聚中秋”亲情连线活动中，东胜公司主要领导向驻蒙员工及家属承诺，公司党委会继续努力，不惜一切代价将驻蒙员工流转回国。

这个时候各种回国消息满天飞，不少在蒙中国人被骗，中国驻蒙古国大使馆党委严正要求各个在蒙中资企业不信谣、不传谣，一切以大使馆的信息为准。终于在 2021 年 11 月下旬，在北京引领航旅的主导下，在大庆塔木察格公司和东胜蒙古公司的协助下，经与中国外交部、中国民航总局、中国驻蒙大使馆、中国驻伊朗大使馆、蒙古民航局等单位协调，开通了乌兰巴托—德黑兰—广州航线，回国之路终见曙光。

第一班返程航班至关重要，如果出现人员感染，将会使这个航线取消。东胜公司党委组织指导东胜蒙古公司抗疫得力，得到了中国驻蒙古国大使馆党委的认同。为了让该航线能够顺利开通运行，经中国驻蒙大使馆党委批准，第一班飞机全部 65 个名额给了中石油大庆塔木察格公司和中石化的东胜蒙古公司。

2021 年 12 月 21 日，历经 50 天，途径 3 个国家 6 座城市，行程 13535 千米，经历了 3 次隔离、18 次核酸检测，第一批 23 名驻蒙员工抵达广州，终于回到了祖国怀抱。按照大使馆的要求，大家全程穿防护服，无一人发生感染。

保证久未归家的员工全部返回是东胜公司党委的心愿。

第二批人员原定搭乘 2022 年 1 月 9 日的航班回国。但 2021 年 12 月 19 日和

2022年1月2日“乌兰巴托—德黑兰—广州”航班上出现了新冠病毒感染者，造成2022年1月9日和1月16日航班的熔断。在东胜公司党委努力下，经北京引领航旅与德国法兰克福机场协调，允许公司3人滞留机场48小时，这第二批的3人于1月15日从乌兰巴托出发，经莫斯科、法兰克福，于1月18日到达上海，历时4天，行程26000多千米，赶在春节前回到国内。

在整个组织人员归国的过程中，东胜蒙古公司按照东胜公司党委的指示，给每一名员工配备了疫情防控包，行程机票、住宿等所有费用全部由公司承担。

第三批5人计划于2022年3月1日搭乘中石油组织的包机踏上回家之路。届时，疫情暴发前坚守在蒙古的员工将全部与亲人团聚。

在两年疫情期间，东胜公司党委千方百计保护驻蒙员工的人身安全，想方设法保障他们的心理健康，用情用力做好他们的后方支援，不计成本协调员工回国，给予员工尊重和荣誉，鼓舞了士气，凝聚了力量。

东胜公司党委的一系列积极作为充分印证：无论身处何险，组织永远都是你最坚强的依靠；无论地处多远，组织永远都会带你们平安回家。

蒙古国小故事

戚墨林

储油罐加温的 2.0 时代

蒙古项目注采一站主要负责查干油田查 1、查 14、查 27 等区块的石油开发工作，管区面积 128 平方千米，目前员工 36 人（中国籍员工 9 人，蒙古籍员工 27 人），油井共计 54 口，开井 33 口、间开井 6 口、关井 15 口；水井 24 口，年产量在 1.71 万吨左右，占蒙古项目总产量的 40% 左右。注采一站主力区块的油藏主要特征为中孔低渗、高凝油，为保障拉油工作顺畅运行，全年加热时间为 160 天左右，所以给油罐伴热加温成为注采一站的重点工作。站长刘永刚给我们讲述了注采一站储油罐加温的发展史。

2008 年，刘永刚揣着一身作业好本领来到了蒙古项目注采一站。在此之前，注采一站主要采取蒸汽加热的方式，给 300 立方米的储油罐加热，需要 2 名员工 24 小时轮班倒 5~6 天，每天消耗柴油 1000 升左右，完成一次加热平均要 4 万元左右。刘站长也经历了加热倒班。“累，还贵！”这是他最直接的感触。

但没多久，他就听到了一个好消息，东胜公司要在蒙古项目试点运行导热油加温设备，这套设备采用 9 根如鸡肠粗细的加热盘管电加温，两个导管接到储油罐底部，由下至上进行热传递，最终达到拉油的目的。运用这套设备后，完成一次加热仅用电800 千瓦·时，与蒸汽加热相比，每天可节约成本 5520 元。看到这效果，刘站长高兴得合不拢嘴。

但好景不长，问题出现了！以导热油为加热介质，存在加热盘管积碳现象，设备使用 4 次左右就会出现大量积碳，导致加热盘管失效，更换 1 根加热盘管国内仅需 50 元，但在蒙古国要 3000 元，每月维修设备要 3 万元左右。看到这高额的费用，刘站长眉头都拧到了一起，心疼得直咂嘴。

发现问题，就要解决！刘站长一有时间就围着导热油加温设备转圈，原本以为轻易就能化解的问题，却没想到，他一转就转了 6 年。“那段时间，头发白了不少！”6 年时间里，刘站长先后进行了很多尝试，如制订设备检查计划，发明简易螺母，方便拆卸加热盘管，等等，但效果不太理想。

在探索的路上，刘站长如同苦行僧一般坚持到 2016 年，终于顿悟了！“原来跟驴拉磨一样，一直在原地转圈圈，眼睛总盯着导热液和加热盘管，在坑里跳不出来，那天脑子里突然闪过一个念头，把修变成换试试！”于是，刘站长开始了新一轮的尝试，把导热液换成过滤后的废机油，把如鸡肠粗细的加热盘管换成碗口大小的加热棒，没承想，成功了！

通过试运行，过滤后的废机油完全不会产生积碳，用加热棒替代加热盘管大大提高了热效率。“原来的设备算是 1.0 版，现在升级到 2.0 了，基本消耗电费、人工费和维修费大大降低了！目前储油罐加温一次只用 3500 元就完成啦！”三个时期，储油罐全年加热费用从 100 多万元降到 30 万元，再降到 8 万元，并大大降低了劳动强度，提高了劳动效率。

绳锯木断，水滴石穿。在刘站长锲而不舍的坚持下，终于迎来了他的储油罐加温 2.0 时代。“只要认准了方向，路会越走越顺，越走越宽。”说完他笑了起来，很阳光、很灿烂！

一马失社稷　一念创效益

“一马失社稷！”是莎士比亚的一句名言，起源于英国国王理查三世的史实。

1485年，查理准备与里奇蒙德决一死战，让一个马夫给自己的战马钉好马掌，但铁匠钉到第四个马掌时，差一个钉子，便敷衍了事，在随后的波斯沃斯战役中，查理因坐骑马掌掉了而坠地被俘，王国也随之易主。于是英国也有了一首民谣："少了一枚铁钉，掉了一只马掌；掉了一只马掌，丢了一匹战马；丢了一匹战马，败了一场战役；败了一场战役，丢了一个国家。"

在蒙古项目现实的石油开采过程中也存在类似现象，"一次停电导致光杆缓下，一个卡箍磨损一个光杆，一处破损出现井口漏油，一有漏油就要维修，一上维修就要停井，一旦停井就要影响效益"。

蒙古项目注采一站负责的查1、查27主力生产区块，主要开采高凝油，所以油井基本采用了空心电加热杆，但这个区块受气候和当地电线运维等方面影响，时常会出现停电停井现象，停电后井筒内的石油会迅速凝固，导致空心电加热杆缓下，进而容易产生电缆打扭、悬绳器不正、光杆不居中、磨损毛辫子等多种问题。

解决上述问题，常规办法就是打好卡箍进行维修，但时间久了，次数多了，空心电加热杆被卡箍磨损，有几处旧伤未愈又添新伤，容易造成盘根失效漏油。维修方案无非是紧盘根或是换光杆，但都要停井影响效益。

这些问题被细心的站长刘永刚看在了眼里，记在了心里，他马上开始分析情况，排除无法控制的气候和当地电线运维等方面影响，上卡箍是引发后面一系列问题的源头，只要解决这一个问题，后面的问题就迎刃而解了。

找到病症如何下药是关键。一个小小的卡箍，常规维修的位置基本是固定的，如何解决这段位置的反复磨损？刘站长跳出惯性思维，这段老磨损就避开，往上打卡箍，借鉴油管吊卡的原理，空心电加热杆专用卸载器诞生了！

专用卸载器采用的主要原料都是废旧泵管，长度在0.5米至2米，一大一小套在一起，纵向切割出略大于光杆直径的一道缝隙，外部的泵管焊上一个把手，横向再切割出一道呈120°左右开角的缝隙，给内部的泵管焊上一个小铁条，专用卸载器就制作好了。外部泵管比较厚实，主要起到支撑作用；内部泵管主要起密闭、防脱作用。刘站长还给小铁条起了个好听的名字，叫"月牙锁"。

这套设备操作起来非常方便，当驴头往下死点运行过程中，握住卸载器的把手从身体一侧平放到井口正上方，将光杆包住，关闭月牙锁，待驴头运行到下死点时，拉紧刹车就可以进行解卡、扶正三通电缆、悬绳器等工作了。

专用卸载器不仅解决了卡箍磨损光杆的问题，降低了空心电加热杆的更换频次，节约了资金投入，也有力保证了现场操作员工的人身安全，推进了安全生产，目前，空心电加热杆专用卸载器已经在蒙古项目中得到了推广应用。

在我们身边，想把事情做好的人很多，愿意把小事做精做细的人却不多。忽视细节，一钉损一马，一马失社稷；把握细节，一念创一新，一新创效益。“严细实”的文化是石油人的优良传统，“严细实”的管理是创效益的有力武器，只有事事“严细实”才能成就百事，只有时时“严细实”才能成就一生。

争口气，干出个样来

《西游记》里有根定海神针，可以助斗战胜佛降妖伏魔；蒙古项目也有根擎天柱，可以助东胜员工创造丰厚效益。要说这根擎天柱的来历，那可得从头说起……

2016 年，面对国际油价持续低位震荡的严峻形势，蒙古项目作为海外项目，面临的生存发展压力异常艰巨，于是要求各个单位挖掘效益点，打好寒冬保效创效攻坚战。

作为工程主管的刘岗，一有时间就皱着眉头围着工区急匆匆地转来转去，抓耳挠腮地找创效点，按照他自己的话说：“毛再长点就成猴了。”直到一天他的双眼落到堆积如小山般的废旧油管和抽油杆上，才停下了迷茫的脚步。

当时废旧油管、抽油杆基本属于闲置状态，部分堵塞不是太严重的用于工程杆、打捞冲砂、管输等方面，但总体利用率很低。

刘岗回想自己的工作经历，国内现场有锅炉车可以清洗油管和抽油杆，平均 10 分钟清洗一根，一个小时要 490 元左右，而且有专业服务单位可以进行油管、抽油杆修复、补漏等工作，是否可以引进相关设备，把这些闲置物品利用起来，这不就节约了很大一块成本吗？

刘岗的想法得到了其他主要领导的一致支持，于是他立即回国到相关厂商处调研，但跑了 10 多家之后，刘岗感觉到处碰壁，专业设备最便宜要 20 多万元，而且需要配备相关专业人员，远远超过蒙古项目的预算，甚至有厂商冷嘲热讽说：“这么点钱就想干这事，你们有本事自己干吧！”

面对别人的冷眼和嘲笑，平时文质彬彬的刘岗忍不住双目怒视、青筋暴起。“干就干，都是两个肩膀扛一个脑袋，我们非得干出个样来！”

回到蒙古项目后，刘岗马不停蹄地带着集油站站长张俊芳等相关人员把所有废旧油管、抽油杆进行了统计、梳理、分类。一共有 6000 多根，大体分为结垢和结蜡两大类。结垢需要酸化等处理，不好解决；结蜡需要高温等处理，正好可以利用锅炉房产生的蒸汽来融蜡。

思路定了，说干就干。他们先利用废旧油管焊出具有一定坡度的清洗架，下方摆放好原油回收桶，清洗点很快就搭建起了。他们从锅炉房引出汽管线，开始一根一根地清洗结蜡的油管和抽油杆。

起初，由于现场蒸汽散失较快，清洗效率较低，清洗一根油管要 1 小时左右，抽油杆孔隙小，清洗效果更不理想。前进的路上出现拦路虎是刘岗等人意料之中的事情，他们早做好了准备，问题出现一个就消灭一个。针对油管，他们自行制作了不同长度的硬质导汽管，安装在汽管线前端，便于清理油管内壁不同位置的结蜡，时间一下子缩短至 30 分钟左右。针对抽油杆，他们把 10 多根油管一字排开，塞进抽油杆后，一头封闭，一头注蒸汽，这样做效果是显现出来了，但效率太低，清洗完抽油杆还要再清洗油管内壁，还造成了重复性工作量。

如何能给清洗抽油杆提速，成了摆在刘岗等人面前的新难题。于是，大家又看见刘岗皱着眉头在工区疾步，不同的是，这次旁边多了一个人——集油站站长张俊芳。两人经常一边快步行走，一边激烈讨论，但一直没有找到一个很好的解决方案。

交流了小半个月，一天，两人在讨论中不知不觉走到公司的废品回收区，一根从锅炉房拆下来的旧烟囱首先进入张俊芳的视野，他第一时间紧紧攥住刘岗的胳膊，兴奋地喊道：“有了，有了，就是它了！”刘岗顺着张站长手指的方向，眼睛一下子也开始瞪大冒光。“真是踏破铁鞋无觅处，得来费了点工夫，这些日子没白转，值了！”

有了这根擎天柱，可以一次性放进 50 根左右的抽油杆，结结实实地蒸一晚上，第二天早上简易处理，根根内外锃亮，劳动效率大大提高。清洗处理后的油管和抽油杆可以在老油田循环利用，现场效果基本与新管杆保持一致。

从 2016 年至今，蒙古项目自行清洗结蜡油管、抽油杆的速度和质量不断提升，年清洗量从最初的 800 根左右提升至 1300 根左右，目前已经累计达到 2364 根，节约清洗费用19万元，新管杆投入96万元，节省成本上百万元。

俗话说，“佛争一炷香，人争一口气”。蒙古项目的干部员工用实际行动诠释了一个道理，争口气不是逞匹夫之勇，以头抢地、捶胸顿足、怒目而视，靠拳脚论成败；而是谋应对之策，开动脑筋、集思广益、精攻克难，靠业绩取胜利。敢于钻硬木才能取到火种，勇于打深井才能尝到甘泉，只要出于争口气的自信，保持拼到底的毅力，付出别人不曾付出的付出，终将收获他人收获不到的收获，谱写新时代高质量发展的辉煌篇章。

老枯井逆袭记

11月18日清晨，蒙古项目注采二站站长刘兆禄在生产晨会安排完全天工作，就急急匆匆开着值班车直奔井场，在大漠戈壁留下一尾青烟，激起滚滚扬尘……

车停下的地方除了戈壁黄沙，还有一截油层套管，上面一个井口闸门，装着一根输油管，输油管另一端伸到旁边一个两轮拖斗车里。刘站长将输油管拉出来观察，只见管口处缓缓地淌出拉丝般的石油。“压力差不多了，可以暂关拉油了！”

“刘站长，二站这地层能量够足的啊，原油自己往外跑，都不用抽油机了！”随行人员打趣道。

“那是现在，2012年以前想都别想。”说到这儿，刘站长不禁撇了撇嘴，开始讲述注采二站的历史。

2012年，对宗巴音油田开发而言是个分水岭。这一年，蒙古项目尝试在老油田实施注水，在此之前，宗巴音油田只有7口油井，年产量仅为910吨左右。更早之前，宗巴音油田被苏联、美国、澳大利亚等国家开发了近30年，他们都是采取“抽空一口井再换一个地方”的方式，所以地层亏空得厉害。每当狂风骤起，遗弃散落在宗巴音油田的废井口总是在呜咽，仿佛在述说着自己身体的干涸和嘴角的皲裂。

在国内，为保证油田持续高产稳产，基本采用向油层注水的方法来保持地层压力，以提高油井采收率。恢复宗巴音生产，恢复地层能量是关键！但历史的欠账到底有多少，需要注多久水，这些都是未知数。蒙古项目的员工在东胜公司地质开发等相关人员的帮助下，进行了充分论证和分析，于是坚定了信心，斗志满满地拉开了油层注水的大幕。

通常情况下，注水采取从配水间直接到水井二级运行模式，但为了更好地精细注水，注采二站采取了四级运行模式，即相邻水井组建立小型配水间，每 2 小时调一次水表，确保注水波动不超过 5%。日注水已从最初的 100 立方米左右达到现在的近 600 立方米，占蒙古项目总注水量的 80% 以上。

持之以恒，必有回响。蒙古项目注水工作运行到 2015 年，部分废油井从套管开始渗油，经过一段时间观察，发现这些油井都是靠地层自然能量往上溢油，注水见效了！但地层能量有限，上设备划不来，不如直接回收经济实惠。于是刘兆禄站长设计了载液量在 2 吨左右，便于用值班车拉运的收油拖斗，从 36 口油井中筛选出效果较好的 20 多口油井，5 辆放油车分 4 组循环接套管油，平均每天可装满 4 车，回收原油近 8 吨。

“问渠那得清如许？为有源头活水来。”在持续注水受效的作用下，宗巴音油田陆续出现了 ZB69、ZB75、ZB149、ZB166 等多口高产井，产液量在 8~9 吨。2018 年，ZB25、ZB68、ZB98、ZB412 和 ZB420 等 5 口老井相继恢复生产，日产液量在 3~9 吨。

随着注水工作的深入开展，注采二站的生产规模也日益扩大，生产区块从最初的宗巴音区块逐步扩大到西南宗巴音、东宗巴音等区块，管区面积达到 102 平方千米。目前员工 28 人（中国籍员工 8 人，蒙古籍员工 20 人），管理油井 70 口，水井 30 口，综合含水在 69.1% 左右，年产量在 2.3 万吨左右，占蒙古项目总产量的 60% 左右。注水，让这片老油井成功逆袭，让这个老油田实现了华丽转身。

做好水文章，激发油能量。在国内和蒙古，大多数油井还处于二次采油阶段，公司领导多次强调“油水并重、以水为先”，并以提高“三率”为抓手，持续加大水驱开发力度。注水开发离不开地质人员对油藏的精准认识、工艺人员对措施的精心设计、现场人员对设备的精细管理，只有保证地层能量始终“气血充盈”，堵塞部位及时“疏经活络”，注采对应关系“浑然一体”，才能实现老油井“延年益寿”的目标。

访谈张虎贲

申学军

引子

张虎贲，乍一听这个名字，我首先打开手机在百度字典上搜索“贲”这个字的释义。“贲”是多音字，与虎组词读作（bēn）。在《易经》64卦的第22卦“贲卦”中读作“贲（bì）”，意为柔顺者来到，文饰刚强者，所以通达。该义在此不多做解释，单讲“虎贲”二字之由来。

虎贲（bēn），贲同“奔”，意思是像奔跑的老虎一样勇猛有力，古代专指那些军中骁勇善战的勇士。《尚书·牧誓》序中有“武王戎车三百辆，虎贲三百人，与受战于牧野”的记述。古代官职中有“虎贲中郎将”一职，《周礼·夏官》记有虎贲氏，掌王出入仪卫。汉平帝元始元年其更名为虎贲郎，置中郎将统领，秩比二千石。

《孟子·尽心下》：“武王之伐殷也，革车三百两，虎贲三千人。”《国语·鲁语下》：“天子有虎贲，习武训也；诸侯有旅贲，御灾害也；大夫有贰车，备承事也；士有倍乘，告奔走也。”由此可见“虎贲”二字由来已久。

今天我访谈的人物就叫张虎贲。

张虎贲，1986年生人，祖籍山东曲阜，36岁，生肖虎。2011年，张虎贲毕业于中国石油大学（华东）油气田开发工程专业，硕士研究生，在胜利油田东胜精攻石油开发集团有限公司滨南公司参加工作；2017 年 10 月出征东胜蒙古公司，历任地质工程师、项目副经理、经理，现任东胜蒙古公司党支部副书记。

获得荣誉：集团公司优秀共产党员、油田优秀共产党员、油田创新创效标兵、优秀青年知识分子等荣誉称号。

最喜欢的座右铭："你自以为的极限，只是别人的起点。"

最喜欢的一本书：《你自以为的极限，只是别人的起点》。

微信号：米奇（女儿的昵称）。

个性签名："只要 @ 我，必以虎贲的速度秒回。"

微信群：@ 东胜蒙古公司。

朋友圈最励志的留言："多采一滴油回国。"

干活时最常说的一句话："兄弟们，跟我上！"

虎贲蒙古踏征程

初见张虎贲，其相貌和名字的本意还是有所区别的，他身材瘦削，脸庞白皙，戴着眼镜，文质彬彬，一副谦和有礼的书生模样。简单的交谈过后，了解到他在蒙古期间以及前不久的回国经历之后，一派"虎贲"气势跃然而出。

我首先从他的名字开始，进入了本次的访谈话题。

访谈实录

申：您好张经理，我受胜利油田文联作家协会委托，采访咱们历经艰辛回国的东胜蒙古公司的兄弟们，非常荣幸。张虎贲，您的名字很有个性，能先讲一下您名字的来历吗？

张：您好，我是济宁曲阜人，我的名字是我大伯给我起的，我大伯是我们村里第一位大学生。给我起这个名字的时候，据我大伯讲，汉朝有个武将官职称为"虎贲中郎将"，骁勇善战，智勇双全，他希望我长大以后也能成为这样的人，因此给我起名叫虎贲。

申：名字可谓寓意深远。大家都知道，曲阜是圣人故里，您一定接受了很多儒家文化的教育和熏陶吧？

张：这一点是有的，我们那儿家家都有孔子像，亲友长辈、邻里之间各种规矩很多。小时候，父母经常让我和弟弟躬立在孔子像前背诵一些《论语》《孟子》等传统经典，至今仍记忆犹新。这在我们家乡就好像习俗一样，无论男女老幼，哪怕没有上过学的，张口都能背出很多孔孟名言，我老家的人都非常纯朴、简单、实在。

我是农村长大的孩子，小时候家庭条件非常艰苦，为了解决温饱问题，早在二十多年前，我父亲就来到东营建筑工地打工。那时候他就说，你要是能在胜利油田当上一名工人就是咱家最大的福分了。父亲因为常年劳累，在我大二的时候就去世了，由此家里更加困难了，我弟弟就没能再继续上学，高中毕业就去当兵了。我记得高二那年，老师问同学们今后的志向，同学说当医生、当研究生、搞计算机等志向非常远大，当我说我想当工人的时候，大家都笑话我，其实我也不知道当啥工人，干啥活，只知道能挣上钱就行，减轻家庭负担。

也许是命运的安排吧，2004 年我考上中国石油大学（华东），这在鲁西南的农村来说很不容易。2008 年本科毕业考取研究生，学的是油气田开发工程专业。2011 年毕业后，我就投了迄今为止唯一的一份简历，被分配到胜利油田东胜公司，并且还在东营工作，冥冥之中也算是完成了我父亲的遗愿吧。

申：油田开发一线的工作还是很辛苦的，来到东胜公司最先被分配到哪个单位了？

张：我从一开始就做好了吃苦的准备，农村长大的孩子，到任何地方吃苦都没问题，农村的孩子不怕吃苦。报到第一天就被拉到滨南公司尚 7-39 单井上了，这个井号我到现在还记得。书本上的知识和工作实际是不一样的，我跟着师傅千方百计地学习，就像《论语》讲的“子入太庙，每事问”一样，只要看到有干活的咱就去问去学，不会什么就学什么，一个想法就是千方百计地把自己融入工作中。这期间我多次参加公司举办的各种创新方面的技术比赛，可以说我每次都获得第一名。争第一，也是我的信条，不管干什么，要么不干，要干就要干到最好。

申：您是什么时间、什么情况下接到去蒙古的任务？

张：2017 年 10 月 15 日，这个时间我记得很清楚，接到组织的电话通知我去蒙古公司，一周之后才走的。在这之前我参加了公司地质师的竞聘获得第一名，我当时竞聘的是东胜高青公司。接到通知的时候，我还在参加着油田党支部书记拉力赛，刚忙完第五场赛事，就接到了去蒙古的通知。即便是出国工作，我也没有感到很惊讶，因为打小的生活经历练就了我处变不惊的性格。我喜欢挑战，也有一颗好奇心，我随时准备着，只要机会来了，我从不拒绝，从不犹豫，觉得干什么工作对自己来说都是人生的一种历练。应该说，我有这样的机会，是人生的一种幸运。

申：毕竟是出国工作，应该感到很突然吧？

张：突然的感觉还是有的，毕竟和当初报名的单位不同，但我很快就平静下来，我是东胜的一块砖，哪里需要哪里搬，我当时就是这么想的，哈哈。

申：您这次出国去的是蒙古，虽然路途不是那么遥远，但毕竟不在家门口，家里人是怎么想的？

张：组织的决定是对我的信任，我坚决服从。我回去后就跟爱人说了这个情况，她很支持。我爱人是博士后，是一个识大体顾大局的人。我们有一个女孩，我去蒙古那年女儿刚刚五岁。

接到通知的第二天，我和爱人就逛了为数不多的一次商场，给我买了一身新西装。她说，出国免不了要参加些商务的活动，必须有一身拿的出门的“行头”。又买了个皮箱，带上我常用的随身物品。我了解到蒙古公司有 12 名党员，当时我特意揣了 12 个党徽带了过去，一人一个。

申：您去蒙古，对孩子怎么说的，孩子有什么反应？

张：我没敢告诉孩子，我和媳妇一大早就把孩子送到幼儿园，我一路搂着她，没敢给孩子说。女儿刚刚五岁，我怕她哭，她一哭我就受不了……唉！就这么四年了，好在现在网络发达，能够经常视频，包括后来她上小学之后，我一共回来两次，你要是给她说我去蒙古，我肯定迈不动腿，每次都是偷偷地走。

申：您说能参加蒙古公司的工作是幸运之神的眷顾，能谈一下你的性格吗？

张：我首先应该感谢公司领导对我的信任和支持，就性格而言，应该是生于斯长于斯的家乡造就了我的性格，与耳濡目染的儒家传统教育有关系，《论语》里有这样一句话，孔子说：“我从来没见过能力不足的人，能力不足的人大多是半途而废的人，是自己给自己划定界限，停止前进的人。”这句话让我很受启发，所以说，我做事从来不半途而废，而是激发我自己最大的能力去做事，我觉得我应该是那种能够接受挑战的人，要说性格的话，应该是有持久的耐力和从不言败的恒心吧。

（注：张虎贲说的这句话出自《论语·雍也篇第十二章》，冉求曰：“非不说子之道，力不足也。”子曰：“力不足者，中道而废。今女画。”）

申：“父母在，不远游，游必有方。”临出发前，家里或者同学朋友有没有举办什么送别聚会？

张：母亲和弟弟不在东营，我只是打电话说了一声。母亲说，出远门要保重好身体，在外边和同事搞好团结，吃饱穿暖和，其他的也没有多说。身边的同事们和在东营的同学们简单聚了一次，他们说的最多的话就是，放心地去吧，家里的事有我们。说实话，这也是让我最感动的话，我在蒙古两年多，感谢我爱人和女儿的坚强，还有就是公司上下和领导、同事们的照顾。

申：什么时间出发的？

张：出发的时间是 2017 年 10 月 22 日早上 8 点 30 分，媳妇送我到火车站，我一个人坐上从东营到北京的绿皮火车走的，当时还是很兴奋的，这是我第一次坐火车到北京。

申：在去北京的火车上想的最多的是什么？

张：坐在去北京的绿皮火车上也没有想得太多，自己刚到三十而立的年纪，就往前奔吧，但是我有一个明确的目标，就是接受挑战，抬起头，向前走。

在这之前的 9 月 10 日，我在微信朋友圈里写了这样一句话：“生命不是你活了多少日子，而是在于你记住了多少日子。”没想到这句话被我言中了，2017 年 10 月 22 日这一天我会永远记着的。

在当天出发的火车上，我是听着我们公司的原创歌曲《一路向北》一路到的北京，我在朋友圈里的留言是“一腔热血，一路向北，一片思念”。

当天下午三点半到了北京站，一出站我特地自拍了张照片，算是圆了儿时的一个梦，紧接着我给我的爱人留言。我说：北京我来了！

我爱人回复我说：真棒！小时候的梦想实现了，我和米奇为你加油！

到了蒙古工作一个多月后的 11 月 29 日，我在朋友圈发了一篇《吃得了苦，扛得住压，世界才是你的》文章后，我写下的留言是“多采一滴油回国！”

申：“多采一滴油回国”，是你立下的志向吗？

张："多采一滴油回国"，可以说是立了这么一个志向吧。没在蒙古工作过的人，是想象不出在那种环境下，能多采一滴油是多么的不容易。这滴油的附加值太高了、太珍贵了，它不仅仅是一滴油，更是所有在蒙古战斗的员工们的心血凝聚。二十年来东胜蒙古公司所有的辛劳和付出就是为了这一滴一滴的原油！

那段时间有一句话一直在激励着我，"你自以为的极限，只是别人的起点"。后来我才知道这句话是一本书的书名，后来我把那本书买了，我把每一天都当成一个新的起点和赛点，前方的路就是我自己的赛道……

申：您说的这番话，我能体会个中滋味，初到蒙古给你的感觉是什么？

张：以前总是听说"不出国不知道祖国强大，不出国不知道什么是爱国"，这句话对我来说感触太深了。这么说吧，自踏出国门到踏进蒙古国门这短短的距离，仅从国门的建筑上就能体现出一个国家的形象了。我们巍峨庄严的国门让我油然而生出的自豪和崇敬是无法用言语描述的。蒙古国的各种条件相比于我们的条件还有很大的距离，周围全是蒙古包，各种设施比较落后，气候条件非常恶劣，没有一条像样的公路。我们公司的驻地经过二十年的改造，在当地算是条件最好的了，即便是这样也不及我们国家 20 世纪 80 年代的水平。

我心想："既来之，则安之。"我是来干工作的，又不是出门旅游的，至于条件如何，可以慢慢适应、慢慢改善。我还是那句话，我是农村出来的孩子，不怕吃苦。

到了基地第二天，我就到一线去了解生产情况，我们当时雇用了大约 140 名蒙古雇员，经过二十多年的磨合，已经和他们很熟悉了，感情基础非常牢固。蒙古人热情好客，性格豪爽，很多工作都能得心应手。在我们公司工作的蒙古员工，有的一家三代都在我们公司工作过，彼此之间建立了深厚的国际友谊。

通过我们的文化熏染，他们也知道存钱储蓄了，也知道投资教育了，有的还在城里买了商品房，搬出了蒙古包；有的蒙古家庭把孩子送到乌兰巴托上大学，找到了好的工作，这都是我们东胜蒙古公司过去以后才有的情况。所以说，我们在当地的影响力还是蛮大的。总的来说，这是我们国家的"一带一路"倡议的结果，因为我们过去是搞经济合作，是真正的合作和友谊，互惠互利，合作共赢，为蒙古的经济发展和两国间的交往架起了一座友谊的桥梁。

当然，也有条件差的，现在依然住着蒙古包，这也是他们游牧民族的传统特色，我们非常尊重他们的习俗，彼此相处得非常友好。在我们井场周围经常有羊群、骆驼出现，刚一开始去还是很新鲜的。

申：是啊，毕竟蒙古是一个以游牧为主的国家，去了之后是如何开展工作的？

张：我用了近一个月的时间，把当地的民族风俗和所有的工作流程做了细致的了解，深入一线各个岗位和中蒙员工进行心贴心的交流，了解他们的所盼所想。蒙古员工有这么一个喜好，就是特别爱喝可乐，我每次到他们值守的岗位都为他们带上一大包，他们很高兴，用蒙语夹杂着汉语说："张工，巴耶拉（谢谢）、巴耶拉……，你够朋友，是哥们儿！"每每听到这，我就想起孔子说的"有朋自远方来，不亦乐乎"，咱们老祖宗说的话，到哪里都能用得到。

虽然是在国外，但在管理、规章制度、生产设备、工艺流程上和国内是一样的，丝毫不容马虎，甚至比咱国内还要严格许多倍。毕竟国情不同，种族不同，文化不同，信仰不同，但我们求同存异，和平共处，因为（我们）方方面面都代表着中国的形象。

申：在刚才的谈话中，您时不时地引用孔子的话，由此可见儒家的传统文化在你的思想里根深蒂固，传统的文化积淀对于你的行事风格来说无疑起到了很大的作用。

张：是的，无论是在国内还是国外，儒家文化的根脉就长在我的骨子里，我非常感激儒家文化给我带来的智慧和力量，这一点真的要感谢我们的老祖宗。

申：咱们东胜蒙古公司在宗巴音管理的基地有多大面积？

张：我们在宗巴音生产基地工作区面积大约 200 平方千米，在管理规模上相当于我们油田的一个开发管理区。不同的是环境和气候，周围一片几乎是寸草不生的戈壁滩。这里春秋季很短，几乎感觉不到春天和秋天的存在，感受最大的就是沙尘暴、酷热、干燥和严寒。气温最高达 50 摄氏度以上，最低到零下 45 摄氏度，上下温差几乎达到 100 摄氏度。即便在这样恶劣的环境条件下，二十间年我们蒙古公司的兄弟们毅然为胜利油田拉回了 87 万多吨原油，仅凭这一点，我还是感到很骄傲的。

我到了一个多月后，快到 2017 年底了，我接到一个大活，就是每年一次的年会。

申：噢？是中蒙之间的联欢会吗？

张：哈哈，申老师，要是联欢会就好啦。我们所说的年会是一年一度的工作总结和第二年的工作计划、预算、核算、合同大会。年会是关系到双方责、权、利的大会，是一项非常重要的工作，公司领导让我全面着手预算这项工作。

我首先准备中文总结和各项生产、设备、人员的全部数据以及成本预算、损耗预算等各种报表、资料以及可行性调研资料，其次回国给领导汇报。领导及专家、技术人员通过深入研究、论证以后，要把所有的这些资料翻译成英文，然后再和蒙方进行交涉、谈判，其间的复杂程度简直不可想象。因为毕竟涉及双方的经济利益，这和国内的年终处理情况完全不同。

就在我去的当年，合同格式全部重新进行了修改。蒙古是甲方，我们是乙方，他们的《矿产资源法》通过长时间的经济往来，不断进行修订和更新，也具备了一定的成熟条件，所以各种条文也较以往丰富很多，以往的资料基本上都无法借鉴。没办法，重打锣鼓另开张，工作量很大，很烦琐。我经过一个多月的时间，把它吃透，算准，然后去离基地500千米的蒙古国首都乌兰巴托开年会，历经十天左右的时间，最终双方达成协议。签字的那天是我最高兴的一天，虽然很疲惫，但是我很兴奋。

我赶忙发消息给国内的领导："感谢鼓励支持，一切顺利。"

领导回复我说："付出总有回报，祝贺你历练成功。"

领导的鼓励让我树立了信心，在这项工作中，中国石化国际合作部、胜利油田对外合作管理部的专家们付出的更多，凡是与工作有关的我都喜欢学习，我甘愿参与其中。

2017年12月21日凌晨2:35，我在微信朋友圈发了一张乌兰巴托的夜景照片，我写的留言是"新的挑战，仿佛又回到了四年前。四年以后，我坚信会成就新的自己"。

2017年12月25日00:56，我在朋友圈发了一张旭日东升的照片，我的留言是"一线肯特山的朝阳，一曲乌兰巴托的夜，不负日月"。

这一晚，我彻夜难眠，我看着妻子和孩子的照片，我发消息给我的爱人，我说"不负日月，不负你，感谢你和宝贝给我的爱和力量"。

我还以为我爱人睡着了，没想到爱人秒回了一条信息，上面写着"祝贺你，我和米奇亲吻你"。这一夜我流着泪失眠了，不是累的，是心都醉了！

访谈手记

米奇是张虎贲女儿张艺馨的昵称，张虎贲也是用女儿的昵称当作了微信名。

张虎贲在国内工作时，他给女儿的印象就是好久才能回家一次，孩子想见爸爸的时候，也就是两脚油门的事。自从2017年10月22日张虎贲去蒙古以后，在五岁孩子的记忆里，忽然感觉这种等待的日子变长了。

有一天，女儿米奇画了幅画，对妈妈说，大的是鱼妈妈，小的是鱼宝宝。妈妈好奇地问，怎么没有鱼爸爸？孩子说，爸爸天天不在家，我都想不起来长啥模样了。望着女儿稚嫩的小脸上那双忽闪的大眼睛，妻子孟令伟心疼不已。

她赶忙留言给张虎贲，并把这幅画拍照发给了他，说：看看吧，米奇想你想的都想不起来你长啥样了。

张虎贲红着眼圈，流着泪看了好久好久，他回复妻子说，给米奇说爸爸想她，想得都哭了。接着发过去一张即时照片。

"男儿有泪不轻弹。"他说，我哭了就是哭了，我要让孩子知道，他爸爸流着眼泪的照片是给女儿最好的安慰剂，人不能装坚强，只有这样，孩子才会觉得自己有依靠，心情才会快乐！

"人不能装坚强。"是啊，有多少在蒙古公司工作的员工，就有多少家人的思念和牵挂，从这一点上来说，国内的家人也打破了本该正常的生活状态，像子女的教育，家庭的负担，对父母的照顾等这些本该丈夫或儿子去做的，基本上都留给了妻子和家里的兄弟姐妹，每个人都心怀负疚之感。

商务经理林文杰12岁的儿子林歆然曾经写下这篇日记："假如我有一支马良的神笔，我要给不幸的朋友画一个小气球，他就不觉得孤单了；假如我有一支马良的神笔，我要给爸爸画一个大飞机，这样爸爸就能回来陪我玩了。"然而此时的林文杰正在距离家乡1500多千米外的蒙古国首都乌兰巴托，参加一场关键的商务谈判。

公司副经理刘岗上次回来过年已是三年前的事。母亲听说他在那边光吃牛羊肉，蔬菜很少，每次他回家母亲都会做满满一桌子他喜欢吃的饭菜，尽量给儿子改善生活。他在国内的时候平时很少出门除非工作，但只要是出门，儿子都会扑到他的怀里依依不舍地亲他一口。

妻子吴彬带着吃醋的腔调问他：你爸爸又不出国，干吗这么亲热？孩子说：我不管爸爸出不出国我都要抱他亲他，我不知道哪天是最后一次，不然又是好长时间见不到爸爸。吴彬何尝不是如此，丈夫每次出国，临上车前也会送上一个大大的拥抱，她说，习惯了这种送别，抱一下心里踏实，就希望他在外面平平安安、顺顺利利的。对他们来说，再次见面，又将是几个月之后，或是更长时间。

对大多数人来说，家，是陪伴孩子快乐成长的摇篮；家，是夫妻相守任时光老去的港湾；家，是无论回来多晚黑夜中那盏最亮的灯。然而，对胜利油田东胜蒙古公司的干部员工来说，家是他们无限的思念与牵挂；家，更是把陪伴当成一种遥不可及的奢望与无奈。

张虎贲说，蒙古国气候干燥，每晚临睡前我们都会往地上洒点水，可还是被干醒。后来同事告诉他，解决问题的唯一办法就是适应。采访中张虎贲说了这样一句话："凡是在蒙古公司干过的每个员工，不长时间都变成了骆驼。"

我问："为什么？"

他说："环境改变人，干燥的气候改变了我们的身体机能，时间一长我们都有储水功能了。"

他说这句话的时候，我长时间陷入一种想象、体味和思索中，内心有一种说不出的感觉，哽咽在喉……

"一带一路"，我们书写胜利故事

背景资料：东胜蒙古项目源于蒙古国政府与美国 Nedcor 公司于 1997 年签订的石油产量分成合同，即 97PSC 合同。1999 年，ROC 公司购买了 Nedcor 公司 97PSC 合同的全部权益；2001 年 6 月，ROC 公司、东胜公司与蒙古国石油管理局进行了所有权转让相关洽谈，ROC 公司和东胜公司签订转让协议，东胜公司成为作业者，占 97PSC 区块 49% 的权益。截至 2021 年底，共生产原油 87 万余吨。

东胜蒙古公司作为一家境外油公司，严格遵守资源国的法律法规，在蒙古国政府代表机构蒙古国石油管理局的监督和指导下开展各项生产经营活动，同时接受东戈壁省各级政府部门的监督。

东胜蒙古公司外闯市场 20 年来，中方员工是换了一批又一批，他们严格遵守当地法律和民俗，积极帮扶当地牧民，改善当地环境，促进区域经济和文化发展，与当地民众建立了良好的互助关系，以浓浓的情意、高度负责任的情怀和艰辛的付出，在

“一带一路”上留下了值得称赞的胜利印记。

申：蒙古是中国“一带一路”一条开往亚欧大陆十分重要的经济长廊，而你们正处于这条长廊的桥头堡。东胜蒙古公司是蒙古国石油行业的一个重要企业，也是“一带一路”发展的实践者，在这些重要的国际领域你们是怎么做的。

张：人这一生不是什么事都能遇到的，有的事即便是能够遇到也不一定都能参与其中，我最大的幸运就是能够参与到这一宏伟的国家建设上来，可以说是我人生中最大的幸福，这一点我真的要感谢我们东胜公司领导的信任和支持。

我印象最深的是 2019 年 8 月 25 日，我发到朋友圈的一条信息，是我代表中方参加了“蒙古国石油生产建立 70 周年”这一盛事。我们东胜蒙古公司也是中方唯一的石油行业代表，我有幸代表中方向 70 周年大会发言，在发言中我这样讲道：“东胜公司全体人员圆满完成了分成合同规定的责任义务，在本合同范围内开展的石油工作，以现如今的发展水平的方法，按技术进行施工，积极执行蒙古国的法规及标准，为此努力工作并取得了一定的成就。在此向重工业矿产石油部、东戈壁省政府、各地方单位政府，多年来对东胜公司的发展给予的支持表示感谢！向广大当地百姓们为我们提出宝贵的建议及支持表示衷心的感谢！”我还向大会汇报了一个好消息，蒙古国第一口井 ZB1 号井在 2019 年 8 月 3 日又恢复开井了，目前日产是 3.6 吨油。这也是东胜公司全体职工为 70 周年庆典送的最好的礼物！

申：这口井对蒙古国来说有什么重大意义吗?

张：ZB1 号这口井可以说相当于我们胜利的“华八井”，也是蒙古国的功勋井，停产了 40 多年，这是一口苏联遗留下来的属于弹性开发不注水的油井。我们东胜公司为了让蒙古国这口颇有石油里程碑意义的油井活起来，通过现代注采工艺，又让这口井焕发出了生机，现在日产 3.6 吨油。

恢复这口井不仅仅是为了石油产量，更重要的是恢复了蒙古国一批老石油人的集体记忆，这在蒙古国石油史上都有着非常重要的意义。参加大会的很多蒙古石油老前辈们听了以后非常激动，当我汇报完这一好消息后，他们激动得满含热泪，热烈鼓掌，因为他们当年就在这口井工作过。

为此，我们公司还专门组织一批蒙古老石油人到 ZB1 号井参观，那场景非常感人，我还代表东胜公司向曾经在这里挥洒过汗水的老前辈们表示特别的感谢，感谢他们为今天的良好态势打下的基础，我祝愿他们健康长寿，希望100年庆典再相聚！

在这次70周年庆祝大会上，蒙古国议员亲自为我们颁发了他们特地用羊毛制作的具有蒙古特色的一件艺术品，上面有他们的圣山“黑山”、蒙古包和骆驼，最引人注日的就是一台代表宗巴音生产基地的抽油机，这件礼物可以说是非常珍贵。

申：东胜蒙古公司一路北上至今整整二十年，今年也是中国自2013年9月提出“一带一路”倡议的第9个年头，你们东胜公司一直致力于支持当地就业和经济发展，具体你们是怎么做的？

张：我自2017年10月至今前后也就是四年多的时间，但是对于二十年来的开发史我也是了如指掌，无论何时何地我们都秉承一个信念，那就是主动承担社会责任，努力促进当地经济发展和双方文化交流，因为我们的一举一动都代表中资企业和国家形象，我们东胜蒙古公司的发展与“一带一路”倡议相契合，带来发展机遇的同时，也意味着沉甸甸的责任。

我去的第二年，为宗巴音建了一所拥有50个床位的幼儿园，现已投入使用。2019年8月24日，由东胜蒙古公司援助修缮的蒙古国最大的户外游泳池，经过3个月的试运行，使废弃60多年的游泳池重新溅起了水花，正式剪彩交付当地政府管理的当天，宗巴音镇镇长亲自为我们颁发了荣誉证书。白天这里是孩子们嬉水的天堂，晚上则是小镇居民们消暑纳凉的佳地，这个曾经没落的石油小镇又重新焕发出了生机。

就在前一段时间我临回国的前几天还进行了一次捐助活动，因为疫情，当地学校放假，让孩子们在家上网课，但是他们没有电脑，我们东胜公司为他们捐助了50多台电脑供他们上网课使用，这些都得到当地教育部门的大力赞赏。我和蒙古朋友经常说，我们中国人是来真心合作，一同发展的，而不仅仅是为了经济利益。孔子说：“近者悦，远者来。”这些无疑都说明我们传统文化的魅力。看着孩子们背起书包走进学校，看着他们在游泳池里嬉戏，我想这就是习近平总书记说的构建人类命运共同体吧。

访谈手记

2021年6月，东胜蒙古项目满20周年了。20年来，该项目始终注重履行海外央企社会责任，促进当地经济发展。20年来，该项目在全新的区域探索施工标准和开发模式进程中既带动了区域经济发展，又拉动了当地民众就业和消费，并积极支持、援助当地教育、医疗等基础设施建设，这些润物细无声的行动都已经深入民心。

“你们的到来，让火车站起死回生。”宗巴音镇的居民布日古德巴特尔激动地说，“其他国家的企业撤走后，火车站基本上就停运了，刚要打算废弃的时候，你们东胜蒙古公司的物资、设备源源不断地从国内通过铁路运到这里，生产的原油也从这里外运。不仅保住了货运还增加了客运，给我们增加了一条走向外界的通道，谢谢你们！”

如今，镇上的火车站因为原油销售工作得以正常运转，可以容纳500人的大剧院也因为小镇经济的复苏经常有了文艺演出，可以容纳250人的室内体育馆也经常人满为患，“沉睡”的石油旧镇，焕发出了新的生机。

中国石化胜利油田东胜石油（蒙古）有限公司以浓浓的情意、高度负责任的情怀和艰辛的付出，多次获得蒙古国政府、矿产重工业部、矿产石油局等部委颁发的荣誉，连年获得蒙古国中华总商会“十佳中资企业”“优秀中资企业”等奖励。

2020年12月25日，为表彰东胜蒙古公司在疫情期间所做的贡献，蒙古国政府矿产重工业部授予东胜蒙古公司“2020年社会责任执行者暨优秀企业”奖励。2021年，东胜蒙古公司有10人获得蒙古国矿业与重工业部“优秀石油工作者”称号，14人获得“80周年纪念奖章”。

自东胜蒙古公司成立20年来，他们每年为宗巴音提供助医、助学、救援救灾、公共基础设施建设，实物价值均在4万美元以上，目前累计超100万美元，并为蒙古国提供分成、税收、就业赞助达到1亿美元以上，更为当地经济社会发展注入了新的活力，赢得了当地政府和社会的尊重，为公司建设和发展赢得了上佳口碑，创造了良好的环境。这都为中国石化、胜利油田在国际市场赢得了声誉，在“一带一路”倡议上写下了浓墨重彩的胜利故事。

一场沙尘暴，让你觉得你根本就不是在地球上！

背景资料：蒙古国的春季是沙尘暴频发的季节，蒙古电力系统薄弱，一刮风就闪停，每一次他们都要往返数十千米挨个手动开井。2021年3月13日，沙尘暴再次来袭，不到半分钟，黄沙便吞没了一切，能见度不足3米。下午3点左右，全部油井闪停电，张虎贲带领突击队，做好防护冲进风里。风速每秒20多米，沙子、石子打在脸上生疼，睁不开眼、抬不起头，他们就相互搀扶摸索着往前挪，嘴里、耳朵里灌满了沙子。经过3个多小时的奋战，126口油井终于全都开了起来。

访谈实录

申：俗话说，“一方水土养一方人”。你们是如何适应蒙古的环境气候的？

张：蒙古一年四季基本不下雨，刚开始确实不适应。春天几乎天天沙尘暴，夏天酷热干燥，秋天在这里基本上没有存在感，一进入九月，天气就转冷了，冬天即便是下几场雪，也非常小。一年下来感觉到的就是干渴、干燥，晚上睡觉必定干醒。睡觉之前必定要往地板上洒水，于是，我给每个宿舍配备了加湿器。

出去干活，水杯不离手，即便是一直喝水，还是干得厉害。要想真正适应这里的气候，必须经过一年左右的时间。这么说吧，凡是在蒙古工作过的员工，时间一长都变成了骆驼，身体基本上具备了一定的“储水”功能。也可以这么说，是生理机能自然产生一种自我保护意识，这就是适者生存，环境改变人吧。

这里一到夏天，就有一种小咬，它不是蚊子，比蚊子小一点，毒性非常大，咬一口又肿又痒又疼，还淌脓水，两周下不去，抹什么东西都不管用。我们的工作区就在一片戈壁中，当地牧民到处放牧，有牲口、有脏水的地方就好滋生这些小咬。没办法，我就给大家买上头套，这头套有三个作用：夏天防小咬、防晒；风天防沙尘；冬天防冻。尤其是夏天一摘下头套，一拧全是汗，拧干了，再戴上，那味道也是没啥了。

一说起蒙古，大多数人都知道那里春季沙尘漫天，夏季干旱少雨，冬季严寒难耐。即便是这样，我们也遭遇了一次百年不遇的大暴雨。

那是2019年，这一年我已经担任了基地副经理。8月18日，国内在抗击“利奇马”的同时，宗巴音生产基地也遭遇了百年不遇的大暴雨。一夜之间查-14区块陷入了一片汪洋，道路、井场全部淹没，油井全部停井，我们有一个300立方米的注水罐都“漂移”了几十米。宗巴音地势属于盆地结构，周围没有任何排水设施和沟渠，全都是天然的坑洼地带，有的水深达两米。

情况紧急，必须尽快恢复生产，我们用2台挖掘机、2台推土机、4辆自卸车连续运转48小时修了一条800米的拦水坝；紧急从二连浩特采购了300立方米/小时的抽水泵，连续工作7天时间，全部油井恢复正常生产。8月正是当地高温季节，最热的时候40多摄氏度。我最感动的一幕就是我们的中蒙员工为了接通井场的供电系统，他们团结一心，不分彼此，全都赤裸上身，高举电缆头，深一脚浅一脚地涉过齐腰深的水坑，电缆头愣是没有沾上一点水，不然就全报废了。他们浸泡在水里，脸晒黑了，嘴里长起了燎泡，可没有一个人抱怨，没有一个人后退。我们中国员工和蒙古员工通过这些年的同甘苦、共患难，结成了真正的“国际友谊”。

申：在宗巴音驻地，你最难忘的场景是什么？

张：沙尘暴！是沙尘暴！这里一年四季都刮沙尘暴，三天一场小的，五天一场大的，基本上每天是漫天黄沙在天空飞旋，从早到晚满屋全是沙尘，窗户根本关不住。

最难忘的是2021年的3月13日，蒙古国内迎来了10年不遇的大范围沙尘天气，北方12个省市猝不及防进入“吃土”状态，20米/秒的风速，夹杂着砂石席卷而来，遮天蔽日，就像一堵从天而降的土墙一样横扫千军，那种景象不是壮观而是恐惧，让你觉得你根本就不是在地球上！当天咱们油田的记者和我们的副经理刘岗现场连线，仅通过画面就能感觉到它的凌厉攻势！

那天我坐在车上巡井，忽然而至的极强沙尘暴，让人猝不及防，也没处躲藏，眼前一片迷茫，失去方向，只好停下车，任凭沙尘暴的疯狂肆虐，整个人在车里疯狂颠簸。风沙把挡风玻璃打得已经模糊一片，就像被砂纸打磨了一样。每次遭遇过这样的天气，车挡风玻璃必须重新更换。我们的很多职工，在沙尘暴来的时候，由于躲闪不及，他们全身都被石子打得淤青，脸上被刮得道道伤口。

当天造成油区电力线路断电，126口油井全部停产，直至晚上9点半，线路逐渐恢复供电。一直工作到凌晨，在确保员工人身安全的情况下，逐步开井恢复正常生产。当天无论是工地还是宿舍，被沙尘暴洗劫后，可以说是一片狼藉。即便是这样，我们的党员干部、员工，依然坚守岗位。当天我把现场实况发到朋友圈，我的留言这样写道：“东胜人筑梦戈壁，精攻坚战天斗地。”

说实话我是打心里佩服我的兄弟们，他们真的是铁打的汉子，仅凭这一点，就知道这支队伍的战斗力是多么的顽强和无坚不摧了，因为责任在肩，使命光荣。

我们国内也受到了这场沙尘暴影响，它的起源地就是蒙古国，蒙古国最严重的就是我们所在的东戈壁省，听这个名字就知道这地方大部分是荒凉空旷的戈壁滩。

那天我发消息给我的妻子说：“今天我又变成了纸片人，就像我们在风和日丽的时候为了解压，像放飞的风筝一样。”

好长时间，我的妻子回复我说：“我真想你是一个风筝，这样你就能飞回家了。”

我对妻子说：“你抬头看看天，东营的沙尘暴是从我们宗巴音刮过去的。”

过了一会儿，妻子回我说：“我说我今天怎么光流泪，原来是你们那里的沙尘，刮进了我的眼里。”

申：你们每次互相发信息，都是这么富有诗意吗？

张：呵呵，我觉得没有任何诗意，我们说的全是大白话。

申：您要是这样说的话，以我对诗歌的理解，看来要颠覆我固有的理念了。

张：我以前挺喜欢一些浪漫的、抒情的诗歌，但是现在最喜欢唱《一路向北》！

访谈手记

这一段话是张虎贲一口气讲完的，中间我没有打断，从讲述情节上也不容许我打断。身处异国他乡，他们面对的不仅是恶劣的环境，还有对家人深深的思念。为缓解大家的思乡之情，他们班子成员想方设法给大家创造良好的生活环境。“不管离家有多远，也要让员工感受到家的关爱和温暖”，这是东胜公司上下对离家在外创业的员工们共同坚持的理念。

疫情期间，宗巴音镇生活物资短缺，由于蔬菜供应不足，长时间吃牛羊肉，造成维生素缺乏，张虎贲身上起了荨麻疹，长达半年奇痒无比，很多员工出现烂嘴角、起疹子等症状，为了解决这一难题，他一是要求员工加强体育锻炼，增强免疫力；二是想方设法从国内买来抗过敏药、复合维生素、善存、水果罐头等物品补充营养。

为了解决蔬菜供应难题，员工们自力更生，在基地开辟了蔬菜大棚，种上黄瓜、西红柿、茄子、辣椒等，他们终于吃上了自己种的青菜。在疫情稍有缓解之际，他们定期从乌兰巴托采购新鲜水果和蔬菜，及时配发鱼罐头、酸奶、火腿肠，千方百计地给员工改善生活。张虎贲回忆道，因为蔬菜采购不进来，有段时间公司食堂只剩下土豆，他们不得不变着花样吃，炒土豆、煎土豆、炸土豆，甚至包过土豆馅包子。在蒙古，牛羊肉吃多了，大家最馋的还是那口猪肉饺子。

为了解决兄弟们急难愁盼的问题，他们为每名留守员工采购了羊绒马甲，甚至是洗漱用品、内衣内裤、袜子等都包含其中，让他们感受到家的温暖。东胜公司党委也定期送上关心慰问，邀请专家开展远程心理咨询，帮助员工化解情绪、疏导困惑，还经常为他们国内的家人送去帮扶和关爱。

2020年春节前，东胜公司特地前往二连浩特采购了上百斤猪肉和熟食。这批原本一天就能到达的“年货”，愣是跨越1000多千米，在路上走了四五天时间。

张虎贲说，那年除夕最幸福的就是兄弟们盼了一年的猪肉饺子终于吃上了。

零点钟声倒计时的那一刻，张虎贲拿起手机，拨通了妻子的视频电话。

视频里妻子孟令伟问道：“你们在那边年过得好吗？”

张虎贲开心地说：“很好，放心吧，还吃了一顿猪肉饺子。”

“每逢佳节倍思亲”，就这样一顿普通的猪肉水饺，对远在蒙古国的兄弟们来说也是一种奢望，更是一种乡愁。

东胜蒙古公司二十年，与其说他们是闯荡外部市场，不如说是他们又一次千辛万苦地创业、创新、创效的艰辛历程。2019年，此时的张虎贲已经担任基地经理一职，他们要为恢复老井打地基，一套地基国内成本5600元，增值税868元，运杂税13300元，共计19768元，如果只买钢筋骨架在蒙古制作，大约花费3412元。为节约成本，他们想出一个金点子，他们的驻地是苏联的军事基地，他们遗留下来的废弃的飞机跑道是水泥结构，异常坚固，经过考察测试，其完全符合油井基础使用。于是乎他们动用人力物力，自力更生，平均下来只花费了200元人工费就完成了一套油井基础的任务。2019年完成25口老井恢复，投产6口新井；2020年完成25口老井恢复；2021年完成25口老井恢复，仅地基这一项三年来就节约资金119万元。

张虎贲说，工作苦点累点不算啥，但对家人的挂念最难熬。当地通信网络不好，员工刘来军经常晚上爬上房顶打电话，工作也不在状态。我发现后及时询问，原来他在临邑老家的父亲突发脑溢血，因为疫情回不去，非常焦虑。

2020年3月20日，张虎贲收到了刘来军发给他的微信。

刘来军：张经理你好我是刘来军，我父亲脑出血，住院了急需用钱，能提前把一二月份的工资转过来吗？拜托了！

张虎贲：境外美元不好转，稍等再回复你。

过了不一会儿，张虎贲用自己的钱转给刘来军一万元。

刘来军：我收了，我代表全家谢谢你！

张虎贲：收吧，祝老人早日康复！

当天 18:40，刘来军在朋友圈发了一条消息并附上了转账照片，留言说："感谢公司领导……"

张虎贲看到后，立刻留言给刘来军说："来军，朋友圈删了吧，好好伺候老人就行。（这事）你记心里就行，不用让人人都知道。"

刘来军：好的，到时候领工资了，我还您。

张虎贲：以后再说，不着急。

2021 年 4 月 20 日 11:38，张虎贲又接到刘来军的微信。

刘来军：张总，我父亲又住院了，我能回去吗？家里又让我打钱，可是现在工资还没发，我很着急。

12:00 张虎贲回信说：你先不着急，等中午回去再打，先干活吧，注意安全。

第二天 19:00 张虎贲给刘来军发信息说：来军，你父亲的情况稳定了吗？我和刘经理商量了，我俩一人先借给你一万元钱。借你的钱先不用着急还，看病要紧……

接着一万元钱的转账提示出现在屏幕上。

刘来军：张总谢谢您关心……

张虎贲：先收了吧，这个时候别再为钱作难。

2021 年 8 月 3 日 21:38，张虎贲又一次接到刘来军的微信。

刘来军：张总在吗？有事又求您了，我有点儿急事儿需要 8000 元钱，再帮个忙吧。

这次张虎贲和刘来军只是语音了 46 秒钟，8000 元钱就直接转过去了。

岂不知这 8000 元里面有张虎贲获得中石化优秀共产党员奖励的 5000 元、胜利油田优秀共产党员奖励的 2000 元，他个人的卡里只剩下了 1000 元。

这两年，张虎贲用个人的积蓄为刘来军一人垫付 32000 元，妻子孟令伟更是双手赞成丈夫的义举善举说，钱的价值就在于用在最该用的地方。

…………

这就是张虎贲，这就是驻守在东胜蒙古公司宗巴音生产基地的党员干部和员工间的真实写照。张虎贲说，这样的事我和我的同事们都经历过，我们和员工处成了家人。

700 多天远离亲人，张虎贲对家人也怀着深深的愧疚。有一天早上，张虎贲突然接到妻子电话，一旁传来的却是女儿的哭泣声。他焦急地追问"怎么了？"，妻子说：

“孩子晚上梦见你了，说你没抱她，也没和她说话，就又回单位了。孩子早上一起来就哭，说自己惹爸爸生气了，非要打电话求证一下。”他让女儿接过电话，强忍着泪水说：“宝贝，爸爸很爱你，很想你，等回家后我一定好好地抱你，陪你。”

在张虎贲的手机里，存着一张女儿上一年级时用汉字和拼音写成的一封信，稚嫩的话语写满了对爸爸的思念，题目是《爸爸我想你》。

“爸爸，我想你。你不在家，我常常想：你工作那么久了，什么时候才能回家一tàng（趟）给我个惊喜，伴我一起玩耍，一起学习，一起长大。爸爸，我想你一定很辛苦，你每天早早地起床工作，只有中午才能休息一会儿，不过你也不要过于 pí juàn（疲倦）。爸爸我想送给你一首诗，红豆生南国，春来发几枝。愿君多采 xié（撷），此物最相思。爸爸，我永远爱你！”在这封信的右侧，孩子用彩笔画了一颗五颜六色的，长满绿色树叶和大大小小的红豆。

我们常说，孩子的内心世界是最纯洁、最纯粹的。由于工作原因，在最需要父爱的陪伴和呵护的年龄，父亲却不在身边，这也使女儿张艺馨比同龄的小朋友显得更加沉默和成熟。张虎贲流着眼泪说：“我每次看到这封信，我的内心都经受着一次冲击，为什么大人的许多无奈和选择，却让年幼的孩子来承担，孩子很无辜。”

“家隔千万里，有心却难寄。”对于每一个东胜蒙古公司的员工来说，各有各的苦衷和无奈。

辽阔而又广袤的蒙古草原生长着一种不畏严寒与干旱的野花叫格桑花，传说，只要找到八瓣格桑花，就找到了幸福。工作之余，张虎贲采了很多八瓣格桑花的种子，他和女儿约定，等他回家后一起种下属于他们的幸福。

在整理这篇访谈记录时，那首苍劲、遒劲的歌曲《一路向北》一直陪伴着我，我仿佛看到空旷、孤寒的戈壁深处，在天地相接的地平线上，走来了一个、两个，一丛，一丛丛……身着红色工装的中国员工，在风沙的陪伴下，像唯一能存活的植物——沙棘草一样顽强而又坚硬地扎下了根。

全员抗疫，让我们空前凝聚

背景资料：2020 年，新冠肺炎疫情在全球蔓延加剧，蒙古国防控措施不断升级，冲击了东胜蒙古公司正常的生产秩序，在蒙中方员工的生命健康安全也面临着风险。东胜公司要求东胜蒙古公司严格按照防疫要求，一手抓疫情防控，一手抓生产经营，“两手抓、两手硬”，并及时传达上级党组织的关心牵挂和慰问，积极组织有关部门加强心理疏导，缓解员工们的心理压力。疫情期间，东胜蒙古公司严格防控，强化管理，实现了零报告、零感染，生产经营安全平稳运行的好成绩。

2020年3月10日，蒙古国确诊的首例新冠肺炎病例距离公司驻地宗巴音镇只有40千米。他们第一时间向国内报告疫情情况，迅速升级管控措施。公司根据疫情波动和风险等级，及时启动应急预案，抓紧安排134名蒙方员工居家防护一周，每天2次上报体温，这意味着4/5的员工不能到岗。没多长时间，蒙古国新冠肺炎疫情持续恶化全国实行戒严。

疫情就是命令，防控就是责任。作为驻外企业，他们第一时间成立了以党支部书记高云为组长的境外疫情防控领导小组，做好中外籍员工疫情防控工作，抓细抓实疫情防控具体措施，严格管控。积极安排中方员工参与当地疫情防控执勤，配套建立隔离点和执勤点。积极履行社会责任，为当地居民提供力所能及的米、面、粮油及口罩、消杀物品等防疫物资援助。

针对基地内中方员工，严格考勤制度，除了吃饭睡觉，全员上岗必须佩戴口罩，食堂分时、分批用餐，餐厅、走廊、办公等场所每天消毒，员工每天测量体温，实施非必要不外出、不聚集、严格的防疫措施。与此同时，建立外籍员工及其共同居住家属健康台账，严禁外来车辆及人员进入公司，确需进入的严格落实防疫防控措施。

访谈实录：

申：大家都知道，2020年初那场突如其来的新冠肺炎疫情在全球蔓延，当时你也正在蒙古境内，那时候，咱们公司基地在宗巴音是如何防疫、抗疫的？

张：2020年除夕夜，我们和国内一样，第一时间接到了武汉封城的消息，我们同样也进入了紧急防备状态，那时候有关生产、休假、生活上的原计划全部按下了暂停键。

申：134名蒙方员工居家防护，你们还有多少留守人员？那原油生产也停止了吗？

张：生产一刻也不能停啊！留守在蒙古国的33名中方员工在做好个人防护的前提

下，最大限度地保障生产经营有序运行。

为保证项目生产正常运行，我和班子成员带领党员干部全天候作战，一线顶岗。销油的时候我们是装油工，夜间巡查时我们是巡井工，处理险情时我们是抢险队员。那时候正是蒙古最冷的季节，平均温度是零下 20 多摄氏度，寒风刺骨，带的饭全都是冰碴子，所有人毫无怨言，必须完成两周一次的原油装运工作。自从疫情开始，两年来我们没有耽搁一次销油任务，至今都是这么运行的。

申：您在 2020 年 11 月 23 日的朋友圈，我看到的留言是"喝了一半的水，上面结冰花了"，还有一张照片，能讲讲这一天发生的事情吗？

张：哦，这是一天我和员工们一起装油的场景。虽说生产稳住了，但难题接二连三，由于封关，原油无法运回国内，库存压力剧增，如果持续下去，只能被迫停井。我们一边优化库存内部倒运，一边加紧沟通协调。经过多轮谈判，终于同意销油。那天，气温零下 30 多摄氏度，我带着 4 名员工在栈桥上往火车罐里装油，为节省时间，午饭就在栈桥上吃，饭没到嘴里就已经凉透了，水杯里也结满了冰碴子。

每运回国内一滴油，我的内心都无比踏实，我们没有说空话，做到了我们该做的。看着历尽艰辛装满原油的火车缓缓驶离栈桥，驶向国内，直至消失在我们的视野里，我们那顿饭吃得心满意足，有滋有味，至今还是一种幸福的回忆。

冬天最怕的是管线穿孔，要想恢复生产，必须紧急抢险，冻土层太深，简直挖不动。2021 年除夕就发生了这么一起抢修事件，多亏不是抢修管线，而是一个注水阀门冻裂，负责生产运行的工程师刘新宇真是好样的，第一时间发现，第一时间跑去抢修，零下 30 多摄氏度，到处都结冰了，可以这么说吧，戴手套卸螺丝都卸不动，要在平常这个小活个把小时就能干完，这次愣是干了大半夜才干完。

第二天一大早，他才给我汇报。我还批评他说，你为什么不及时给我汇报？他说时间太晚了，我一给你汇报你准得赶来，你折腾一夜不说，明天大年初一你还有很多事，我一看这活我能对付，就先斩后奏了。听他这么一说，我很感动也很心疼，出门在外的这帮兄弟，我们都成了家人，但我还是批评了他，对他说，以后无论啥事，必须第一时间汇报，下不为例。

申：我在查阅相关资料的时候，还看到咱们基地在疫情期间向蒙方员工提供了大量的捐助工作，您能讲讲吗？

张：自从蒙古国东戈壁省确诊首例新冠肺炎病例，在疫情面前，我们中蒙员工共同携手抗击新冠肺炎疫情。公司在疫情发生第一时间向东戈壁省政府捐赠800万图格里克现金；向东戈壁省困难牧民捐赠10个蒙古包，价值2000万图格里克；向东戈壁省宗巴音医院捐赠口罩等防疫物资，为省政府设立防疫检查站提供物资和技术支持；为东戈壁省紧急情况委员会捐赠1500万图格里克，用于扎门乌德至乌兰巴托沿途防疫消毒工作等。这些善举得到了蒙古国东戈壁省政府和民众的高度评价。

公司驻地的宗巴音苏木医疗条件有限，我们第一时间采取支援板房建设、建立检查点、为工作人员提供食品等措施，助力其打好疫情防控阻击战；为当地经济发展着想，我们公司不仅没有降薪、没有裁员，还积极捐款捐物。为此，东戈壁省政府特别到我们公司发了感谢信，对公司在抗击疫情中所采取的措施及对社会的援助表示感谢。

申：从发现疫情至今，已经接近两年时间了，咱们中国员工是如何度过这段“孤岛”时间的，如生活上，家庭上，心理上，等等？

张：这段时间考验着每个人的耐力和意志，从这一点上说，凡是经过苦难培养起来的人格，内心的力量都会强大起来。由于口岸关闭，我们的员工好长时间都吃不上蔬菜水果，作为带头人，我心里异常焦急，想方设法缓解员工压力。

我把这一情况向国内汇报，东胜公司党委非常重视。在2020年4月19日晚，东胜公司为我们员工组织了一场相隔1500千米的EAP心理疏导课程，邀请油田党校心理教研部专家与员工们网络互动交流，教会大家如何舒缓压力、缓解情绪。同时，党支部采取心理疏导、谈心谈话、娱乐活动等方式为员工解压，并委派驻守东营的员工看望慰问坚守国外的员工家属，通过短视频、微信等平台及时传回家里的信息，力所能及地为驻外员工解除后顾之忧。

为了缓解员工的心理焦虑情绪，我通过正规渠道收集积极信息，正向引导员工，让大家对回国抱有积极乐观的希望，和员工分享疫情期间我国不断为蒙古国提供疫苗，蒙古国接种疫苗的进度及计划，中蒙两国总理、部长的定期沟通，东戈壁省绿色地区管控……，这些都对员工心理上有着极大的安慰和鼓舞。

申：这些措施实施后，取得的效果如何？

张：通过这些积极信息的分析，大家对回国保持乐观的心态，从而防止悲观情绪在员工队伍中蔓延，有效稳定了员工队伍。

乌兰巴托开始封城后，中方几名党员干部封闭在几十平方米的小院，一个月、二个月、三个月……既要顶上蒙方员工原来的岗位，还要和蒙古国各部门积极开展工作，同时克服项目运行和心理压力。高书记带领大家自己动手制作公司 Logo 墙、宣传栏等，从而提振了士气，公司也成为疫情守得住、把得牢的“安全孤岛”。

2021 年初蒙古防疫出现失控，日确诊从 30 例、50 例，快速增长至 800 例、1000 例、4000 例。公司迅速做出预判，在疫苗一针难求的艰难情况下，积极协调疫苗。在东胜公司党委指导下，我和班子成员连续多天奔走于蒙古国矿产重工业部、卫生部和东戈壁省政府，在省长办公室外轮流蹲守，终于在 3 月 26 日为员工争取到第一剂疫苗，我们成为蒙古国首家接种疫苗的中国企业。员工们都说“真幸运，幸亏打上疫苗了！”大家却不知道为打疫苗所做的工作是何等艰难！过程虽然坎坷，但我们感到，能让员工们多一分安全保障，让亲人们少一分担心，付出得再多也值！

申：俗话说，人吃五谷杂粮哪有不生病的，在此期间万一遇到有员工生病怎么办？

张：疫情期间，我们没有外援，蒙古国医疗系统很薄弱。在我去之前，我们有一个同事一不小心被门挤了一下，手指头挤破了，没办法就到蒙古国医院去消毒包扎。这在国内是很容易处理的病情，但是这里的大夫看了说，你这手指头得截掉一节，可把他吓坏了，经过一段时间的消炎、换药，不长时间就好了。

今年夏天，我们有个员工也是不小心挤到手了，到医院之后，翻译打电话给我说的和上次一样，也是要截掉一节手指头。我赶紧说，让大夫消消炎，包扎好赶紧回来。真的，这不是笑话，这伤病在国内是根本不可能的事情，由此你也能想到那里的医疗技术是怎么样的。

大约是 2019 年的事儿，我们有个员工叫刘长彬，有一天晚上睡觉肚子疼得受不了，我们队医判断应该是胆结石，于是就赶紧派车“闯关”。

申：“闯关”？怎么闯？

张：“闯关”属于紧急事件，必须先打报告，拿着公文，到海关办手续回国。这次紧急事件就得“闯关”，蒙古医院看不了，必须送到二连浩特去看。当把这一切全都办好，一路驱车赶往边境，谁知道这一路颠簸，快到海关了，他不疼了。但是为安全起见，还是出关到达二连浩特做了检查，确保没事了，人第二天就返回了公司，打那以后再也没犯过。这也是不幸中的万幸吧！

在蒙古工作这几年，给我最大的体会有两点：一是生产上保障职工安全，二是生活上保障职工身体健康。这两点，再小的事对我来说都是天大的事，特别是疫情期间，这两点尤为重要。

申：疫情期间，你遇到过最“凶险”和最让你担心的事件吗？

张：说“凶险”也不为过，但是我先讲一个“惊险”的事件。疫情期间，很多事情都是无法预测的，可以说每天都在惊险中度过，每天都提心吊胆。

2020 年 4 月 12 日，一大早，蒙古籍保安队长神色惊慌地冲进办公室。“一名员工体温高，还咳嗽。”他用不熟练的汉语并伴着手势向我紧张地比画着。听明白后，我后背一阵发凉，心也提到了嗓子眼。但看到员工们躲在远处焦虑的神情，我意识到作为负责人，这个时候一定不能慌。缓了几秒钟，我和保安队长说：“别慌！做好防护，马上去医院！”后来，检测证明是虚惊一场，回到公司驻地，看着员工们如释重负的目光，我感到肩上沉甸甸的责任，那就是一定要保护好每一名员工的生命安全。那段日子里，我跟大家说得最多的就是：“没有过不去的坎！咱们一定得挺住！”

申：那“凶险”的事情是什么？

张：“凶险”的一幕是发生在 2021 年 9 月 25 日，在这三天前，我协调了蒙古医生到公司接种第三针疫苗，晚上得知来打疫苗的医生有一人确诊，全部 31 名中国员工和 37 名蒙古员工成了密切接触者，包括我自己。公司人员密集，一旦有确诊如何隔离？药品够不够用？如何克服大家的恐慌？一系列问题在我脑中冒了出来。当晚对与医生有直接接触的翻译进行了隔离，联系医院第二天组织全员核酸检测。

第二天上午得知确诊的医生是在离开公司后感染的，我才如释重负。为了不引起恐慌，我事先没有告知大家实情，只是我们几个班子成员知道。看着员工们正常安心地工作，我终于舒了一口气，心里默默说道：“你若安好，便是晴天。”这件事到现在想起来还很后怕。

访谈手记

“你若安好，便是晴天。”这句话我们经常会在朋友圈、微信群里看到。当我翻查张虎贲的朋友圈后却没有看到这句话，整个 2021 年 365 天，我看到他发到朋友圈里的留言只有23篇。

要么是“天涯虽远，心意相连”；要么是“等到春暖花开，归来仍是少年”“一路向北，一生无悔”“坚持就是胜利”这类的话。我问他，为什么这一年你发的朋友圈和以往相比少之又少？

他说，这一年心情相对来说非常焦灼，我写这些留言一是给我自己打气，二是给我们的员工打气，也是让国内的家人和同事们看到放心。在这期间，我必须时刻保持清醒的头脑和高度的警惕，时刻注意自己的一言一行，从不敢马虎懈怠，我给自己和大家传递的更多是勇气。

在疫情期间，既要做好防疫还要安排好生产，更要做好队伍的稳定工作。进入2021年8月，在疫情有所缓解的同时，为了复工复产，公司决定让蒙古员工实行轮休制度，也就是每月一次轮回。为了做好这项工作，他们决定实行封闭式管理，中蒙员工的住宿条件统一标配，采取宾馆化管理，用餐实行分餐制，这些方案的出台大大激发了蒙古员工的复工热情。

大家有所不知，有的蒙古员工居住的蒙古包离公司驻地只有500米，平日来去比较自由，在当时蒙古疫情已经非常严峻的情况下，为了复工复产作出这样的决策也是冒着极大的风险，但是张虎贲和班子成员为此也做好周密的安排和比这以前更加严格的规章制度。

一是所有员工居住条件同等待遇。这一条就足以激发蒙古员工的工作热情，因为蒙古员工的家境都非常一般，他们大都居住在蒙古包，有的家庭连一条像样的床单都没有。他们看到公司提供的条件比家里要好，并且还能在公司吃住、挣到工资，这无形中就解决了很多蒙古家庭的实际困难，蒙古员工非常积极踊跃。

二是在工作薪酬上给予最大的激励措施。这一点对中方员工和蒙方员工吸引力更大，在安全生产、完成任务的前提下，采取价值激励，量化考核，多劳多得。

三是在完成工作的同时开展丰富多彩的文化体育活动。先是活跃气氛，再是锻炼身体，这一举措深受中蒙员工欢迎。因为时差原因，一天工作结束后，那里的时间就像我们大陆地区下午三四点钟的样子，有更多的时间可以组织集体活动。蒙古的员工十分喜爱篮球，张虎贲他们就把中蒙员工分成八个队，严格采用NBA赛制，每天都有几场篮球赛。大家一听这么个业余的球队还要严格按照NBA赛制，不仅好奇还很有趣，当然也有的说："不就是玩吗？至于这么正规吗？"然而张虎贲却不这么认为，他说："我们怎么说也是国际联合队，严格的赛制比的不是球技的高低，重要的是培养集体精神和遵章守纪的作风。"

每个球队都有干部带队，由中蒙男女员工混合组成，不分工种全部上阵。赛制有循环赛、小组赛、八分之一决赛、四分之一决赛、半决赛和决赛，最后还有颁奖等，这样一轮下来基本上一个月过去了。张虎贲说："为了确保疫情期间的复工复产和队伍稳定，我和班子成员可以说是煞费苦心，费尽心机，虽说累点，但为了确保零感染和队伍的稳定，这一切都值得。"

在举办篮球赛的同时，在执行好防疫措施、报备和审批的情况下，公司分批组织员工到蒙古黑山、鼻子庙、石林等风景区开展一天游等团建活动增进交流。2020 年春天，张虎贲就通过国内关系在二连浩特买来一批两米多长的大风筝，工休之余，他们就放飞风筝纾解压力。张虎贲说，每次看到大家欢呼雀跃，忘乎所以地放飞风筝，他就想起小时候学过的一首古诗："草长莺飞二月天，拂堤杨柳醉春烟。儿童散学归来早，忙趁东风放纸鸢。"一股悠然的思乡之情溢满心间，这种思乡之情不是颓然的，而是幸福的，因为他感觉家乡的一切就仿佛近在眼前。

他说为此还写了一首诗，因为他不会写诗，所以不好意思发到朋友圈。

我赶忙说，那就别留着了，快！发到我的微信里。一秒钟时间，我的微信里就呈现出了这首诗歌，我轻声地诵读出来……

祖国啊！我是您放飞的一只风筝，
飞过旭日东升，
飞过星辰大海，
无论我飞得再高再远，
那根牵肠挂肚的线，
您总是紧紧地攥在手中，
牢牢地永不撒开。

2020 年 12 月 31 日 20:40，张虎贲发到东胜蒙古公司群里的总结这样写道：这一年，我们严防死守疫情筑牢防线；这一年，我们冲破千难万阻会师高原；这一年，我们扛起国家能源安全重担；这一年，我们战胜酷暑严寒戈壁戍边；这一年，我们想尽万千办法降本开源；这一年，我们迎接大考上交合格答卷。

挥别2020，大灾终逝。开启2021，大成将至。

世界那么大，我只想回家！

背景资料：张虎贲刚才谈到的疫情情况一直持续到2021年10月中旬，与蒙古国接壤的最大、最重要的铁路和公路口岸二连浩特市也发现了疫情，全市行政管辖区域随即实行封闭管理，口岸活动终止，物流彻底中断，蒙古国的蔬菜基本断供，物价大涨。东胜蒙古公司驻地连洋葱和胡萝卜都很难买到。面对恶劣的环境、面对肆虐的疫情、面对孤军奋战的局面，公司没有一位员工产生思想动摇，反而激发出了超常的战斗力和凝聚力，体现出了强大的团队精神，人人都鼓足了劲，担负起了更多的工作。

正是他们甘愿在平凡的岗位上默默坚守，甘愿承受更大的精神压力，甘愿付出更多的艰苦努力，才守住了生产经营和疫情防控的双胜利。

疫情之初，蒙古员工全部居家防护。中方员工一半被困国内，平时200人的工作量一下子压到了33名中国员工肩上。困难面前，宗巴音生产基地的党员干部冲在前头，带领全体员工，白天巡井、取样、化验、倒油，晚上录资料、做分析、报数据、巡管输，每天只能睡三四个小时。

张虎贲说："越是艰难越向前，越是艰难越团结，越是艰难越要干好工作，绝不能让项目从我们手里关停。"自疫情开始到现在，基地油水井没有发生一口躺井事件。

访谈实录：

申：刚才我读到你写的那首《风筝》的时候，我感觉特别符合你们归国时的心路历程，祖国一直牢牢地攥着你们，油田上下也一直惦记你们。从各大媒体报道中了解到咱们蒙古员工从今年11月初就计划回国，简要谈谈中蒙双方是如何协调的。

张：这一路，可谓是苦辣酸甜！可谓是历尽艰辛，苦尽甘来。我们700多个日日夜夜的坚守一直牵动着很多人的心。自从新冠肺炎疫情在全球蔓延，蒙古国就关闭了中蒙边境客运通道，我们公司驻外员工回家之路就变得遥遥无期了，这件事情也时刻牵动着中国石化、胜利油田和东胜公司领导的心。党中央也高度关注境外人员的生命安全和身心健康，要求突出防控措施的精准性，着力保障用工需求、人员倒班回国、物资供应和资金支持。

一直到 2021 年 11 月初，在中国驻蒙古国大使馆、中国驻伊朗大使馆、集团公司和油田领导的多方协调努力下，组织委派我带领 22 名同事踏上了回家的路，前提是我们必须严格按照防疫规定，首先在蒙古国乌兰巴托隔离 21 天。

申：你们隔离 21 天后，自 11 月 21 日开始出发，历经 50 天才回到家，这一路你们是怎么度过的？

张：回国的行程大致是这样的，11 月 21 日我们一行人飞往伊朗首都德黑兰，11 月 22 日我们在德黑兰登上飞往广州的飞机。在回国的飞机上，我回想这两年来一路走过的心路历程，恍如梦境一般，真的是感慨万千。于是，我含着眼泪写下了《世界那么大，我只想回家》的一篇随笔，一落地，我就发到朋友圈，很多朋友看到后给我留言、点赞、转发，心情十分激动。

张：（他摘下眼镜，擦拭了一下流出的泪水。）不好意思，让您见笑了，我继续说，这一路我们途径 3 个国家 6 个城市，行程 13535 千米，三地隔离 50 天，核酸检测 18 次。12 月 20 日，我们一行 23 人在东营隔离结束，我从隔离酒店到家 20 多千米的路程，感觉比从蒙古回国的时间还要长。

回到家里，两年未见的女儿个子“蹿”了一头，我笑着说，爸爸上次走的时候你才刚刚到我肚子这里哪。女儿跟我都有些生分了，一直拉着我的手不松开。我抱着她，流着泪说：“宝贝，爸爸是真的回来了。”

12 月 21 日，油田党委专门为我们举行了立功授奖仪式，我们东胜蒙古公司被油田记集体二等功，我和侯炳祥等 12 名同志被记个人二等功，这也是胜利油田有史以来为一个单位记功人数最多的一次。

后记

2021 年的最后一天，12 月 31 日 18 点 23 分 26 秒，我在微信朋友圈看到央视新闻《中国之声》“2021 年哪个瞬间最触动心怀”栏目里刊登了这样一篇文章,《这一年，总有一个瞬间让人懂得祖国在心中的分量》刊载对张虎贲的采访。

“我是胜利油田外派到蒙古国开采石油的张虎贲，我最难忘的瞬间是回到祖国。因为疫情，我们33名同事滞留蒙古国两年多，一直坚守着采油岗位。当得知能回国的时候，一大帮老爷们高兴得互相握手。经过3个国家6个城市，行程13535千米，妻子和女儿见到我的时候，和我抱在一起，忍着眼泪什么话也说不出来。”

照片下有一行小字：“一身红工衣，穿梭在沙漠，一颗赤诚心，永远向祖国！”张虎贲和同事们在蒙古国坚守两年多……

这一天，他发到朋友圈的留言如下。

我的2021年总结：

始终满怀理想，

始终热泪盈眶，

2022，再出发！

“不知何处吹芦管，一夜征人尽望乡。”关于张虎贲和他的兄弟们在蒙古的故事还有很多很多……多的就像沙尘暴刮起的沙尘，飞扬在二十年日月穿梭的穹宇间，飘落在多如繁星的沙棘草丛里，生根，固守，坚挺！

2022年1月10日，刚回国不长时间的张虎贲来回三天驱车到二连浩特联系业务，其间女儿哭着给他打电话，以为这又是一次不告而别。回来第二天，1月14日他又驱车300千米前往临邑刘来军、张本强家慰问。

远在蒙古的刘来军知道后发消息给张虎贲说：张总，谢谢你的关心与帮助，今天你务必在我家吃饭，我让恒涛在路口迎接你，感谢领导和组织的关心。

张虎贲：我们坐一会儿就走，不需要安排，你安心工作。

刘来军：……张总，让你辛苦啦，你还亲自来，让我很是感动，没想到我一个临时工，让你费心了。

张虎贲：临时工也是公司职工，我一直没有把你们当外人。不要让家里安排，我们还得去本强家，不然当天就回不去啦。张虎贲当下又赶到员工张本强家里，放下慰问品，接着驱车300千米返回东营。

临截稿的前两天，我发信息给张虎贲说：“实在不好意思，时间紧，任务重，请您校稿。”

他回我说：“不敢当，第一时间，一睹芳容。”

我对他说：“您和坚守在蒙古公司的兄弟们都是第一作者。”

紧接着，我又对他说："你答应给女儿的八瓣格桑花的种子带来了吗？"

他回我说："带来了，等开春的时候种上，静待春暖花开。"

我给他回复了一个大大的赞！

随之，一个开心的表情在手机屏幕上跳跃起来……

漠北杂感，一路向北

许雷

初识蒙古

2019年4月初，我被公司党委派赴蒙古锻炼，独自从东营出发一路向北，从中国二连浩特—蒙古扎门乌德口岸出境至东胜蒙古公司做短期锻炼。我怀着期盼和畅想，开启了这次蒙古之行。当时正逢波音飞机管控，导致北京至二连浩特的航班停飞，只好选择了先飞往呼和浩特再经转至二连浩特的航班。我凌晨2:00起来赶往首都机场T2航站楼，乘坐6:00的航班飞往呼和浩特白塔国际机场，在飞机上小憩后听到了广播中空乘人员的声音："飞机正在下降，请您回原座位坐好，系好安全带，收起小桌板，飞机将于10分钟后降落至呼和浩特机场，谢谢！"从飞机舷窗往外看，天空微露鱼肚白，飞机略微颠簸后降落至呼和浩特白塔国际机场，乘客们到达了目的地，我依然要继续行程。

内蒙古的初春，还略微有些寒意，我穿上了厚厚的羽绒服，想象着漠北的春天是什么样子。在呼和浩特白塔国际机场经转期间，我在机场大厅看到了展示蒙古族风土人情的蒙古包，其内部展示有灶、佛龛、马鞍具、被桌等，让我有了继续向北的向往。经过了近 8 个小时的等候，飞机于当天下午 4:10 准时起飞，仅短短 50 分钟的飞行就到达了边境口岸城市——二连浩特，落地后我与东胜蒙古公司安全工程师梁玉利取得了联系，他当时正好在二连浩特，准备第二天带我一起出关。当晚我激动得睡不着觉，期盼着明天的出行，畅想着我人生的第一次出国是什么样子……

难忘行程

第二天，我们很早就通过了二连浩特边检，到达蒙古扎门乌德边检时，首先看到的是几个身着蒙古军服的边检人员在维持秩序。我们开始排队办理入境手续，由于我的入境签证还剩 2 天就要到期，当时非常紧张，担心会因为签证问题不能入境蒙古，所以我找到了一名蒙古边检人员，用英语简单地沟通询问后了解到，只要在签证有效期内，就可以正常入境。这对于常出入境的东胜蒙古公司人员来说是很小的事情，但对第一次出国的我来说算是虚惊一场。然后，我排队到了边检查验窗口，先稳了稳神，递上了护照，边检人员问我："到蒙古来干什么？要待多久？"我镇静地回答："石油方面的商务考察。"她就在护照上盖章放行了。

从扎门乌德到宗巴音生产基地还需要大约 4 个小时的路程，随着车辆的行驶，车外的景色也有了变化：最直观的就是看到了很多蒙文标识的车辆，车窗外的建筑物有俄式风格的火车站，更多的是蒙古包。一路向宗巴音生产基地驶来，突然没有柏油马路了，车辆逐渐变得非常颠簸，地表也从浅浅的草皮过渡到荒芜的戈壁沙漠，像是进入了无边无际的无人区。

4 月，蒙古东戈壁省的天空灰蒙蒙的一片，漫天"飞沙走石"呈现在眼前，到处都是"土黄"色，空气中弥漫着呛人的土腥味，给人一种要窒息的感觉。我们时不时用手擦一下脸，看着对方的面容如"花脸猫"，然后彼此相视一笑继续赶路。梁工说蒙古的天气就是这样，你还没有看到这里的沙尘暴，黄沙铺天盖地犹如"恶兽"出没。在梁工的描述下，我不禁有种恐惧感，也打心底对我们驻守在蒙古的员工们产生了敬佩之情。

说话间，沙尘暴就刮了起来，我尝试着透过车窗在昏暗的大漠中寻找点“青绿”的色彩，但眼前都是漫天的沙尘，天地间只剩下了一个颜色。我莫名地感受到了漠北的孤独，在车上我写了这样一句诗：“枯草连天随北望，沙漠之舟十七载。精攻砥砺筑油梦，玉壶盼迎勇士还。”

由于路况很差，车辆一路颠簸出现了故障，司机朝格图将车开到了一个所谓的汽车修理“厂”，让我下车看看“风景”。只见这个汽车修理店非常简陋，就是一个简易的门头房，店老板正在加盖房子。我突然看到盖房工人所使用的铲车“山工机械”，心里有种亲切感和自豪感，更有了一种坚实的力量，支撑我信心满满地继续赶路……

随着一声“到家了！”有些困顿的我打起精神来，顺着方向远远地望去。山谷里隐隐有灯光闪烁，宗巴音镇依稀可见，那些摇曳的亮光让几个小时没有见到人烟的我看到了希望，真的仿佛家就在前方。车辆渐行渐近，暮色中我看到了越来越多的抽油机，看到了铁路销油栈桥和油罐长龙。不知不觉间宗巴音生产基地大门就在眼前，蒙古籍保安对我们进行了安检后便打开了大门，车辆驶入，便看到了犹如在电视中常常看到的胜利会战时期的平房、板房，还有那些停放整齐的各种工程车辆，最激动的是终于见到了在这辛苦工作的同事们。他们用拥抱对我表达了欢迎，我也终于到了东胜公司在蒙古国的“家”。这里有我熟悉的面孔、亲切的语言，有我多年未见的同事，他们是张伟利、张立新、邢国才、侯炳祥、刘新宇……

一番叙旧之后，我便开始了此行的工作，我很想尽快地熟悉东胜蒙古公司的情况，很想知道他们的工作和生活的点点滴滴。我想知道他们当时是如何找油的，如何进一步勘探开发，现在稳产增油情况如何，如何保障恶劣环境下生产经营的正常进行，等等。

漠北生存

这次东胜蒙古公司之行，我想一探究竟：在这样恶劣的环境下，他们怎样突破重重困难？如何做到勘探开发工程一体化的？如何生产运行？工作是怎样有序衔接的？如何进行创新和技术攻关的？如何做好员工的生活保障的？一直在脑海里的很多疑问都想一下子找到答案。

第二天清晨，我连饭都没吃便来到院子里面转，看看究竟这里都有什么。伴着初升的太阳，我看到了整齐停放的各种施工车辆，如同战士在会战时期誓师大会一般，它们“立正，出发”，用强劲的引擎动力，伴着“踏着铁人脚步走”的歌曲，奔赴一线生产的“战场”中。这正如我们每名在外的员工，每日到生产一线朝发夕归，在蒙古国的石油一线上顽强拼搏。

院子里有设备存放地、停车场、物料库等，我看到了很多零散件和施工设备，让学工科的我对这些零件“大观园”产生了浓厚的兴趣。恰好看到一个在维修车间门口干活的工人，我问师傅：“您是在维修什么呢？”老师傅低头忙碌干活，不时为我讲解一下：“这是制作水套炉，因为蒙古气温很低等多种原因，需自己制作对大罐加温的水套炉，我们按照国内的相关图纸自己施工制作，加工出品的水套炉经过了检验，既满足了井上安全生产使用，又节省了成本，产生了效益，这在冬季的油井生产中起到了很大作用。”

我赶回食堂吃饭时，找到了项目副经理刘岗询问，得到了答案：由于蒙古国工业经济落后无法生产水泥等物资，就连抽油机基础都需要进口，而正处于国际低油价时期，东胜蒙古公司以“自主运营、自力更生”的海外生存理念，自行制作抽油机基础、加工加温设备等，还进行架桥修路、转运大罐等专业化的工作，用自力更生的办法降低了项目生产运行成本，让项目的生产经营在寒冬酷暑中经得起考验。

东胜蒙古公司的这些生产管理方式、经营管理做法都是他们平日具体做的事情，对于我们却是海外运营管理的经验，让我对驻守蒙古的员工们充满了敬佩之情。他们每个人都是独当一面的行家里手，如果要问我：谁是最可爱的人？我想说：胜利的海外员工们最可爱！

沙漠之泉

记得我刚上班的时候，有个担任作业监督工作的老师傅叫付淑生，他每天带着我一同上井、一起干活，从作业现场到采油井场。后来由于工作的变化，他来到了东胜蒙古公司，很多年未见依然亲切。为了让我更快地熟悉蒙古公司的生产生活，他带着我边在现场工作，边讲述蒙古的风土人情，让我在这次行程中收获颇丰。

蒙古国处于高纬度地区，日落时间较晚，下班后太阳还没有落山，天空依旧晴朗。有一天，我正在生产指挥中心整理资料，付淑生说：我带你看看沙漠之泉！

“沙漠之泉？”我心怀诧异，来到东胜蒙古公司的这些日子，我看到这里到处是戈壁沙漠，植被稀疏罕见，连草都矮得可怜，这里还有泉水吗？

我在半信半疑中与付师傅来到驻地不远处的一个单独的矮房子前，在它旁边有个像稻草人一样的杆子，看似是敖包，又像是守卫泉水的卫士。

我怀揣着好奇心飞快地下了车，大步走近房子，打开了门，里面有口取水用的方井，上面还缠着彩带。我打开盖子向方井里面看，确实真有“泉”水，让我对这片沙漠又增添了神秘感，也感受到了生命中信念的力量。听付师傅说，附近的蒙古牧民非常珍惜这眼“泉”，在最干旱的时候才来这取水救济民生，那也是适量取水，“只取一瓢饮”而已。大家用这样的方式保护这眼井，让它的水一直源源不断。

沙漠之舟

蒙古国属典型的大陆性气候，这片戈壁已经横亘在亚洲腹地几千年了，所以历史上的蒙古就被分为漠南蒙古和漠北蒙古。宗巴音，蒙语的意思是“东方的富饶之地”，而东胜蒙古公司所在的漠北沙漠，却是冬季最低气温零下 40 摄氏度，夏季最高气温 55 摄氏度，且严重缺少水资源。但就在这恶劣的环境下，东胜蒙古公司 200 多名中蒙员工，他们斗风沙、战酷暑、抗严寒，经历过无数次沙尘暴肆虐时迷途的危险、烈日骄阳下车陷沙坑的惶恐和漫长雪夜听狼嚎的孤独，逐步在戈壁滩上建成了宗巴音生产基地。

他们将“东方的富饶之地”成真，经历了二十年的坎坷之路，克服恶劣环境进行绿色低碳生产，建设成国家累计贡献海外原油近 90 万吨的生产基地，不仅让这片土地发挥了价值，而且带动社会经济发展，促进了当地就业，为当地培养技术和管理人才。他们还践行着我们的国际社会责任，从援建幼儿园到修缮游泳池，从捐献路灯到修路及建设石油公园，从石油国际项目合作到境外生产防疫双战双胜，在尊重蒙古国传统习俗的基础上，收获了包容互通、共赢成长的跨国文化，将国际交流、企业文化、社会责任都充分地有机融合。东胜蒙古公司的职工付出了数倍于国内的艰辛，体现出了“精益求精、攻坚必胜”的担当精神。

戈壁分别

随着时间的流逝，我接到通知于 2019 年 4 月 15 日回国，蒙古之行即将结束，按照工作安排，准备先从宗巴音镇赶往蒙古首都乌兰巴托，然后乘飞机回国。

出发的那天早上，同事们见到我还半开玩笑地问："什么时候出发？还没走？"我也开玩笑地说："不回去了。"而回到房间就将国内带来的书籍和定期供给省下来的水果送给同事，想着这样它们能多陪陪我的好伙伴们。

蒙古国的餐食以牛羊肉为主，这里的蔬菜水果非常珍贵，中文书籍也异常珍贵，我想这样或许在同事们想家的时候，可以给他们以激励和陪伴，希望大家在蒙古的每一天都过得很充实，可能就不太想家了。

在与宗巴音生产基地同事们简短道别的时候，我们拍拍肩膀互相鼓励，合影时都笑了起来，充满了对未来的向往，但就在车开动的那一霎间，我的眼圈湿润了。现在繁忙工作的间隙，我还常回想起在蒙古时与同事们一起吃面、一起聊天、一起工作的场景，想起大家生产和生活的点点滴滴。虽是那样的平淡，但回忆津津有味，感动中饱含着眷恋和祝福，眼泪不禁夺眶而出，微笑却从脸庞划过……此时，我已融入了东胜蒙古公司，成为其中的一员，要将自己的所感都化作对东胜蒙古公司的实际行动，要尽所能为它多出力、多做贡献。

沙漠传奇

2019 年 7 月，我接到公司安排再次赴蒙，此行陪同相关外事团队从北京直飞乌兰巴托，再从乌兰巴托到达宗巴音生产基地。我虽然是第二次来到东胜蒙古公司，但看着熟悉的宗巴音生产基地，还是莫名地激动不已。

这次蒙古之行有着意外的场景，虽然蒙古国是水资源短缺国家，水资源问题越来越成为蒙古国发展的制约因素，南部地区 70% 以上的土地面积存在不同程度的荒漠化，但在这个月宗巴音生产基地出现了局部的强集中降雨。由于地表荒漠化，地表土壤渗透少量水分后，便将大量雨水冲刷到了地势低洼的地方，出现了沙漠里的洪峰，导致项目的部分井场聚满大量的水，个别单井罐在浮力的作用下漂了起来，还有的道路、井场被冲毁。这让在国内刚刚战胜了“利奇马”台风的我们，听从现场指挥命令，迅速地投入到了东胜蒙古公司的抗洪行动中，灌沙袋、围井场，转运土方、垫道路、垫井场……东胜蒙古公司依靠大家的力量战胜了这次突如其来的洪水，让合同方蒙古国政府看到了胜利的实力和责任担当。东胜蒙古公司如大漠荒原中的一颗璀璨的明珠，用实际行动践行了初心使命。

人类自古以来都是依水而居，才有了文明的开始，但在蒙古高原的沙漠中，东胜蒙古公司从成立之初就选择了逆行。它就像是蒙古高原上的骆驼，在艰苦的环境中具有极强的生存能力，用自己顽强的意志力战胜沙漠，并在荒漠中不断改变自然环境。恰似草原上的雄鹰感动了蓝天，而我们用实际行动迎来了“绿洲”，宗巴音实现“富饶而美丽的地方”不再是梦，我们相信只要不断地努力，这里的明天会更加美好。

漠北战“疫”

2020 年新年伊始，突如其来的新冠肺炎疫情蔓延全球，蒙古国关闭了中蒙边境客运通道，回家变得遥遥无期。蒙古国首例确诊病例距离公司驻地仅仅 40 千米。尤其是在 2020 年新冠肺炎疫情暴发之始，还未来得及倒班回国的 33 名中方员工在封闭的情况下坚守了 600 多天，还有通过绿色通道逆行入蒙的员工们也一战就是 400 多天。他们有的家里老人去世，有的还一直未抱抱出生的婴儿，但这都没有让战士们退缩，他们保证生产运行不停息。

在疫情环境复杂的海外，尤其是在蒙古国确诊病例数达到 12%，油区驻地宗巴音镇确诊病例数达到 50% 的情况下，东胜蒙古公司根据中国石化、胜利油田、东胜公司的防疫要求，上下同心共克时艰，坚持“一手抓防疫、一手抓生产”，协调蒙古国矿业与重工业部为员工尽快接种中国疫苗，做好常态化疫情防控。中蒙员工 2 针疫苗接种率达到 100%，中国员工 3 针疫苗接种率达到 100%，蒙古员工 3 针疫苗接种率达到 76%，筑起了一道疫情安全防线，保证项目员工坚守住了零感染的底线。驻外在岗员工时刻保持胜利精神，在蒙古国连续 4 波疫情的情况下，越战越勇，充分体现了一流的精神状态。作为“一带一路”的胜利旗帜，也是中石化在蒙古国的唯一石油开发项目，东胜蒙古公司不仅担负着自身的防疫和生产任务，也将在蒙施工单位的中方员工纳入一体化管理体系。他们在做好防疫和生产经营活动的同时，还积极协助当地政府抗疫，捐钱捐物，在疫情发生第一时间向东戈壁省政府捐赠800万图格里克（约合人民币2万元）现金；向东戈壁省困难牧民捐赠10个蒙古包，价值2000万图格里克（约合人民币近5万元）；向东戈壁省宗巴音医院捐赠口罩等防疫物资，为省政府设立防疫检查站提供物资和技术支持；向东戈壁省紧急情况委员会捐赠1500万图格里克（约合人民币3.7万元），用于扎门乌德至乌兰巴托沿途防疫消毒工作等。公司的这些善举得到了东戈壁省政府和民众的高度评价。

东胜公司因疫情封关导致产出原油无法运回国内销油，大家克服重重困难，与蒙古国海关、铁路等部门协调沟通十余次，恢复了正常销油，并在低油价的考验下，做到了当年逆势盈利，实现了产量稳增。两年来运回国内10万吨原油，并担当起中俄蒙经济走廊建设的胜利使命。2020年12月，东胜公司被蒙古国矿业与重工业部授予"社会责任执行者暨优秀企业"称号，展现了中国央企的国际形象。他们铭记"能源的饭碗必须端在自己手里"的嘱托，用苦干实干的作风诠释着优良传统，用实际行动体现胜利精神，在蒙古戈壁滩上履行"我为祖国献石油"的承诺。

回家的路有多远

樊俊利

引子

“宗巴音”，一个陌生的名词，蒙语为“东方美丽富饶的地方”。然而，对于他们来说，却是一个心坎上深深的烙印，因为那儿有他们的自豪和伤痛。

茫茫戈壁，野风肆虐，绿色罕见，荒凉偏僻。这是蒙古国东戈壁省的一个边陲小镇，南距中蒙边境 200 多千米。小镇约 1500 人，大都是以游牧为生的蒙古族牧民。

这儿不仅见不到一点美丽，而且一派死寂荒芜。蒙古人说的富饶大概是指这儿的石油吧。

小镇周围傲立着一台台蓝红相间的抽油机，“驴头”抬起，又落下，不停地向家的方向跪拜着，不时见到身着红工服的石油人在油井间穿梭，像一朵朵移动的格桑花儿。

胜利油田东胜蒙古公司生产基地，坐落在宗巴音镇东南方向 500 米。

“批下来了！我们回国的申请批下来了。”那是 2021 年 11 月初的一个晚上，零下 35 摄氏度的气温掩盖不住东胜蒙古公司经理张虎贲脸上的喜悦，他急匆匆地找到负责现场生产的副经理刘岗，悄悄地把他拉到一个角落里，神神秘秘地说。

两人的脸上迅即开着两朵红红的花儿，激动的泪水随风飘着，吐出的每一个字在戈壁滩上欢快舞蹈。

“家”，好长时间他们不敢提及的字眼啊！

那是温暖的港湾、生命的栖息之地和灵魂的安放家园哟。娇妻爱子，父爱母慈，亲情萦绕，享受天伦，温暖舒心，萦绕着人世间最大的幸福和快乐！

晨起晚归，天天能够回家，对于我们大多数人来说是再平常不过的事，然而，对于奋战在异国他乡的员工，那是多么奢侈的期盼啊！

得到的不知珍惜，失去的倍加珍贵。无家可归，是人生最大的不幸和遗憾。有家不能回，那更是一种难言的痛苦，像有无数条蚕蛹每时每刻吞噬着那颗流泪的心。

如果一个风筝放飞在天空，那么攥在手中的风筝线会随着风筝飞得越远拉得越紧。如果心中装着信念，那么这些蚕蛹便会乖乖蛰伏，只能在夜深人静的时候才会偷食。

对于胜利石油人来说，心中时刻耸立着一种质朴的信念：哪儿有石油哪儿就是我的家！为了国家这个“大家”，他们舍弃了小家。

一场突如其来的疫情惊扰了世界，打乱了正常的秩序。

2020 年疫情伊始，蒙古国于 2 月 14 日全面关闭中蒙两国间的航空、铁路客运口岸。到 2021 年 10 月初，33 名中国员工已经在海外坚守 700 多天了。700 多天啊，比计划超了 10 倍。

身在异国他乡，家乡的大海、黄河、芦苇、红柳、大雁……夜夜在梦中摇晃、招手。

两人商定暂时保密，明天还有一项重要生产任务哩。怕大伙得知这个好消息，干活分神。回到宿舍，张虎贲急不可耐地拿起手机与媳妇视频，屏幕上的妻子听说后，先是一阵开心地哈哈笑，接着失声痛哭。9 岁的女儿张艺馨抢过电话，一边蹦跳着，一边大喊：“爸爸，我要给你画幅画儿！”

是啊，好消息来得太突然了！这激动人心的时刻，等得好久好久、好苦好苦哟。

700 多个日日夜夜，不算短也不算长。故事很多，宛如平常一段歌，封存在时光的皱褶里。

一

新中国成立不久，苏联为了解决飞机、坦克的能源问题，在宗巴音就地打井开采石油。后来，苏联撤走时，把油井和炼油设备全部销毁。

“我为祖国献石油，哪里有石油哪里就有我的家……”一首《我为祖国献石油》唱出了石油人的豪迈。

壮士出征。

为国找油，为国献油，为国担当，这是胜利人的孜孜追求。2001 年东胜公司积极响应油田“从东部到西部，从国内到国外”的战略，盯上了蒙古宗巴音这片“遗弃之地”，用了 2 年时间从调研到谈判，从联合作业到独立运行，2003 年注册成立东胜蒙古公司。

当年，善于攻坚啃硬的胜利东胜人就绘就了发展蓝图：

恢复 4 口老井，力争生产 4000 吨原油；运回一列原油；钻探一口探井；建设一个管理规范化的国际油公司。

从此，昔日的军事禁地、石油重镇，像只受伤的羔羊渐渐恢复了元气。

从此，茫茫戈壁滩长出一棵棵铁树，轰鸣的机器唤醒了昏迷好久的戈壁滩。

从此，一列列异国他乡的滚滚石油输送到东方大国。

“打天下难！”

古道、辙痕、夕阳，大漠、沙棘、驼铃。一望无际的戈壁滩，几乎找不到一片绿色，远处天地缝接，辨不清东西南北，雄鹰呢？鸟儿呢？绿叶呢？

一片死寂，只能听到自己的心脏在跳动。走着走着，枯萎的沙棘下，突然裸露着几块白骨，使人毛骨悚然，一根根汗毛竖了起来。你辨不清自己是走在人间，还是踏进了地狱。这些电影中的恐怖镜头活生生地摆在眼前。

让人生畏的还是这儿的天。

宗巴音一年四季，三季有风，三个月有沙尘暴。夏天酷热难耐，地面温度高达 60 摄氏度，冬天达零下 45 摄氏度。就和当地的蒙古人性格类同，爱起来轰轰烈烈，恨起来咬牙切齿。一方水土养一方人嘛。

原先，在国内想象着国外的美好，“月亮还是国外的圆”，然而，现实却一盆冷水浇醒梦中人，国外甚至不见月亮。

月还是家中的圆啊！

韩鹏云，东胜蒙古项目第一任基地经理。2002年底，这位东北汉子从国内带了2名操作工来到宗巴音。看到周围的环境，这个坚强的汉子迷茫了，他久久地站在那里，眼睛追寻着一只雄鹰的踪影。

石油人生来就是破难题的哟。

摆在面前的是一张白纸。无“米”下锅，却难不倒“巧妇”。他们从头开始，首先对油田生产运行进行紧急恢复。没有一条路，便推土筑路；没有房子，便搭起蒙古包；没有水，便打机井。说来也怪，人来了，就有了老鼠。“少数民族”的老鼠胆儿大，晚上窜来窜去，甚至咬人的耳朵。

方便面吃腻了，点着柴油炉做饭，饭菜都是浓浓的油味。

此时，SARS病毒像一片片乌云遮天蔽日，与沙尘暴结伴肆虐着。每一名坚守的中国员工心中也是乌云滚滚，波涛汹涌。很长一段时间，食品采购不到，顿顿靠洋葱头、胡萝卜度日。2003年6月，6名员工回二连浩特续办护照时，因来自疫区，被集体隔离观察，生产基地仅剩韩鹏云“一名司令”和卜玉明一名中方员工。韩鹏云急得嘴角上起了一个大血泡，好像镶嵌着一粒大红枣儿。在给国内发传真时，缺人、缺钱、缺物，他竟连用三个叹号：几近弹尽粮绝啊！！！

他和卜玉明2人组织带领基地的10余名蒙古员工，在风天沙地里，恢复集油站系统，一段段修路，一点点组织材料。设备陈旧、维修工作量大、车辆年检难度大，他就指挥“土法”上马：上抽油机时，没有修井机，就用吊车起抽油杆、检泵，先后恢复了SWZB310B、TE25、TEA1、TE14等4口井……

条件艰苦，找油、献油的步子却没有停歇。

2003年6月28日，蓝天白云，骄阳开怀大笑。“呜——”一声汽笛长鸣，浓浓黑色的烟柱从火车头顶钻出来，波浪似的向后翻腾。第一趟专列满载着1000吨海外分成油驶向祖国。望着列车离去的背影，韩鹏云与装油的员工们满含泪水，久久不肯离去……

那夜，韩鹏云失眠了。

住蒙古包不是长久之计，雏燕衔泥，构筑巢穴。

当年，苏联的军营密不透风，残墙断壁，走进去黑暗、阴冷，浓重的霉味扑鼻而来。他们从国内买来砖块和水泥，自己动手对旧营房进行了改造，把墙面加宽到 50 厘米，以达到冬天保温、夏天隔热的效果。

有了家，石油人的根便扎下来。

东胜蒙古公司成立不久，在宗巴音镇招了 30 名员工，经培训后上岗。但这些蒙古员工让韩鹏云头疼了一阵子。他们没有节俭意识，今朝有酒今朝醉，一发了工资就喝酒，嗜酒如命，每酒必醉，醉了就打架滋事。韩鹏云一边做当事人的工作，一边与镇政府联系协调，及时化解矛盾，妥善处理。随后公司出台了禁酒令，并处罚了个别蒙古籍职工。

蒙古高原的雨贵如油哟。每年 5 月，天高兴了，会飘几滴雨水，戈壁滩上就会见到零星的绿色，三三两两的小草会钻出头尖尖。如果雨水小，3 天后这些小生命就全部被扼杀在摇篮里。

一个生命在戈壁滩诞生肯定是一个传奇哟。

失去生命迹象的眼睛会茫然，没有生命绿色的安慰，灵魂找不到栖息之地，心也会像风暴中的尘粒浮躁不安。

“身处千里外，才知望乡情。”奇迹会在执着和拼搏中产生！

利用休闲时间，韩鹏云带领员工在生活区前面平整出 1500 平方米的空地，手拿铁锨，挖坑栽树。树栽上了，梦也栽上了。垒砌花池子，撒下格桑花种子。种子播下了，希望也播下了。他们精心照料着，每天轮换着浇水。一次不成功，再种。

啊，奇迹终于出现！一棵棵小树枝丫上钻出了片片嫩芽，格桑花幼苗像顽皮的孩童，戴着草帽露出头尖尖。

终于有了生命的颜色，有了家的味道。

他们心里无比高兴，激动地流出了眼泪。秋天到来，明媚的阳光拆开了一朵朵花蕾，格桑花怒放，白的如雪，红的如火，朗诵着一首首动人心弦的诗篇，像妻子娇柔的面庞……花开的声音，惊得天上的白云抖动着身子，格桑花的芬芳醉了驼铃，醉了戈壁……

如今，这儿已成为戈壁滩上罕见的绿树葱葱、花香蝶舞的公园。

花儿开在戈壁，也开在海外胜利石油人的心上；树儿种在不毛之地，也栽到东胜蒙古员工的灵魂里。

漂浮的灵魂终于找到自己的家园，每天傍晚，他们就在这儿给亲人打电话，一缕缕柔风在心儿荡漾……

二

虎贲，“勇士称也。若虎贲兽，言其猛也。皆百夫长”。而今年 35 岁的张虎贲却是一名文质彬彬、清秀白净的小伙子。2011 年硕士研究生毕业于中国石油大学（华东）油气田开发工程专业，分配到东胜高青公司，从事地质技术工作。

2017 年的金秋十月，从办公楼出来，他的步伐有点沉重。

领导找他谈话，欲派他到蒙古工作。当时，虽然他愉快地接受了，但内心有一丝丝忧虑。因为老人都不在跟前，女儿刚刚 4 岁。苦点、累点倒不怕，家的重担全压给妻子，他怕她受不了，本身他就觉得亏欠妻子的。人家可是一名博士后呢，为了支持他的工作，甘愿当一名天天与油盐酱醋打交道的家属，暂时不找工作，全身心照顾孩子。

“放心去吧，别人能干的我也能干哩。从蒙古运回来的石油，也有我的功劳呢！”妻子孟令伟宽慰道。

坚定的眼神给了他坚强的力量。一只展翅高飞的雄鹰，独自踏上了北上的征程，他一路聆听着东胜蒙古之歌《一路向北》，怀揣着满腔激情来到一片新天地闯一闯，成就心中的梦想。

其实，外面的世界一点儿也不精彩，而是很无奈。

条件苦、环境差、生产任务繁重。作为一名地质员，张虎贲每件事都干得认真、尽心、出彩。是人才就会有舞台。“责任 + 能力”成就了他的事业，他一步一个台阶，从地质师成长为开发副经理、基地经理，2021 年 1 月担任东胜蒙古公司总经理。

北国的冬季特别漫长，有时温度低至零下 45 摄氏度。穿羊绒大衣一会儿就被冻透。晚上车辆不敢熄火，怕再也打不着。冷月当空，风在怒吼，天在抖动。巡井的路在灯光下散发着冰冷的光芒。张虎贲和巡视的员工坐在驾驶室里开着暖风，脚丫好像被猫咬着，生痛生痛。加温炉2个小时内必须用热水烫后放空一次，不然管线会被冻坏。他们一晚上不停地在油井、管线间穿梭，管输回压、油罐加温、鹤管放油口加温，都必须上手操作，不能偷懒。站在冰冷的寒夜，手脚很快麻木了，不听使唤，浑身上下颤抖不已。

夏天太阳好像掉了下来，地表温度达60摄氏度，大地滚火，戈壁滩被烤得一片赤红。张虎贲与几名职工在现场抢修管线。爬梯扶手不敢徒手触摸，一个不小心就可能被烫伤。一滴滴汗水滚落在地上，瞬间蒸发，5升容量保温杯的水不到半天就喝光，一会儿的工夫红工衣便湿透，他的深红色新工衣穿了还不到半月已经泛白。突然，鲜红的血液从张虎贲的鼻孔、牙根上流了出来。同事们赶紧脱下衣服遮住他的头部，为他擦拭血液、灌凉水、堵鼻孔，折腾了大半个小时，他的两只鼻孔塞着长长的卫生纸条。

“张经理，回去歇歇吧！”他摆摆手，继续与大家干下去，直到顺利完工。深夜，躺在床上，上身的肉好像被烤熟了，疼痛难忍，不敢挨床。几天下来，他脸上、胳膊上好像浪花儿，曝起一层层白皮……

炎炎夏季，尤其是那些嗡嗡直叫的沙漠蜱虫和蚊子，好像前世的仇人，叮咬在身上，皮肤很快溃烂，直到蜕下一层白皮，留下一道永远抹不掉的印记。

更让人揪心的事发生了！

2020年3月，蒙古国出现第一例本土病例。2021年3月，蒙古疫情失控，像沙尘暴迅速蔓延，从每天100多例迅速增长到3000多例。4月，宗巴音发现第一名感染者。面对蒙古国愈演愈烈的疫情，根据国内的相关规定，张虎贲与大家一道制定和启动应急预案，建立网格化防控体系。从乌兰巴托采购来测试纸，定期对员工进行核酸检测。对重点人员、重点环节实施动态监控和闭环管理。

2021年一场紧张激烈的防卫战打响了！

2月23日，中国国防部无偿援助给蒙古国国防部30万剂新冠病毒疫苗。得知这一消息后，张虎贲安排商务经理林文杰迅速与蒙古国家紧急状态委员会、卫生部、矿业与重工业部和矿产石油局等部门联系，得到矿业与重工业部部长戈·云登的高度重视，迅速安排东胜蒙古公司员工的疫苗接种工作。3月26日，蒙古政府派出一个疫苗接种小组专程来到东胜宗巴音生产基地，为34名中方员工和57名蒙方员工完成了第一剂疫苗注射，这是蒙古第一家为员工集中接种疫苗的外资企业。自 2021 年 5 月起，50% ~ 90% 的蒙方员工居家防护。

在打好疫情防卫战的同时，原油生产不能受到影响。虎贲，就要有老虎般的勇气。

“弟兄们，跟我上！”这是张虎贲常说的一句话。滞留在国内的职工回来之前，他带领在岗的 33 名中方员工承担起了平时 200 人的工作量，每名员工身兼数职，连轴工作，平均每天只能睡几个小时。白天参与巡井、取样、化验、倒油，晚上录资料、做分析、报数据、巡输送管线，每天只能睡三四个小时，加班加点，连续作战，尽最大努力保障了生产的正常运行。

2020 年 9 月 3 日，33 名被困在国内的中方员工从二连浩特口岸入境，返回工作岗位。战友团聚，热情拥抱，无须太多的言语，唯有泪水交织在一起……这时，张虎贲他们已在蒙古坚守 500 多天了。

回家遥遥无期。家，他们不敢提及，深深地埋藏在心底。

2021 年 10 月 5 日，蒙古国新冠肺炎累计确诊病例 314601 例，超过全国总人口 9% 的人感染，乌兰巴托累计 16222 例，东戈壁省累计 7020 例，项目生产基地所在地宗巴音镇累计 227 例，全国死亡病例累计 1289 例……疫情愈演愈烈，宗巴音镇 1500 多人有 700 多人感染。医院收不下，只能回家治疗。

一连串数字，令人惊讶、恐惧，恶魔就在身边，生命的威胁潜伏在脚下。情况万分危急，稍有不慎便会有“沦陷”的危险。

疫情牵动着千里之外亲人们的心。东胜公司、胜利油田、中石化、国资委……层层上报，联系协调，尽快让滞留在外的员工们回家。

至 2021 年 8 月底，中国员工 3 剂疫苗接种率达到 100%；9 月底，蒙古员工 3 剂疫苗全部接种完毕，为员工抵抗疫情袭击，提供了宝贵的防护铠甲。

这时候，第 3 波新冠肺炎疫情强势来袭，“德尔塔”变异毒株来势汹汹，疫情呈快速蔓延的态势。仅 2021 年 9 月，蒙古累计新增确诊 10.1 万例。

必须切断传染链！

134 名蒙方员工先后 4 次放假居家隔离，而中方员工承担大部分工作量已然成为“常态”。

“张经理，不好了！蒙古员工聚集在门外要找您呢。”

“走，出去看看！”张虎贲走出办公室。院外，站着几十名蒙古籍员工，一见到张虎贲，他们迅速聚拢过来，情绪激动，叽里呱啦地倾吐着诉求。

“他们要求复工呢。”翻译说道。

张虎贲一边安抚着，让他们冷静下来，并且把大家劝了回去等待消息。然后紧急通知几名班子成员开会，研究对策。经过慎重考虑和讨论，形成决议：正在防疫关键时期，既不能激化矛盾，又要打好疫情防卫战。公司决定答应外籍员工的复工要求，分两班倒，2 个月在公司住，2 个月回家休息。但必须隔离 7 天做 3 次核酸检测确认无症状后再上岗。

然而，没想到这时出现了一个小插曲。

2021 年 9 月 26 日，张虎贲得到令人震惊的消息：为员工打第三针疫苗的一名医生确诊为病毒感染者！

天哪！组织把这支队伍交给自己，是信任啊，他们的亲人还在家期盼着呢，如果……他将成为罪人，后果简直难以想象啊！

张虎贲的头立时大了，嗡嗡作响。他赶紧安排人打听这位医生近几天的踪迹。

9 月 27 日，消息马上传来，原来这位医生是从这儿离开后，去参加一个聚会被感染的。

“吁——”张虎贲长长地舒了口气，虚惊一场，身上的大山迅速跌落，一身轻松。

疫情防控一刻也不能放松，一滴油更不能少！

10 年了，集油站罐区水泥地面损坏严重。张虎贲带着大伙儿头顶烈日奋战了 2 周，打水泥地面 2000 多平方米。这项不起眼的工程，至少节省花费上百万元。2021 年 11 月 23 日，到了销油的日子，北国戈壁已是冬寒料峭。张虎贲带领全部管理人员提前 2 小时爬上销油栈桥，打开阀门，固定好管线，做好放油准备工作。吃午饭的时候，热腾腾的饭盒打开后吃到肚里已是冰凉，杯子里的热水也不知道什么时候结了一层厚厚的冰碴子。站在 4 米高的栈桥上，寒风凛冽，吹在脸上像刀割一样。正午时分，气温达零下 20 摄氏度。奋战了 12 小时，原油装运工作终于完成。笛声回荡，车轮滚动，满载原油的列车驶向祖国。这时候，员工们心里无比激动，艰辛的付出换来了一罐罐石油，梦想成真，才是最快乐、最幸福的时刻！

因为疫情，2 周才能出去采购一次，一菜难求，只能天天吃羊肉。没有蔬菜和维生素的补充，2020 年下半年，张虎贲得了荨麻疹，天天吃抗过敏药，浑身上下一片一片的红疙瘩，奇痒无比。他不停地用手挠，一挠就睡不着觉。那滋味真是生不如死哟！

冬天出奇的冷，2 台锅炉一刻也不能停，否则原油管线就会被冻住。从煤场到锅炉房几十米远，需要把煤输送到锅炉中。原先，这些活儿都是蒙古籍员工干，眼下他们在家隔离防护。张虎贲带领 6 名党员干部把推煤的任务包下来，他们一天 24 小时 3 班倒。每次干完 8 小时，鼻孔、脸上、身上都是煤灰，有时累得实在受不了，脸来不及洗一把倒头便睡。

在蒙古疫情肆虐、“江河上下一片黑”的情况下，东胜蒙古公司独守一方净土，实现了零感染，创造了中国奇迹！

三

站在窗前，
她把眼睛交给灯光，
月亮升起，又落下。
两颗泪滴，从黑挂到亮，
从春挂到冬。

戈壁滩的夜空没有雄鹰，
没有白羊，
你像铁树一样站立，
拨开乌云，寻找那颗闪亮的星，
按进胸膛撕裂的伤口。

国外惊心动魄，国内家的日子浸满了辛酸。

一个同学告诉孟令伟：蒙古最近疫情传播得厉害。听到这个消息，她的心被高高吊着，魂不守舍。这两年，她与张虎贲心有灵犀，聊天的时候都是只说喜讯，享受彼此的快乐。

打这天起，她开始关注国际疫情实时动态，每天仔细询问丈夫那边的疫情情况，三番五次地嘱咐做好防护。

一天早上，张虎贲突然接到妻子的电话，传来女儿轻轻的啜泣。

“怎么了？”他急得头上直冒火星子。

“孩子晚上梦见你了，说你没抱她，也没和她说话，就又回单位了。这不一大早起来就哭，说自己惹爸爸生气了，非要打电话求证一下。”

“宝贝，爸爸很想你，等回家一定好好陪陪你。”张虎贲迅速关了手机，夺眶而出的眼泪哟，滚烫滚烫……

蒙古高原有一个传说，只要找到八瓣格桑花，就找到了幸福。空闲的时候，张虎贲便采了八瓣花的种子，和女儿约定，等回家后一起种下属于他们的幸福。

家是温暖的港湾。因为石油，胜利油田东胜蒙古公司员工把家拆为两半，他们带着上面一半走进异国他乡。没了上面一半的遮挡，下面一半摇曳在风雨中。从此，上半伤，下半痛。

没有男人的家好难！

前年 5 月小区暖气改造，恰逢孩子感冒，里里外外有许多东西要搬来搬去，孟令伟一人确实搬不了。到了 10 月快要通暖气了，她只得托人雇了几名临时工帮着搬东西，一直忙活了一周，累得她腰酸腿痛。

有一天傍晚，女儿一人在家，听到一名男子大喊大叫，不断地敲门。通过视频监控，小艺馨看到来人并不认识，吓得哇哇大哭。打这以后，每天一进家，小艺馨就把门反锁上，心中有了阴影。

2021 年春节前的一个早上，张虎贲的手机一声脆响，是微信。他建了一个“东胜蒙古大家庭”的群，搭建了一座桥梁，让职工与家人及时交流。

“我是刘永刚的女儿，你什么时候放我爸回家啊？我爸都 4 年没回家过年了。”

看了孩子的信息，张虎贲仿佛看到一双渴望的眼神，看到一张稚嫩流泪的脸。他又想到了自己的女儿，一阵钻心的疼痛。酝酿了一会儿，他给孩子回复了信息。

“孩子，你好，你爸爸经常和我说起你，去年工作找得好，业绩也很好，你是他的骄傲。你的爸爸是公司里最优秀的职工，是你的榜样，希望你在以后的工作中向他学习，永争第一。因为疫情，中蒙两国不开关，已经有一年的时间，这是两个国家政策的原因，我们也想早点回去，但是要服从国家政策管理。希望你给你妈妈和亲属们解释清楚，请他们理解。我们在这坚守，是为了不给国家添乱，等政策允许，公司一定组织大家与你们团聚！”

四

坐落在油城东营城区核心地带的东胜公司总部，是一座现代化的大厦。东胜蒙古公司的许多员工都在这儿工作过，他们舍弃了优越的办公条件，踏过千山万水，来到遥远、荒凉的异国戈壁滩，从“天堂”来到“地狱”。

今年53岁的侯炳祥就是其中一位，他是2012年12月到达蒙古的，担任安全工程师。

蒙古电力系统薄弱，一刮风就停电。有时候，花费2小时刚把井开起来，又全停了，一晚上开好几次，一点觉也睡不成。油井每2小时要巡视一次，他正走在安全巡视途中，突然，远处一股烟尘四起，在天地间翻腾着，像波涛大浪铺天盖地汹涌而来。

沙尘暴来了！

风像野鬼一样嚎叫着，四周一片昏暗，什么也看不到了。天不好，现场安全检查可以等等再说，但侯炳祥想到安全管理一时也马虎不得，越是这种时候越不能放松。他迅速蹲在地上，把头埋在两腿间。待了好一会儿，稍有了一点亮光，沙尘稀薄了许多。他站起来，浑身上下披着一层厚厚的泥沙，抹一把脸，满满的尘土；抠一下鼻子，是泥沙；掏一下耳朵，还是泥沙；咂咂嘴，牙齿上下咯吱咯吱响，还是泥沙。他努力分辨着方向，按着巡井路线摸索着。平时巡查完最多2小时，这次用了6个多小时。

2019年9月初，乌云翻滚，雷鸣电闪，狂风大作，暴雨如泼，台风“利奇马”袭击了宗巴音。一连几天的瓢泼大雨，昔日茫茫戈壁，眼下却是汪洋一片。油区受灾，油井关闭，许多井座损失严重。一个300立方米的大油罐在洪水中漂出几十米远。

这次大雨在宗巴音历史上50年才遇一次。

油井不能停，必须紧急抢修！

侯炳祥和刘新宇等党员干部冲在前面，他们带领员工蹚在齐腰深的浑水中，赶到现场紧张地忙碌着。修围堰坝、挖排水沟、抽水泵排水。井座冲蚀，一袋沙子几百斤重，一个人一下午能扛几十袋，筑牢油井基座。油罐移位，再吊回去。侯炳祥既是安全工程师，又是采油工、建筑工、作业工，样样能干。饿了，在现场吃几口送来的饭菜；渴了，咕嘟咕嘟喝几口凉水；累了，在坝顶上躺一会儿，每天早出晚归。湿透的衣服紧紧贴在身上，就像砂纸，一动，磨得皮肤疼痛难忍。晚上回到宿舍，侯炳祥脱下衣服一看，身上好几块地方皮肤都被磨掉了，裸露着鲜红的血肉……这样整整奋战了一周时间，80 多口油井全部恢复了生产。

也许，戈壁滩渴得太久了，捧着罕至的洪水久久不肯放手；也许，不毛之地太需要水了，这些雨水在戈壁滩被珍藏了一年多。

2021 年 4 月的一天晚上，侯炳祥与妻子视频，看到她神色异常，支支吾吾，在他的一再追问下，妻子终于说出实情。

“婷婷脑溢血住院了，医生说人不行了！”

侯炳祥急得根根头发直立，浑身直冒汗，他把摄像头悄悄离开，泪水夺眶而出。婷婷是大姐的孩子，从小在姥姥家长大，侯炳祥看着外甥女长大，感情深厚，视若己出。孩子这么年轻，就……太意外了！他恨不得立即插上翅膀飞回孩子的身旁……

愈演愈烈的疫情，限制流动措施越来越严格，回国已无可能。他只有叮嘱妻子多去陪伴一下外甥女，给孩子提供一些力所能及的帮助。

“夜深人静的时候，是想家的时候……想家的时候很甜蜜，家乡月就抚摸着我的头；想家的时候不说话，就怕让家困住了脚和手……”侯炳祥最喜欢这首《想家的时候》，特别想家的时候他就轻声唱一遍，流出两行热泪，心里就舒坦了许多……

工作累、条件差、心理压力大，侯炳祥得了肾炎，身体无力，血压高，腿脚肿得发亮。公司安排他来到乌兰巴托医院就诊，医生让他住院治疗，但一想到油井，侯炳祥坚持要回去，只让医生开了一些药。

“现在一回到家，我的病就好了，真奇怪哟！”侯炳祥开玩笑说，自己得的是“想家综合征”。更让他高兴的是，婷婷让医生和家人从死亡线上拉了回来，已经康复出院了。

五

“叮铃铃……”我的手机突然急促地响起来，是微信视频。

屏幕上是一张洋溢着青春的笑脸。昨天，张虎贲让坚守在蒙古的商务经理林文杰加了我。他说，林文杰在蒙古待了 16 年，身上肯定有许多故事。

文杰身穿 T 恤衫，我有点纳闷：寒冬腊月，那边的温度应该很低啊！

“现在外面的温度是零下 23 摄氏度，室内有暖气。已经习惯了出门穿羽绒服，脱下来就是半袖了。”看来 10 多年的羊肉是没有白吃哩，果然身强体壮。当然，还有关键一点是年轻，毕竟才43岁嘛。现在我的办公室20摄氏度，却毛衣、秋衣一层套着一层。

文杰的主要职责是涉外联络，负责蒙古公司项目部的商务、行政、法律等工作。他给我讲了“撞橱柜”和“陪哭”的小故事。

那是一个深夜，正在睡梦中的文杰突然被“咚咚”的声音惊醒。

什么声音？他穿衣下床。

那清晰的声音是从隔壁房间传过来的。原来，一位新婚不久的小伙子在外面待久了，想家想得睡不着觉，就用脑袋不停地撞铁皮橱子。文杰牵着小伙子走出宿舍，在办公室里和他谈心，讲自己在戈壁滩上度过的“蜜月”，陪他在静悄悄的基地大院里走了一圈又一圈，直到小伙子的情绪平稳了，才回屋睡觉。

一名年轻职工晚上想孩子了，与舍友聊着聊着，情不自禁哭了起来。情绪迅速传染到舍友身上，两个汉子哇哇大哭，那哭声在黑黢黢的戈壁滩上传出很远很远……

想家的滋味真的不好受，那是一种刺心挖肺的痛哟。

为了转移注意力，他们想办法“找事”干。灯坏了自己修；学理发，互相剃头；建起两个蔬菜大棚，养鸡、种菜、养花……时光在忙忙碌碌中被打发走了。

“说说你自己吧，最难受的事是什么？”我的问题刚提出，屏幕上的林文杰把脸悄悄扭了过去，咬着嘴唇，好长时间没说话。脸转过来的时候，两个眼圈红红的。我知道我的问话戳到了他心中的痛处。

“最难受的还是对家的亏欠。”他哽咽着说出掏心窝子的话。

“假如我有一支马良的神笔，我要给不幸的朋友画一个小气球，他就不觉得孤单了；假如我有一支马良的神笔，我要给爸爸画一个大飞机，这样爸爸就能回来陪我玩了。”

那还是8年前，上小学一年级的儿子林歆然写下这篇日记时，林文杰正在距离他1500多千米外的蒙古国乌兰巴托，参加一场关键的商务谈判。

这种愧疚也曾让林文杰泪流满面。结婚成家的18年时光里，他在蒙古坚守了16年，大部分时光陪伴的是那片遥远又荒凉的戈壁。

2017年，阔别家乡70多天的林文杰，腊月二十三回到东营后，没有回家，而是去了公司总部，因为一场施工合同谈判，在东胜大厦待了好几天。原本10多天的假期，留给妻儿的时间寥寥无几。

第一次回家的时候，孩子刚刚出生；第二次回去，孩子不认识爸爸。以后，每次回去都能感受到孩子的成长，从上幼儿园到上小学、初中，如今儿子已经13岁了，从一棵弱不禁风的幼苗，长成一棵茁壮的小树。如今孩子非常争气，在黄河中学读初二，每次考试在年级都名列前茅。看到孩子，他既高兴又难过，高兴的是孩子渐渐长大，难过的是在孩子的成长历程中，他没有尽到一位父亲的责任。

岳母罹患癌症，到济南医院住院治疗，妻子表现出异常的坚强，一人陪着。2021年8月，岳母不幸去世，他回不来。每次视频，妻子都是那句平静的话："挺好的，放心吧！"

然而，妻子长期劳累和过度悲伤，还要拿出很多精力照顾孩子的学习和生活，身体状况大不如从前。每次，当拉油的专列启程回国，文杰都是照一张照片发给妻子，妻子看到后，点点头：咱值了！

2019年4月，受共青团中央邀请，林文杰参加了在北京举行的中蒙建交70周年"中蒙友好青年故事会"，他演讲的《戈壁滩上的美好生活》被团中央环球伙伴GlobalPartnership公众号推送。

2019年6月，在中国大使馆举行的共青团访蒙代表团座谈会上，林文杰受邀作为优秀中资企业代表之一发言，受到了团中央领导的表扬。

六

电话又响了起来，是坚守在东胜蒙古公司分管生产的副经理刘岗打来的。本来我想与他视频聊聊，看看那边的情况，但他打的是语音聊天。我想，或许他怕见家乡的人，怕流泪。男子汉嘛，有泪不轻弹，弹泪需在无人处哟。

他给我讲了几个小故事。

有一名叫刘来军的职工，今年 39 岁，是复员军人，老家是临沂，还有一个妹妹，家庭比较困难。今年母亲身体不好，住院治疗需要手术。然而，高昂的手术费却让家人为了难。这可怎么办呢？接到父亲的电话，刘来军急得蹲在角落里哇哇大哭。张虎贲和刘岗每人借给他 10000 元，解了燃眉之急。刘来军激动地落了泪，公司安排他回家照顾老人，他死活不肯，继续坚守在岗位。他说：“孝心再大，大不过责任心哩。再说，我要以行动多为祖国献石油，来报答领导的关心呢。”

在这 700 多个日日夜夜中，有许多意外的事情发生：8 名在外员工的亲人离世，3 名员工的在外员工的父母做手术……

中方员工李柱、李加力根是亲兄弟，一起来到东胜蒙古公司上班。有一天，他们突然接到来自老家内蒙古的噩耗：父亲不幸去世。哥俩一边流着热泪，一边在电话里托付妹妹和舅舅处理父亲的后事。

弯月高挂，星光点点，戈壁滩湮没在寂寞和夜幕之中。一团烈火跳动着，像一颗受伤的心。兄弟俩点燃一堆纸钱，洒下一瓶白酒，面朝家乡的地方，热泪盈眶：“爸爸，我们回不去了，在这给您磕头了，您老人家一路走好啊！”纸灰飞起，寒风呜咽，月儿流泪，星星叹息……

说起自己的时候，刘岗轻描淡写：“就是觉得有点对不起老婆，她一人在家既照顾老的还要照看小的，很不容易。5 年前，我父亲患心梗，老婆叫救护车送到医院，紧急手术，住了 1 个月，直到出院后才告诉我。家里人是只报喜不报忧啊！”

七

2020 年 1 月 21 日，腊月二十七，张立新匆匆踏上了回国的路途。正月初九正准备返回乌兰巴托，一场突如其来的疫情把原来的节奏全部打乱了，他与同事们滞留在国内待命。

哎，你说这人怪不怪？在国外待着时，天天算着回家的日子，现在该回工作岗位了回不去，张立新却天天坐立不安。他惦记着远在千里之外的公司，惦记着在异国他乡的同事们，每天关心着疫情，整天闷闷不乐。正是这段珍贵的享受天伦之乐的时光，他又获得了“重大成果”：2020 年 5 月，妻子邵亚丽怀孕了！这令人兴奋的消息，让全家人欢喜得合不拢嘴。张立新高兴过后又陷入深深的担忧：因他的工作性质决定了与家人聚少离多，柔弱的妻子既要照顾 8 岁的大女儿张静，又将面临独自承受十月怀胎的艰辛。

这二胎是留不留呢?

就在这节骨眼上，他接到了通过“绿色通道”回蒙古复工复产的通知，并强调了返蒙人员要做好 1 年，甚至更长时间不能回国的心理准备。

“没什么，你放心回去吧，再重的担子我自己也会扛起来！”看到妻子明亮的眼神，他鼻子一酸，扭过头去，怕眼泪掉下来。

2020 年 8 月 31 日，是返蒙复工人员出发的日子。出征前，有位东胜公司领导看到张立新妻子和女儿前来送行，愉快地说：“给你们一家三口照张合影吧。”

旁边的林文杰打趣道：“是一家四口，肚子里还有一个哩。”

于是，张立新有了一张“不三不四”的团圆照。

大巴车启动了，出征的脚步坚定而又从容。33 名身着红工衣的员工就像放飞的 33 顶红风筝飞向遥远的天空……

2021 年 1 月 30 日凌晨，因为劳累过度，邵亚丽出现临产征兆，比预产期早了 3 周，朋友于静静急忙把她送到了医院。在家属签字时，医生了解到家里没人来时，非常惊讶。实在无奈，医生破例允许于静静签了字。进产房之前，邵亚丽拨通了丈夫的微信视频。这边进了产房，那边张立新手握手机坐立不安。等待的时间特别漫长啊，4 个多小时后，手机终于响起，母女平安。

张立新为二女儿取名“筱婉”，一个非常有诗意的名字。他至今还在蒙古，已经离开家 16 个月了，还没有见到孩子亲自抱一下，只是在视频的时候逗逗小女儿。他说，在梦中期盼着回家的场面，问一下 1 岁多的女儿，爸爸是什么样子……

八

张虎贲把回国的好消息一直藏在肚里。第二天早上，太阳从茫茫戈壁钻出头来，和往常一样宁静、安详。八点多钟，井场上却是一番热火朝天，机器轰鸣，吊臂高举，一个个红色的身影在井场忙碌着，汗滴飘洒，哨声阵阵，一个 300 立方米的大油罐终于转移成功。

午饭的时候，能够回国、回家的喜讯突然来临。

“我们要回家了，我们能回家了！”好像实现共产主义了，欢呼声、碗筷敲击声此起彼伏，并不宽敞的餐厅沸腾了。他们唱啊，跳啊，脚下好像生了风，长出翅膀。

让我们的弟兄们尽情欢乐吧，他们心灵上的绳索终于解除了！

高云是东胜蒙古公司年龄最大的，作为党支部书记，2021 年底应该退居二线了，在外也待了 700 多天。按说，他也该一起回家。

“咱俩正职不能一块回去啊，我年龄大了家里事少，还是你先带着大伙儿回去吧！”考虑到原油生产和队伍情况，他主动提出留下来继续坚守。张虎贲与高云推让起来，最终虎贲只得服从书记的“命令”。

我要回家喽！

回家的脚步，千山万水挡不住，风雨冰霜挡不住，肆虐的疫情挡不住。在基地隔离了两周后，23 名脱下红工衣的职工踏上了开往乌兰巴托的大巴，与送行人员隔窗相望，挥手道别。

在乌兰巴托又隔离 7 天后，早上 8 点，他们穿上了防护服全副武装，从成吉思汗机场乘机，经过 6 个半小时到达伊朗梅赫拉巴德国际机场，准备在这儿转机回国。

“嗨，那位是中国人哩！”在候机大厅，他们遇到了几名其他境外企业的中国员工，好像遇到了亲人。

回家的路曲折而又漫长。

接下来是在机场漫长的等待。回家的心一直在蹦跳着、冲撞着，胸膛内好像关着一匹饿狼。20 多个小时与回家的心擦出了火花，终于在指缝中缓缓流过。凌晨 4 点，他们又踏上了飞往广州白云机场的飞机。

飞机像一只展翅高飞的大鸟儿，穿云驾雾，急速航行，坐在舱内的离家人却嫌太慢太慢，恨不得自己长出翅膀，一起飞翔。当机舱内播放了到达祖国领空的消息时，他们热泪盈眶，情不自禁地向舷窗外张望。

下了飞机后，心中的狼成了温顺的绵羊，眼前的一切都是那么熟悉而又亲切，见到每一个国人，他们都会驻足相望、上前搭讪。亲人啊，也许您不知道我是谁，但您要知道我的一颗中国心！

在候机大厅内鲜艳的五星红旗下，他们合影留念，齐声高呼："祖国，我们回来了！"高昂的声音，在宽敞的大厅内久久回荡……

隔离 14 天之后，他们从广州飞到了济南。2021 年 12 月 20 日下午，阳光舞动，油城欢腾。到达东营后，他们又被集中隔离。太阳还是家中的暖，月亮还是家里的圆，水还是家里的甜。他们把每一分、每一秒的时光放进嘴中细嚼慢咽，咀嚼出丝丝甘甜。家就在身边却见不到亲人，心一直飘着，焦躁不安，两周的时光好似两年一样漫长，咬着牙终于挨过去了。

23 名石油职工历经 50 天，辗转 13535 千米，经过 18 次核酸检测，终于到家了！

妻子和女儿早已等候在楼下，张虎赟远远地看到她们的身影，扔下行李飞奔过去，抱起女儿高高地举过头顶，转了一圈又一圈，妻子孟令伟从身后紧紧抱住丈夫，生怕他再会离去。一家三口紧紧相拥，泪水飞奔，热血涌动！

积雪欢笑，寒风鼓掌。

那晚，女儿紧紧抓着他的手，偎依而睡。从迈入家门的那一刻起，每天黏着他，上学让他送，吃饭让他陪。爸爸在身边的日子好幸福哟。

家，好温暖；家的味道，真好！

其实，回到家的张虎赟并没在家好好待着，几乎天天在东胜大厦的办公室忙活着，汇报工作、商业谈判……一刻也闲不下来。这不，元旦刚过，他又跑了一趟二连浩特签合同。日思夜想着回家，而今回到家却又为返岗做准备。

那天下午，在东胜大厦四楼一个并不宽敞的办公室里，我对张虎赟进行了短暂的采访。不经意间看到他头上布满了白发，我心中一阵疼痛：他毕竟只有 35 岁啊，正处于人生的青春之巅，苍老却过早地在他头上驻足……

根根白发像发亮的钨丝，曾经照亮荒凉的戈壁，照亮曲折的回家之路，照亮石油赤子为国担当的情怀……

尾声

风风雨雨 20 年，胜利石油员工在异国他乡书写了奇迹，向祖国交了一份优秀的答卷！

20 年，条件艰苦、远离家乡……困难如山，却锻造了一支钢铁的石油队伍，他们像一支火把，将中国石油精神在异国他乡的戈壁熊熊燃起。从蒙古国运回原油 87 万吨，为保障国家能源安全做出了贡献。

在保障原油生产的同时，胜利石油人勇于承担社会责任。东胜蒙古公司的发展，先后为宗巴音镇提供了 200 多个就业岗位，促进了当地的经济发展，给当地不少牧民家庭带来了曙光，现在许多蒙古籍员工从蒙古包搬进了楼房。

他们积极投身于公益事业，不定期为贫困户捐赠油米面，帮助蒙古人民修路筑桥，为学校捐赠书籍和助学金。在东胜蒙古公司驻地的宗巴音镇到查干采油队途中，有一个不大的蒙古包，70 多岁的萩卡夫妇居住在这里。老人没有收入来源，3 个子女也不在身边，50 多只羊是家里仅有的财产。东胜蒙古公司每个月派人给老人家里送去粮油米面和干草料，还不定期帮助他们解决生活困难，让两位老人深受感动，热泪盈眶地竖起大拇指，激动地说："巴耶拉（谢谢）、巴耶拉……"

他们积极响应"一带一路"倡议的号召，于 2018 年投资 80 多万元，援建了一座幼儿园。他们投资 50 万元，将一废弃游泳池改造好，丰富了当地民众的生活。他们像播种机，把中国人善良、勤劳、节俭的优秀品德在当地传播开来，加强了中蒙人民间的友谊。

回家的路

听涛

路迢迢，山道道
漫天的黄沙
阻挡不了回家的脚步
雪茫茫，风萧萧
远征的勇士，朝着胜利的方向
凯旋回朝

战天斗地风雨路
丰功伟绩六十载
初心如磐
使命在肩
扛起责任
勇往直前
我为祖国献石油的誓言
入骨浸髓

融入胜利人血脉
端牢能源饭碗的嘱托
铭刻在心
成为奋进的力量之源

十八年前的春天
一群胜利精攻人
走出国门
在蒙古立足扎根
让胜利的旗帜在异国他乡
高高飘扬
乌兰巴托的夜
并没有歌声中描绘的美好
宗巴音
这个“东方美丽富饶的地方”啊
满目的沙漠戈壁
面露狰狞
漫天的沙尘风暴
张牙舞爪

春的风
时常掀起满天的尘沙
迷了眼，挡了路
让人无法呼吸
夏的热
炙烤着
要把一切烫熟
秋的脚步

还没靠近
北风的呼啸已经
响彻耳边
转瞬间，西伯利亚寒流
在刺骨的寒风裹挟下
想要把一切凝固

胜利人
一待就是二十年
多少次迎着满天的沙尘紧急出发
多少次冒着刺骨的严寒无畏前行
多少回遍地流火中挥汗如雨
多少次咬紧牙关坚持坚持
因为心中有信念
血中有基因
这就是胜利人
能源情系报国志
石油魂牵胜利情
十八年的坚守，十八年的奋斗
换来一列列满载的列车
为祖国运回近九十万吨原油

二〇一九年年末
一场突如其来的新冠肺炎疫情
世界各国极速沦陷
蒙古也在其中
正常的轮岗被打乱
原本回家的坦途

变得荆棘密布
启程的日期
一次次取消，推迟
面对困难
他们选择了坚守
这一守
成了七百多个日夜的坚持
异国他乡
荒漠戈壁
风餐露宿
极寒酷暑
孤寂单调
归家无期
这些都不算什么
唯独心中那份对亲人的牵挂
对爱人的思念
时时在心头萦绕
白发的老娘血压控制得还好
懂事的囡囡个子是否长高
身怀六甲的母子可否平安
我的爱人啊，生病时可有人照料

组织关心
领导着急
八方协调
国家给力
辗转五国
穿越两大洲

五十个日日夜夜，辗转难眠
两万六千里艰难险阻，重重闯关
当脱下最后一层防护服
疾步走出隔离区
日夜思念的亲人啊
就在咫尺
给爱人一个大大的长长的拥抱吧
转瞬间泪水挂满了脸颊
长高的孩子啊
让我亲亲吧
襁褓里的婴儿
第一次见到了爸爸
白发老娘，紧紧攥着远归的手
悬了七百多个日夜的心终于放下

回来了，回家了
好好睡个安稳觉吧
天伦之乐抓紧享受一下
因为他们知道
很快就有下一次的出发
为了心中的信念
这点事情算啥
只要祖国人民需要
胜利人不怕四海为家
为了祖国的石油事业
甘愿奉献全部的年华

古风·致敬蒙古公司员工

王秀峰

辛丑初夏某日，乌兰巴托暴雪。翌日，蒙古公司宗巴音生产基地沙尘暴。风雪沙尘中，驻蒙同人以此二日风景照遍发国内朋友圈。孤悬海外久矣，原油产量未减，全体员工无恙。大疫肆虐，绝塞不通，时时南望，归国路遥，然围城之中弦歌不辍，笑语嫣然。感慨系之，诗成一首以壮其事。

一瞬白茫茫，
一瞬黄苍苍。
身在苍茫处，
心有日月光。
不改松柏志，
凛然履寒霜。
当年苏武节，

北海曾牧羊。
今朝守瀚海，
数十好儿郎。
家山隔万里，
斜阳照大荒。
妻子频入梦，
绝塞春夜长。
丹心终不悔，
所爱在远方。
雄鹰自高飞，
逆风而翱翔。
豪情何壮哉，
浩歌犹铿锵。
孤胆映冰雪，
无惧风沙狂！

从宗巴音到黄河入海口

董玮

一

一个人与一群人——
在遥远异国他乡，启程
在一个特殊时期，启程
这也许不是一个地理位置的航线
七百个日日夜夜
我们已用思念丈量过
一遍，又一遍
归途，对于我们曾如此遥不可及
此刻，乌兰巴托的夜如此幽蓝
我们在等待登机，远方
不单单是航程中的一个终点
一个叫东营，黄河入海的地方

是祖国，离别与亲人——
多少次梦回之地

我们在想多年之后
当能够再平静谈论此事
在大地上的星光，秋叶里
一次黄昏降临，淡淡光晕中
不被升华的意义，不惑与
慎独时，想到某个年份
幸存者，遥远的战争——
炮火中的，内心的……
所经历的每一秒钟的焦灼
灯丝般纤细，深夜的空洞
回声。在想“祖国”这个词
此刻显得遥远的故乡
与手中一张机票，一张纸般
薄薄的命运，紧密相连的
一次归程
也许是相隔已久
也许是模糊的数字
那时我们已不再与
时间较劲，那些难熬的时刻
在蒙古，宗巴音，疫情的阻断
在戈壁滩的孤岛上，三十三名
留守者，以一当十的虎贲之师

二

那时我们会感到欣慰，还是
感慨万千，双眸湿润——
还会记起那特殊的年夜饭
在一个叫宗巴音的异国他乡
三十三名石油兄弟，春联
福字，红灯笼一样不能少
难得的猪肉馅水饺
热气腾腾地摆在每个人面前时
大家竟然都沉默了——

平生难忘的无数个日夜
若分成四季就是风沙严寒
分成二十四节气是遥远的故乡
若再能够分成每一天，每一次
晨曦升起与戈壁荒凉的黄昏
就是数不清的人间牵挂，心疼
无能为力，及生离死别……

两年的光阴，员工们独守孤岛
我们在这头，亲人们在那头
看得到，却摸不着
听得清，却无法言表……
“我们的孩子凌晨三点半降生
是个粉嫩的小公主，剖腹产
我自己为自己签字。”这是一位
刚强又如此纤弱的女子

带给接生大夫的震撼，她是
东胜人的妻子，也是伟大的母亲
如今女儿已十个月大，还未曾
是的，爸爸还未端详过小女儿
搂在怀里，看看眉眼像谁
两年间，六十六个与他们相连的家庭
如同血脉中的牵挂
八位亲人离去，未见最后一面
亦有三个可爱的小天使降临……

三

一个人与一群人，从宗巴音归来
像从群星中走出的生动剪影
那是我们的石油兄弟，在等待
又一次登机，厚厚的防护服
在德黑兰，万里归途路

“世界那么大
我只想回家。”
两年来的分别，千言万语
只化作了简单的这几句话——

无边无际，想想吧
在宗巴音，所有的日子里
你可以谈谈公园，天鹅与童年
谈谈具体可见的事物

不然，我们担心又一阵沙尘暴
它们瞬间变成两种虚无
在宗巴音，我们从不谈论
遥远、空寂与辽阔
因为宗巴音，这就是它本身

无穷无尽，一粒沙
就是整个沙漠
一滴水，就是整个海洋
在宗巴音，适合
看看手掌上细密的纹路
循环往复的路途与周而
复始的日出，日落
如石油般深藏，沉寂的况味
七百个日日夜夜，三十三名
石油兄弟，用眼神来说话
用遥远的亲情就饭——顿顿
我们只有土豆，牛羊肉

只渴望得到你们此时在安睡之中
祖国，亲人及入海口一穗芦苇
在宗巴音，零下四十五摄氏度的小镇
有种不停运转之声，开采着无边寂静
为某种无声给予，而顿感
暖意与不再怀疑自身
想到庄严的国门，一列绿皮火车
满载着富于热力的能量
呼啸而过时

就觉得一切都是值得的
今夜，我们在宗巴音——
在一千千米外的异国思念你们
祝福你们，平安，美好

四

“到哪里了？”一遍遍
被妻子，女儿，父母——
我们想说，已降临祖国的土地
那份踏实，欣慰无以言表
作为石油人，胜利人
从未有过的自豪——
看到网友留言，欢迎回家
平安归来是大家共同的期盼
向征战海外的员工致敬
胜利人战无不胜，祖国强大
三十三名大老爷们儿竟然
相互看看，都不知说啥了

广州白云，核酸检测
越发忐忑、迫切的心情
难以抑制……
隔离的第三天，第十一天
感谢全球卫星通信，将声波
将连接我们的亲人的牵挂
拉近，拉紧——却从不迷途

曾经一路向北，再向北
那是出征的路，充满热血与向往
跨越北京，德黑兰，乌兰巴托
送至宗巴音一颗星星之下
邈远，空旷，让我们获得
从未感到过的生命体验
不同于不夜之城，犬吠山村
甚至已远离了这个时代

在巡井经过一副野牛骨架
亦不会再加剧对夜的恐怖，不会
像最初那样，不由寻求一星光亮
此时眼中的那种平静，是内心的
灯盏，也是遥远星光给予的力量
有时会想，这世上的孤独无处不在
不单荒无人迹处，也在喧哗闹市
而今生我们注定要完成一段使命

还记得，想想都会打个寒战
滴水成冰一点不为过的腊月
四十二节油罐，要连续销装
六个小时。栈桥上
我们咀嚼着带冰碴的午餐
这是运往祖国的石油
是三十三名员工抛家弃子
苦守在异国他乡，为了什么
想想吧，当绿色列车
汽笛鸣响时那一刻的骄傲

眼睛会不由得潮湿起来

在给加热炉添煤时，抬头
深邃、古老的夜空，一颗流星
那优美划过心间的一道永恒
是如此寂静的夜

五

近了，我们都屏住了呼吸
都想再看清些已积雪的大地
红色抽油机、芦苇、九曲黄河
映入眼帘时，我们想说
我们已经分别了太久，太久
13535 千米，700 多个思念
风尘仆仆的不是遥远的归来
而怕不是陷入又一次梦境
有人掐一下手背，有人忽然
仰起头，极力抑制住自己
近了，更近了——
朱红色的屋顶，城市公园
街道与行色匆匆的行人
一切曾是那么熟悉，甚至
曾让你厌倦和熟视无睹
今天又让你热泪盈眶

亲人，或许我们还需再要忍耐
虽然有种距离叫咫尺天涯

我们的呼吸已如此贴近
从未感到由内到外的踏实和心安

我要告诉你，33 名石油人
扛起了原来 200 人的工作量
我们一直坚守着采油的岗位
为祖国多产油，做贡献
我们无愧于胜利的称号
我们无愧于虎贲之师

我要说，不要哭泣
我这不是好好地站在这儿吗
这两年辛苦你了老婆
或许等到真的见面的时候
我们会忍着眼泪
什么话也说不出
只会紧紧抱在一起
就这样让两年来的期待
让团聚时的一刻
深深铭刻于心

在蒙古国的大漠上（组诗）

李宝杰

大漠群侠

一群中国骆驼
跋涉在蒙古国的大漠上

天上站满星星
人间少有烟火

春天，刮大风
秋天，还刮大风

一列列装满原油的火车
轰隆隆，轰隆隆
被刮回中国

沙尘暴里的采油树，如定海神针

狂风卷起黄沙
黄沙遮天蔽日

汹涌如潮
惊涛拍岸

大漠里的采油树，纹丝不动
一棵棵，如定海神针

宿营地和大油罐在风暴里隐约呈现
像海市蜃楼，让人唏嘘

风沙中的采油工

风，刮过来
又，刮过去
忽东忽西
没完没了

一匹匹骆驼
驮着混沌的天空
丈量人生的宽度和厚重
骆驼刺傲视苍穹，活成路标

一袭中国红，在大漠里跋涉
翻过一座沙丘又一座沙丘

这时候，月亮像一条弯弯的小船
这让他想起了阿娇和那个叫月牙的小囡

宿营地

圆圆的月亮悬着
宿营地，就有了神性

风不敢再刮了
虫儿欢快地叫起来

有的人睡了，梦到了黄河和大海
有的人醒着，在纸上画一个大油田

厨房里的大师傅忙着准备早餐
可爱的大黄狗把一块骨头啃了又啃

那一刻

微信骤然响起
他瞬间打开视频

产床上的妻子泪流满面
粉嘟嘟的婴儿大声啼哭

举着手机，疯了似的在旷野奔跑
像一只雄鹰翱翔在蓝天

他要让女儿看看他的大漠
他要让大漠看看他的女儿

他跑着，跳着，吼着
让一头骆驼久久地回眸

一轮红日缓缓落下西山
他心中的太阳正冉冉升起

写给娘的信

娘，今天
您八十岁了
俺记着哪

可是娘
新冠肆虐，国门关闭
儿回不去啊

娘，蛋糕买了吗
蜡烛点了吗
娘，您就许个愿吧

娘，今年我评上模范了
戴着大红花
上台领奖了

娘，今晚的月亮又大又圆

娘，我跪在蒙古国的沙丘上
给您磕头了

大漠

一口油井
一栋板房
一个穿红工装的男人
大漠之上，三足鼎立
一匹骆驼，翻过沙梁
一团风滚草，咬住泥土
一棵骆驼刺，任风吹

巡井的采油工，站在高高的沙丘上

风倦了，偃旗息鼓
抽油机哼着小夜曲

一轮明月躬身前行
翻过一座沙丘又一座沙丘

人字形的大雁引颈南飞
也许月上中天，就能抵达海关

也许晨光熹微，就能飞临黄河
呵，大雁，替我们报一声平安吧

汗渍在背上绘一幅地图

焊枪喷出的火焰烤着脸
太阳喷出的火焰烤着背

喝进去的水从脊背上冒出
工衣贴在身上，又被风吹干

汗渍在工衣上绘了一幅地图
隐隐约约，那是梦中的祖国

回家（外一首）

樊俊利

一只囚禁的鹰，要撞破胸膛
一双喷火的眼睛，曾把天空灼伤
一副厚重的脚板，把蒙古高原的戈壁
踩得咚咚直响

一盏温柔的灯，穿过云雾
穿过风雨，穿过千山万水
却遥不可及

肆虐的病毒用绳索
缠着回家的脚步
七百多个日日夜夜啊
溢出的思念，伴着眼泪
消融在异国的一滴石油
像一只黑色的眼睛

装下熟悉的影子

装油

凌晨四点，星星闪烁
夜色浓浓

站在四米高的栈桥
风，吹着尖利的哨子

铺管线，开阀门
你把汗水和一首诗
托付给回家的石油

午饭凉了肚肠
暖了滚动的心
水杯子的冰碴
冷却不了瞭望的眼神

一声汽笛
列车启动
望着满载石油专列的背影
你的笑声
温暖了蒙古宗巴音的冬天

浪淘沙·蒙乡

车宜恒

丝绕碧空，
沙行漫山，
驼刺翀翀相伴。
如炽烈日，
似刀寒风，
红装星火依然。
情切归乡，
奔走为爱，
心念异域家园！
西北远眺，
蓝黄交织，
归雁排排行难。
肃穆敬之，
井景相宜，
梦回故道阑珊。

把远方带回了家（组诗）

马行

我们从蒙古国往回走

新年就要到了，我，他
还有蒙古国宗巴音油田上空的一些云
从宗巴音小镇启程
向着胜利油田的基地东营走啊走
原本只是 1500 千米的路
却不得不绕行，再绕行
先是向北到了乌兰巴托，然后向西
跨越多个国家，到德黑兰
再一路向东南入广州
再向北，飞过长江，飞过黄河

整整 50 个白天与黑夜，身着防护服
走啊，飞啊，把 13000 多千米的
长路带回了家，把远方
带回了家

我们在蒙古国开采石油

我们和蒙古国的太阳有个约定
我们和蒙古国的星空签了合同

我们继续向北
我们见证传奇

我们和蒙古国的沙尘暴有个约定
我们和蒙古国的戈壁石签了合同

我们要寻找大油田
我们要开发大油田

我们和骆驼有个约定
我们和黄羊签了合同

我们目送一列列拉油的火车从我们身边开走
我们目送思乡的雁阵悠悠南飞

在蒙古国的草原上放风筝

疫情期间，中蒙边境